古都

〔日〕川端康成 著

孙容成 戴焕 译

南海出版公司

新经典文化股份有限公司
www.readinglife.com
出　品

目录

古都

春花

千重子发现，老枫树树干上，紫花地丁吐蕊了。

“啊，今年也开花了。”这一刻，千重子与春天的美妙不期而遇。

枫树的树干比她的腰还粗，在市区狭窄的院落中，这可真是一棵大树。当然，它那皲裂粗糙的老树皮，长满青苔的树干，又怎能和她出水芙蓉般的少女身姿相提并论。

枫树干从千重子腰部的高度开始稍稍向右倾斜，到比她头高的地方明显向右弯曲，并从这里开始分叉。枝丫向四面八方伸展开去，占据了整个庭院。长长的枝条，梢头仿佛擎不住似的微微下垂。

树干显著弯曲处稍往下的地方，有两处小小的凹陷，里面各长着一株紫花地丁，每到春天就会开花。自千重子记事起，两株花就在这树上了。

两株花上下分开，相隔一尺左右。正值妙龄的千重子有时会陷入遐想：“这两株紫花地丁能相见吗？她们彼此相识吗？”花的

“相见”与“相识”，也不知是怎样的。

每年春天，紫花地丁都会开花。一般三朵，最多五朵。即便如此，它们就在树干上的小洞里，每春发芽，绽放。千重子在廊子里眺望，也来到树下仰视。她时而被紫花地丁顽强的生命力打动，时而又从中感受到深深的孤独。

“从这样的地方长出来，活下去……”

来店的客人们纷纷夸奖枫树的奇姿，却鲜有人注意到上面还开着紫花地丁。那长着老树瘤的粗壮树干，直到高处都满布着青苔，更增添了它的威严与雅致。寄生在上面的小小紫花地丁，很容易就被忽略了。

不过，蝴蝶是知道的。就在千重子发现花开的时候，低舞于院中的一群小小的白蝴蝶，正沿着枫树干飞至花前。枫树抽出微红的小嫩芽，把翩翩起舞的白色蝶群衬得格外耀眼。两株紫花地丁的叶与花，也在枫树干新生的青苔上投下淡影。

这是一个和煦的春日，天空中浮着淡淡的云烟。

蝶群飞走了，千重子依然坐在廊下，凝视着枫树干上的紫花地丁。

她真想悄悄对花儿说：“谢谢你们，今年又在那种地方开得这么美。”

就在花的下方，枫树根旁，立着一座古老的石灯笼。灯笼底座上刻着一尊立像，父亲曾告诉过她，那是基督。

“不是圣母马利亚吗？”当时，千重子问父亲，“北野天满宫里有一尊大大的雕像，跟这个很像呢。”

“听说是基督像。”父亲回答得简单干脆，“没抱着婴儿嘛。”

“啊，还真是……”千重子表示信服，又接着问，“家里祖上有基督徒吗？”

“没有。大概是修园子时，花匠或石匠师傅搬来的吧。就是个平常的石灯笼，没什么稀奇的。”

这灯笼大概是从前基督教被禁时私下制作的吧。石质粗糙易碎，经过数百年的雨打风吹，浮雕已经风化，只能分辨出头脚和身躯的大致轮廓。也许本就是一座简易的雕像。长长的衣袖几乎与衣服下摆齐平，手臂部分只略微鼓起，已看不出形状，应该是将双手合十。然而，感觉又与佛像或地藏像完全不同。

这座石灯笼，从前也许是信仰的象征，或是异国情调的装饰物，如今却只因古老，便被安置在千重子家庭院里那棵老枫树旁。有客人看到它，父亲就会跟人讲那是基督像。不过，客人们多是来谈生意的，很少有人注意到大枫树下还有这么一座古老的石灯笼。即便注意到了，院子里有一两座石灯笼也是寻常事，没人仔细端详。

千重子把视线从树上的紫花地丁移到下方的基督像上，久久地注视着。她没有念过教会学校，但为了学好英语常出入教会，《圣经》的新约和旧约也都读过。不过，她觉得给这座古老的石灯笼献花点烛不太合适，因为上面并没有刻着十字架。

那开在雕像上方的紫花地丁，总让人觉得像是马利亚的心。千重子又把视线从石灯笼转向紫花地丁。忽然间，她想起了养在古丹波壶里的金钟儿。

千重子开始养金钟儿，比她在老枫树上发现紫花地丁晚得多，也就是这四五年的事。有一次，她去高等学校的同学家，在客厅里听见金钟儿叫个不停，就要了几只带回家来养。

当时，千重子说："整天困在这小小的壶里，多可怜啊。"朋友回道，总比养在笼子里让它白白死去来得好。据说有的寺庙会养很多金钟儿，并出售虫卵。看来，同好者还不少。

千重子的金钟儿现在已经繁殖了很多，装在两个古丹波壶里。每年总在七月一号左右开始孵出幼虫，八月中旬开始鸣叫。

不过，一切都在狭小昏暗的壶中完成，出生、鸣叫、产卵，直至死亡。当然，这样可以让种族延续下去，比起养在笼中仅活一代就绝种也许要好。可是一生都在壶中，真是不折不扣的壶中天地。

千重子也知道，从前中国有个故事就叫"壶中别有天地"，讲的是壶中有琼楼玉宇，到处是美酒珍馐。"壶中"就是脱离凡界的仙境，是另一个世界。这是众多仙人传说中的一个。

可是，金钟儿并非是厌倦了凡世才进到壶中的。它们根本不知道自己困在壶中，只是自然而然地在那里繁衍生息。

最让千重子惊讶的是，如果不经常给壶里放进外来的雄虫，只让同一个壶里的金钟儿自行繁殖，新生的幼虫就会瘦小孱弱，这是反复的近亲交配造成的。为了避免这种情况，金钟儿爱好者们有交换雄虫的习惯。

现在是春天，并非金钟儿鸣叫的秋季，但千重子从开在枫树干小洞中的紫花地丁联想到壶中的金钟儿，倒也不是无缘无故。

金钟儿是被千重子放进壶中的，那紫花地丁又是因什么来到这狭窄逼仄的地方呢？紫花地丁已然开放，金钟儿今年也会如期降生、鸣叫吧。

“这就是生命的自然规律吗？”

春风拂面，千重子把散乱的发丝撩到耳后。与紫花地丁和金钟儿相比，自己又是怎样的呢？

在自然万物一齐生发的春日里，只有千重子一个人注意到这小小的紫花地丁。

店铺那边传来声响，午饭应该已经备好了。

约好去赏花的时间已近，千重子也要去打扮一番了。

昨天，水木真一打电话来，邀请她一起去平安神宫赏樱。据真一说，他有个学生朋友这半月在神苑检票口工作，告诉他此时樱花开放正盛。

“这就跟派了个人盯着一样，再没有更准的了。”真一低声笑道，笑声十分悦耳。

“那我们也要被他盯着吗？”千重子说。

“他是看门的，谁想进去都得由他那里过。”真一又笑了一声，“不过，你要是介意的话，我们也可以分头进去，在院里的樱花树下会合就好。反正，那些花，就算一个人看，也是百看不厌的。”

“那你就干脆一个人去看得了。”

“可以是可以。不过，今晚会下大雨，要是花都谢了，可别怨我啊。”

“那我就去看落花，落花自有风情。”

“被雨打落的、脏兮兮的花，也叫风情吗？落花应该是……”

“真坏呀！”

“谁坏呢？”

千重子选了一身素雅低调的和服出门了。

因“时代祭”闻名的平安神宫，建于一八九五年，以纪念千年前定都于此的桓武天皇，因此神殿并不算古老。神门和外殿仿照古平安京的应天门和太极殿而造，右有橘树，左有樱树。一九二八年，迁都东京前的最后一代天皇孝明天皇也被奉于此一同祭祀。很多人在这里举行神前结婚仪式。

最美的当属装点了神苑的红色垂樱林，正值花期，如《细雪》中所说：“说这里的花最能代表京都的春天，毫不为过。”

千重子一走进神苑入口，红色垂樱扑面而来，漫天的花色瞬间让她觉得心里也开满了花。她不禁驻足凝望：“啊！今年也赶上了京都的春天。”

但是，真一在哪里等着呢？或是还没来？千重子决定先找到真一再一起赏花。她从花间穿行而下。

真一就躺在下方的草坪上，双手交叉垫在脑后，闭着双眼。

千重子没想到真一会躺在那儿，有些不开心。他居然躺着等一位年轻姑娘。与其说觉得他不懂礼貌，慢待了自己，不如说她讨厌他躺着这件事本身。在千重子的生活中，男性懒洋洋地躺着并不多见。

也许真一在大学校园里经常和友人一起躺在草坪上，或撑着手臂，或仰面朝天地谈笑风生。这不过是他平时做惯的姿势罢了。

真一身边有四五位老奶奶，一边用多层方木食盒用餐，一边欢畅地聊天。真一也许是觉得她们亲切，挨着坐下来，不觉间就躺倒了。

想到这儿，千重子不由想笑，却转而飞红了脸，不好意思叫醒他，只是站在那里。她甚至有点儿想要离开了……毕竟，她从没见过男人的睡相。

真一的学生制服穿得规规矩矩，头发也梳得一丝不乱。长长的睫毛重合在一起，像个少年。然而千重子并没有正眼去看他。

“千重子！”真一唤着站起身来。

千重子突然怒上心头：“你躺在那儿，多难看啊。路人都看你呢。”

“我可没睡着哟。你一过来我就看见了。”

“讨厌！”

“我要不叫住你，你打算做什么？”

“你看我来了，才假装睡着的？”

“看到一位这样幸福的小姐走过来，我有点儿伤感，加上还有些头疼，就……”

“我？我幸福？”

“……”

“你头疼吗？”

“不，已经好了。”

“脸色看上去不太好呢。”

“已经没事了。”

“你的脸像一把宝刀呢。”

偶尔也会有人说真一的脸像把宝刀。但从千重子嘴里听到，还是头一回。

每次被人这么说，真一内心便会燃起某种激情。

“这把宝刀可不伤人哟。再说，这还是在樱花树下啊。”真一笑了。

千重子已经返身上坡，回到回廊的入口处了。站在草坪上的真一追了过来。

“真想把花看遍啊，一处都不落下。”千重子说。

来到西侧回廊的入口，红色垂樱的花簇立时让人融入春天。这就是春天的感觉。纤细的花枝低垂，红色的八重樱一直满绽至梢头。像这样开花的树丛，与其说是花缀在枝上，不如说是树枝支撑着花簇。

“在这一带，我最喜欢这棵树了。”千重子说着，带真一来到回廊向外转弯的地方。这里有一株高大的樱花，树冠尤为浓密硕大。真一也走到一旁，驻足凝望着樱树。

“仔细看，这棵树很像女人呢。”他说，“低垂的细枝，还有那花，真是温婉丰盈……”

八重樱的红中似乎染了一丝紫色。

“以前从未发现，居然这么有女人味。色彩，风韵，鲜嫩的润泽感，无一不是。”真一又说。

两人离开那棵樱树，向池边走去。前面的路变窄了，路边摆着长椅，上面铺着红毛毡，有客人正坐着喝淡茶。

“千重子！千重子！”有人叫她。

幽暗的树丛中有间名叫澄心亭的茶室，真砂子身穿振袖和服，正从那里走下来。

“千重子，来帮帮我吧，我在老师的茶席上做助手呢，都累坏了。”

“我今天这身，只能做水屋的活儿。”千重子说。

“没关系！就在水屋……就是在水屋点好茶端出来。”

“有人一起来的呢。”

真砂子这才注意到真一，立刻凑到千重子耳边问：“未婚夫？”

千重子轻轻摇头。

“心上人？”

又摇摇头。

真一转身走开了。

“叫他一起来茶席嘛……现在客人也少。”真砂子邀请道。千重子谢绝了，追上真一。

“她是我一块儿学茶道的朋友，漂亮吧？”

“嗯，就是普通的漂亮。”

“说什么呢！人家都听见啦。”

千重子说着，用眼睛向站在那里目送他们的真砂子微微致意。

穿过茶室下面的小径，有一个水池。近水岸处，菖蒲郁郁葱葱、一片嫩绿，睡莲的叶子也已经浮出水面。

水池周围没有樱树。

千重子和真一走上环绕水池的林荫小路。树荫昏暗，飘着嫩叶的清香和湿土的味道。小路并不长，前面就是敞亮的庭院和比之前更加宽阔的水池。岸边的红色垂樱映在水中，让人眼前一亮。一些外国游客在拍摄樱花。

池对面的树林中，马醉木开着朴素的白花，让千重子想到了奈良。还有很多松树，虽不太高大，但树形优美。如果没有樱花，人们一定会被松树的绿色所吸引。不对，此时，正是松树纯净的绿色和这一池春水，将簇簇红色垂樱衬托得鲜艳夺目。

真一抢在前面，踩着踏脚石渡过水池。这些踏脚石被称为"渡泽石"，一块块圆形的石头，好像把鸟居的柱子切成段摆在那儿似的。千重子几次要稍稍撩起和服的衣角。

真一回过头："我想背你过一次。"

"那你试试看。能背过去我就服你。"

当然，这些踏脚石连老太太都能走过去。

踏脚石边也漂浮着睡莲的叶子。临近对岸的石头四周，倒映着小松树的影子。

"踏脚石的摆放也有象征意义吧？"真一问。

"日式庭园里什么都有象征意义吧。连醍醐寺庭园里的桧叶金发藓都被说有象征意义，把什么都说成这样，反倒讨厌了。"

"是吗？那种金发藓确实有象征意义吧。醍醐寺的五重塔也修好了，举办落成典礼呢。去看看？"

"醍醐寺也学金阁寺，造了新的？"

"涂了鲜艳的颜色。塔倒没烧毁……只是拆掉照原来的重建了。落成典礼正赶上花期，人可多了。"

"看花，除了这里的红色垂樱，我不想看别的。"

两人走过了水池深处的渡泽石。

过了渡泽石，岸边是松树林，再往前就到了桥殿。准确地说叫泰平阁，是座样子有点儿像殿阁的桥。桥两侧有低矮扶栏的长椅，人们坐在这里休息，眺望池水对面庭园的景致。当然，有这一池水才算得上庭园。

休息的人们吃吃喝喝，还有孩子在桥中间跑来跑去。

“真一，真一，这里……”千重子先坐下，右手按在旁边，给真一占座。

“我站着就行。”真一说，“或者蹲在你脚边……”

“不理你了。”千重子倏地站起身，把真一按坐下，“我去买鲤鱼食。”

千重子回来，把鱼食扔进池里，鲤鱼立刻簇拥过来，有的甚至跃出水面。水波荡漾开去，樱花和松树的倒影摇曳起来。

“你要吗？”千重子拿着剩下的鱼食问。真一没有说话。

“头还疼吗？”

“不了。”

很长时间，两人就坐在那里，真一面色明朗，凝神望着水面。

“想什么呢？”千重子问他。

“没想什么。有种幸福时刻，就是什么都不想。”

“在这样花开的日子……”

“不，在幸福的小姐身边……这种幸福的味道感染了我吧，就像温暖明媚的青春。”

“我幸福吗……”千重子又说了这句话，眼里浮现出忧郁的阴影。此刻，她低着头，又像是池水映在她的眸中。

千重子站了起来。

“桥的那边，有棵我喜欢的樱树。”

“是那棵吧？从这儿也看得见。”

那株红色垂樱开得最美，是广为人知的名树。树枝像柳树一样垂下，舒展开来。千重子来到树下，若有似无的微风吹落花朵，散在她的肩头和脚下。

树下也零星地落了些花，也有浮在池水中的，不过七八朵……

垂樱的树枝虽然有竹竿支撑，但纤细的枝梢还是几乎拂到水面。

透过樱树枝，能望到水池东岸树林之上新绿的远山。

“那是东山的支脉吧？”真一问。

“是大文字山。”千重子回答。

“哦，大文字山啊。看着挺高的。”

“因为是在花里看的呀。”千重子自己也站在花中。

两人依依不舍地离去。

那棵樱树周围铺着白色粗砂。白砂右边，耸立着庭园里最高的松林，姿态十分优美。再过去就是神苑出口。

出了应天门，千重子说：“我想去清水寺看看。”

“清水寺？”这个寻常的地名让真一面露疑惑。

“我想从清水寺眺望夕阳下的京都街景，想欣赏余晖中的西山。”

千重子反复这么说，真一也就点头应允了。

“嗯，那就去吧。”

“要走着去哟！”

路程很远。两人避开通电车的大路，绕道南禅寺，穿过知恩院后身，又经过圆山公园，沿旧街前行，来到清水寺前。正巧赶上黄昏时分，周围一片春霭蒙蒙。

清水舞台上，游人几乎散尽，只剩下三四个女学生，面孔已辨不分明。

千重子最喜欢在这个时候来。幽暗的正殿已经上灯，她没有在正殿的舞台前驻足，而是径直向前，经过阿弥陀堂来到奥之院。

奥之院也有一个建于峭壁的舞台。扁桧树皮铺的房顶十分轻巧，舞台也建得狭小随意。可这舞台向西，对着京都的街道和西山。

城里华灯初上，天空中残留着一抹淡淡的霞光。

千重子倚在栏杆上，凝望着西边，似乎忘记了真一还在身边。真一靠近她。

“真一，我是个弃婴。”千重子突然开口。

“弃婴？”

“对，弃婴。”

真一一时有些迷惑，不知道这话里有什么深意。

“弃婴吗？”他喃喃道，“连千重子也会觉得自己是弃婴吗？如果你是弃婴，那我也一样，精神上的……某种意义上说，人类都是弃婴。出生就意味着被神抛到世间来了。”

真一端详着千重子的侧脸。她双颊似有若无地染上了晚霞的红晕，透着一丝哀愁，这也许是春夜带给她的吧。

“正因为这样，人才是神之子，先遗弃，再拯救……”

然而，千重子似乎没有听见他的话，只是静静地望着灯火中的京都街市，头都没有回一下。

真一感受到了她莫名的忧伤，想把手搭到她肩上安慰她。千重子避开了。

“别碰弃婴。”

“人是神的孩子，都是弃婴。”真一加重了语气。

“我说的不是什么高深的哲学话题。我不是被神抛弃的，我是被亲生父母丢掉的孩子。”

“……”

“我被他们扔在了店铺的红格子门前。”

“别瞎说。”

“是真的。虽然这种事，告诉了你也改变不了什么。”

“……”

“我总是从这儿俯瞰京都的暮色，琢磨自己到底是不是在这个城市出生的。”

“你在瞎说什么啊？这么奇怪的想法……”

“这种事，我怎么会说谎呢。”

“你不是批发商家的独生女吗？集宠爱于一身，反倒容易胡思乱想，走不出来。”

“是呀，他们真的对我很好，就算我是个弃婴，如今也无所谓了。”

“你说自己是弃婴，有证据吗？”

“证据？我家的红格子门就是啊。古老的格子知道一切。”她的声音越发动听起来，“大概是在我上中学的时候，一天，妈妈把我叫过去说：‘千重子你不是我亲生的。有一天我们偷了一个可爱的婴儿，开着车一溜烟就逃回来了。’可是，到底是在哪儿偷的，爸爸妈妈稀里糊涂，说的不一样。一个说是在祇园赏夜樱的时候，一个说是在鸭川岸边。他们担心说我是被人扔在店门口的，太可怜了，所以才编出这个故事吧。”

“啊，那你知道亲生父母是谁吗？”

“养父母对我这么好，我也不想找亲生父母了。也许他们已经成了仇野附近无人拜祭的孤魂吧。那边的石碑都年久失修，无人打理……”

春天柔和的晚霞从西山升起，渐渐东来，将京都的半边天染上了淡淡的红色。

弃婴也好，被偷来的也罢，真一都难以相信。千重子家在古老的批发一条街，向邻居一打听就能知道真相。当然，真一现在没有这个心情。让他困惑、急于知道的是，千重子为什么要在此时此地告诉他这些。

难道她带自己来清水寺，就是为了说这番话？可是，她的声音纯净澄澈，透着一丝美好与坚韧，并不像是在对他倾诉。

真一爱着千重子，她应该隐隐约约感受得到。她这番话不像是对爱人坦露身世。相反，在真一听来，这更像是一种拒绝的暗示，即使弃婴之说是她编造出的故事……

在平安神宫时自己一再强调千重子是幸福的，也许她不爱听，以此表示抗议。想到这里，真一试探着问道：“知道自己是弃婴后，你有没有感到孤单，觉得伤心难过？”

“没有，一点儿也没有。既不孤单，也没有难过。”

“……”

“倒是那年我想上大学，爸爸说，你是要继承家业的，上大学反而碍事，不如好好学学怎么做生意。只有那个时候，觉得有点儿……”

“是前年吧？”

“对，是前年。”

“父母的话，你绝对服从吗？”

“是，绝对服从。”

“连结婚这样的大事也是吗？”

“是的。现在是这么想的。”千重子的回答没有一丝犹豫。

“那你就没有自我，没有自己的感情吗？”真一问。

“有，太有了。所以心里纠结啊。”

“你想把它压抑掉，抹杀掉？”

“不，不会抹杀的。”

“净说些谜一样的话。”真一轻轻笑了，声音却带着一丝颤抖。他将身体探出栏杆，去瞧千重子的脸。“好想看看谜一样的弃婴的脸啊！”

“天都黑了。”千重子这才第一次回头看真一。她的眼睛闪闪发亮。

“真可怕……”千重子抬眼望向正殿的屋顶。厚厚的桧树皮铺成的屋顶带着沉重黑暗的气势，阴森森地向两人的头顶压来。

尼姑庵与格子门

千重子的父亲佐田太吉郎，三四天前去了嵯峨山深处一座隐蔽的尼姑庵隐居。

说是尼姑庵，庵主已年过六十五了。小小的尼姑庵和古都的众多建筑一样，历史上是有些来头的，但隐在竹林之后，和观光游览沾不上边，因此默默无闻。只有偏房偶尔举办茶会，但还算不上知名的茶室。庵主有时会外出教授插花。

佐田太吉郎在这里租了一间屋子，也可以说他本人的状况现在就和这尼姑庵差不多。

他家的店铺位于中京区，是一家和服批发老店。受时代风气影响，和周围的店铺一样，形式上已改为股份有限公司，他自然就是董事长，生意则交由掌柜的（如今称为专务或常务）打理。但是，店铺的经营方式很大程度上仍沿袭传统。

太吉郎年轻时起就有些名士气质，不喜与人交往，也完全没起过雄心为自己设计的布料办展览。即使办了个展，在当时也会因为过于新奇而难有销路吧。

父亲太吉兵卫在世时，对太吉郎的事向来只是默默观望，不置褒贬，反正不缺人手，自家的设计师也好，外请的匠人也好，有的是人画那些流行的样式。可当父亲得知并非天才的儿子苦于灵感枯竭而染指大麻，借其魔力画些怪里怪气的友禅染花样时，毅然将他送进了医院。

太吉郎接手家业后，画风也变得中规中矩，这让他很是伤感。这次到嵯峨的尼姑庵中离群索居，也是企盼能重新获得构图的灵感。

战后，和服的式样发生了巨大变化。现在想想，当初借助大麻画出的怪异样式，拿到今天说不定会成为富于新意的抽象作品。可惜，太吉郎已经年过半百。

有时，他会嘀咕说："干脆来个彻底的古典风算了。"这时眼前便浮现出无数种古代逸品的花样和色彩，从布料到成衣，一股脑儿全都涌进脑海。当然，他也遍访京都的名园山野写生，看图案能不能用在和服设计上。

大约中午时分，女儿千重子过来探望父亲。

"爸爸，中午吃森嘉的汤豆腐吧。我买来了呢。"

"啊，谢谢……森嘉的汤豆腐，真不错，不过，你来看我，可是更让我高兴啊。你就多待会儿，晚上再回去，帮我放松放松大脑，想出个好图案来……"

布料批发商老板本没必要亲自画花样，或者说，这反倒妨碍做生意。

可太吉郎即使在店里，也在客厅最靠里的窗边放了张桌子，从窗子向外看，正是放有基督教灯笼的庭院，他经常在那里一坐就是大半天。桌子后面摆着两个古香古色的桐木柜子，里面装着中国和日本古代的布料。柜旁的书箱里，放的都是世界各国的布料图案画册。

厢房仓库的二层，原封不动地保存着很多能剧戏服和古代裲裆，还有不少南洋的印花布。

这是太吉郎的父祖辈收集的，每当古代布料展览会的举办方前来请求展出这些藏品时，太吉郎总会很不讲情面地断然拒绝：“祖辈立下的规矩，藏品概不出门。”

家里是京都的老房子，人们去厕所都要经过太吉郎桌旁狭窄的走廊。他不好说什么，只能皱起眉头。但只要店里稍有嘈杂，他就会不客气地喊：“能不能安静点儿？”

掌柜的赶紧过来行礼：“是从大阪来的客人。”

“不买就算了。让他们去别人家。”

“是老主顾了……”

“买和服是要用眼睛的。用嘴的，根本没眼光。真做生意的看一眼就明白，虽然咱们店里也是便宜货多。”

“是呢。”

太吉郎在桌下铺了一大块外国产的绒毯，坐垫也放在上面，又在四周围了一圈南洋产的高档印花布，当作帘子，隔出一个小空间。这是千重子的主意，多少可以减弱店里传来的声音。千重子还经常更换帘子的布料。每次更换，父亲感念女儿的体贴，便给她讲这些布料的来历，爪哇的，波斯的，哪个时代的，图案画的是什么等等。详细的解说里，有些确实是千重子所不知道的。

有一次，千重子环视着帘子说：“这块料子做手包可惜了，做茶巾又太大。做和服腰带，不知能做几条？”

“帮我把剪刀拿过来。”太吉郎说。

父亲拿起剪刀，干净利落地裁开了做帘子的印花布。

“给千重子做腰带，应该很不错。”

千重子吃了一惊，眼睛湿润了。

“别，爸爸，您这是……”

“没事，挺好的。你系上它，我也许就有画图案的灵感了。”

千重子来嵯峨的尼姑庵时，身上就系着这条腰带。

太吉郎当然立刻注意到了女儿的腰带，但他故意不正眼看。印花布的图案大而华丽，颜色浓淡有致，可作为花季少女的腰带真的合适吗？太吉郎这样想着。

千重子把半月形的餐盒放到父亲身边。

“您现在吃吧？请等一下，我去准备汤豆腐。”

“……”

千重子起身，顺势转头看向门边的竹林。

“已经是竹秋[①]了呢。”父亲说道，“土墙也塌的塌，歪的歪，不成样子了，跟我一样啦。”

千重子早就习惯了父亲这样的自嘲，并未出言安慰，只是重复了一下父亲的话：“已经是竹秋了……”

“路上樱花怎么样了？”父亲轻声问道。

“连水池里也漂着掉落的花瓣。山上满眼嫩叶，一两棵树上还有残花，从远处望去，别有一番情趣呢。”

---

① 在日本，人们对阴历三月的别称，因竹叶到这时会变黄。

“哦。”

千重子进了里屋。太吉郎听到切葱和削鲣鱼干的声音。千重子端着樽源老店做的汤豆腐餐具走了回来。这些餐具是事先从家里拿来的。

千重子殷勤地伺候父亲用餐。

“一起吃点儿吧。”父亲说。

“嗯，谢谢爸爸。”女儿回道。

父亲看了看女儿的肩膀到前胸，说：“太素了。你总穿我设计的图案。这些卖不出的图案，只有千重子一个人穿了。”

“我喜欢才穿的，挺好的。”

“唉，太素了。”

“颜色是素的，可……”

“年轻女孩穿素色，不好。”父亲突然严厉地说。

“仔细看的人都夸我呢。”

父亲沉默了。

设计图案，现在成了太吉郎的爱好和乐趣。自家店铺主要批发一些面向大众的普通款式，掌柜顾及太吉郎的面子，才让人把他设计的图案印出了两三件。女儿千重子总是主动穿起其中一件。布料是精心挑选的。

“不用总穿我画的图案。”太吉郎说，“也不用都穿我们店里的。不需要这个人情。”

“人情？”千重子一惊，“我从没想过什么人情。”

“千重子要是穿得鲜艳些，早就找到意中人了。”不苟言笑的父亲朗声笑道。

千重子伺候父亲吃汤豆腐，父亲那张大桌子上的东西自然映入了她的眼帘。根本没有跟画京染布料图案有关的东西，只在桌角放着江户莳绘的墨盒和两张《高野切》抄本。

千重子想，父亲来到尼姑庵，是想忘了店里生意上的事情吧。

“活到老，学到老嘛！”太吉郎有些不好意思地说，“藤原写的假名那流畅的线条，画图案时还能用上呢。”

“……”

“可惜不争气，手发抖呢。”

“您写大字呢？”

“写得够大啦。”

“墨盒上那串旧念珠是……”

“哦，那个，是我硬从庵主那里讨来的。”

“您带着它叩拜吗？”

“用现在的话说，就是个吉祥物吧。有时候也想含在嘴里，把珠子咬碎。”

“呀，好脏的。这么多年，有多少只手摸过呢。”

“有什么脏的？那是几代尼姑虔诚的心。”

看来千重子触到了父亲的伤心处，她不再说话，低头收拾起汤豆腐的餐具，拿进厨房去。

“庵主呢？”千重子从里面出来，问道。

“快回来了。你要回去了吗？”

“在嵯峨一带散散步再回家。岚山现在人太多了。我喜欢野宫神社和二尊院那条路，还有仇野。”

“你这么年轻就喜欢那些地方，真让人担心将来是个什么样。可千万别像我啊。”

“女的能像男的吗？”

父亲站在廊子上目送千重子离去。

不久，老尼姑回来，开始打扫庭院。

太吉郎坐在桌前，脑海里浮现出宗达和光琳画的蕨菜，以及春日花草的绘画，心中想着刚刚离去的千重子。

来到马路上，父亲隐居的尼姑庵就隐入竹林中，看不见了。

千重子打算去参谒仇野的念佛寺，便沿着古老的石阶拾级而上。她来到左手边矮崖上立着两尊石佛的地方，听见山上嘈杂的人声，就停下了脚步。

这里有几百座朽坏的石塔，人称“无缘佛”。最近常常有摄影爱好者聚集在这里，让女人穿上出奇单薄的衣服站在小石塔群中，为她们拍照。今天大概又在举办这类活动。

千重子从石佛处开始往台阶下走去。她想起了父亲的话。

就算要避开春游岚山的游客，仇野和野宫神社也不像是年轻姑娘去的地方，比穿父亲画的素色图案还不合适……

“爸爸在尼姑庵好像什么也没做，”一丝淡淡的感伤涌上千重子心头，“他咬着脏兮兮的念珠，到底是什么样的心情呢？”

千重子知道，在店里，父亲有时要压抑激烈的情绪，那是能把念珠咬碎般的激烈情绪。

“咬自己的手指也好呀……”千重子自言自语着摇了摇头，随即想起和母亲一起在念佛寺撞钟的事来。

钟楼是新建的，身材娇小的母亲根本撞不响。

“妈妈，深呼吸！”千重子把手叠放在母亲手上，跟她一起撞过去。钟声十分洪亮。

“啊，余音好长。”母亲很高兴。

“嗯，跟平时和尚撞的钟声也不一样。”千重子笑了。

千重子在通往野宫神社的小路上一边走着，一边回忆往事。不久以前，这条小路还被称为通向竹林深处之路。如今，那种幽暗已经不复存在，神社门前的小店也响起了叫卖声。

不过，小小的神社仍毫无变化。《源氏物语》中也有描述，出任斋宫的皇女在去伊势神宫侍奉前，要以清净无垢之身在这里幽居三年，完成斋戒，所以称作宫居遗址。此处带着树皮的黑木鸟居和杂树墙尤其有名。

沿着野宫神社前的田间小路继续走，眼前一下开阔起来，是岚山。

千重子在快到渡月桥的松岸处乘上公共汽车。

“到家该怎么说爸爸的事儿呢……妈妈倒是早就料到会这样了……”

中京的商铺，大部分都在明治维新前“禁门之变”引起的火灾中被烧毁过，太吉郎的店铺也未能幸免。所以，尽管这一带有些店铺还有红格子门和二楼竖格子窗，保留着古色古香的京都风格，实际上也只有不到百年的历史。不过，据说太吉郎家店铺后面的仓库当初倒是躲过了一劫。

他家店铺重建时没有追逐时下的潮流，一来是主人性格所致，二来也是生意本身有些没落的缘故。

千重子回到家，打开格子门，一眼望到了店铺的最里头。

母亲阿繁坐在平日父亲用的桌前，吸着烟。她左手托腮，屈着背，看上去像是在读或是写着什么，可桌子上空空的。

“我回来了！”千重子走到母亲身边。

“啊，回来了，辛苦你了。”母亲仿佛一下子回过神来，“你爸怎么样？在干些什么呢？”

“怎么说呢……”千重子一时不知该怎么回答，就先告诉母亲说，“我买了豆腐带过去。”

“森嘉的？你爸爸一定很高兴吧。做汤豆腐吃了？”

千重子点了点头。

“岚山景色怎么样？”母亲问。

“人特别多。”

“你爸送你到岚山了吗？”

“没。庵主不在，他得看着……”

千重子接着回答母亲之前的问题，说：“爸爸在练字。”

“练字啊。”母亲似乎并不意外，“书法能静心，我也练过。”

千重子端详着母亲白皙优雅的面庞，从中看不出任何波澜。

“千重子。”

母亲平静地唤她。

“千重子，你不一定非得继承我们的家业……”

“……”

“你想出嫁，随时都可以的。”

“……”

“你听明白我说的了吗？”

“您为什么说这个？”

“一下子也解释不清楚。不过，妈妈也五十岁了，是经过考虑才这样说的。”

“那干脆把店关了吧……”千重子美丽的眼睛湿润了。

“哎，你这也想得太远了……”母亲微微一笑。

“千重子，你刚才说我们家不如关门大吉，是真心话吗？”

母亲说话的声音不高，态度很是坦然。千重子看见母亲微笑，也可能是错觉吧。

“真心的。”千重子答道，一阵疼痛穿过她的胸口。

“我可没生气，你别一副这样的神情。有话直说的年轻人和听着的老人，你也知道哪个更难受。”

“妈妈，请您原谅我！”

“也谈不上原谅不原谅的……”

这次，母亲是真的笑了。

“你的话，跟我刚才同你说的，好像不是一回事呢。”

“我也糊涂了，不知道自己到底在说什么。”

“人呢，包括女孩子，要想清楚了再说话，不要变来变去。”

“妈妈！”

“同样的话，你在嵯峨，跟你爸爸也说了？”

“没有。跟爸爸什么也没说。”

“是吗。那你把这话也跟你爸爸说说吧。他是个大男人，听你这么说，肯定会生气。不过，我想他内心是高兴的。”母亲用手按着额头，“我坐在你爸的桌子前，一直想他的事情来着。”

“妈妈，其实您心里什么都明白吧？”

“什么？”

母女俩一时无言，最终还是千重子打破了沉默，说：“我去锦市场看看有什么菜卖，好准备晚饭。”

“好。你去吧。”

千重子起身回到前面的铺子，下到土间。这土间原本一直延续到里间，十分狭长。在不挨着铺子的另一侧墙边，有一排黑色灶台，是过去做饭的地方。

当然，如今这些灶台已不再使用，在后面安了煤气炉，地面也铺了地板。要是像以前那样的泥灰地，刮起穿堂风，在京都严寒的冬天，实在教人吃不消。

不过，灶台本身没有拆除（大多数人家都保留着）。这是因为灶神信仰已经根深蒂固。灶台后面供着镇火的神符，还摆着布袋神的像。每年二月第一个逢午的日子，人们会去伏见稻荷大社参拜，请一尊布袋神回家供奉。一年请一尊，直至请齐七尊。如果这期间家里有人过世，就要从第一尊重新逐年请回。

千重子家灶上的神像已经请齐了七尊。父母加女儿的三口之家，这十几年来都未曾有过丧事。

神像的旁边，放着白瓷花瓶，母亲每隔两三天便会换水，并把架子仔细擦拭一遍。

千重子拎着购物篮走出门，就看见一名年轻男子从格子门进到店里。

“是银行的人。”

对方似乎没有注意到她。

是那位常来的年轻职员，应该不是什么让人担心的事情，千重子心想。但她的脚步还是沉重起来。她沿着格子门慢慢往前走，手指轻轻划过每一扇格子。

走到格子门的尽头，她转身打量起自家店铺。抬头看去，二楼的竖格子窗前挂着一块古老的招牌，招牌上还盖着小小的屋顶，这是老店的标志，也是一种装饰。

春日和煦的斜阳懒洋洋地照在招牌的烫金字上，反而显出一丝寂寥。印着店名的厚布门帘已经褪色发白，粗粗的线也露了出来。

“就算是平安神宫的红色垂樱，以我现在的心境，看着也觉得落寞吧。”千重子加快了脚步。

锦市场和往常一样人头攒动，十分热闹。

从市场回来，在自家店铺不远处，千重子遇见了卖花姑娘，人们都叫她们“白川女”。千重子主动招呼说：“来我家吧。”

“多谢您。小姐这是刚回来？去哪儿了呀？”姑娘问道。

“去了趟锦市场。”

“那可够辛苦的。”

“我想要供神的花。”

“多谢惠顾。您喜欢哪束，尽管挑吧。”

说是花，其实是杨桐。说是杨桐，其实是嫩叶。

每逢初一和十五，白川女都会拿着花过来。

“今天赶上小姐您在家，太好了。”白川女说。

千重子挑选着带嫩叶的枝条，心里也充满了活力。她握着杨桐走进家门，声音欢快地说：“妈妈，我回来了。”

稍后，千重子又把格子门半拉开，望向街上。见卖花的白川女还在，她便招呼道："进来歇会儿吧。我沏茶给你喝。"

"太感谢了。您总是对人这么好。"姑娘点点头，举着一束野花进了土间，说道，"只是些寻常的野花，您别嫌弃。"

"谢谢你，还记得我喜欢野花。"千重子凝视着山野的鲜花。

走进门，灶台的前边有一口老井，上面罩着竹编的盖子。千重子把花和杨桐放在井盖上。

"我去拿剪刀来。对了，杨桐叶子还得洗一下吧……"

"我这儿有剪刀。"白川女一边将剪子弄出声响示意千重子，一边说，"您家的灶台总是这样干净，我们卖花的看了都替灶王爷感激。"

"妈妈爱干净……"

"也有您的功劳。"

"……"

"近来很多人家的灶台、花瓶，还有井盖这些地方，都脏兮兮的，落满了灰，我们卖花的都渐渐泄气了。可到您家一看就放心了，真教人高兴。"

"……"

千重子无法对她说，最紧要的生意却是一天不如一天了。

母亲还坐在父亲的桌子前。

千重子把母亲叫到厨房，给她看从市场买回的东西。母亲看着她一样一样从篮子里拿出来，不觉想道：这孩子也节俭起来了。当然，这也是因为父亲离家去嵯峨的尼姑庵了……

“我也来帮忙吧。”母亲站在灶前，问道：“刚才是常来的那位卖花姑娘吗？”

“嗯。”

母亲又问：“你在嵯峨的尼姑庵里看见你送给爸爸的画册了吗？”

“哎呀，没看见呢……”

“他只带了你送的那本去呀。”

那本画册收录了保罗·克利、马蒂斯、夏加尔等人的画作，还有些当代抽象画。千重子买给父亲，希望能给他带来新的灵感。

“咱家店里，不需要你爸爸画图案也可以的嘛，挑一些别人印染的成品布料来卖就行了。可你爸爸却……”母亲说道。

“话说回来，千重子总是穿爸爸设计的图案，妈妈也要谢谢你呢。”母亲继续说道。

“谢什么呢……我是喜欢才穿的。”

“爸爸看到你身上的和服和腰带，觉得有点儿凄凉吧？”

“妈妈，瞧您说的！那些衣服虽然乍看不打眼，细看是很有味道的。总有人夸呢。”

千重子想起，今天跟父亲也说过同样的话。

“有时候，漂亮的女孩子，穿朴素的衣服倒是更好看……”母亲打开锅盖，用筷子搅着锅里的炖菜，又说，“也不知道你爸爸为什么就画不出华丽、时尚的图案了。”

“……”

“你爸爸过去画的图案，都很华丽新奇呢……”

千重子点了点头，说道：“妈妈为什么不穿爸爸设计的图案呢？”

“我年纪大了呀……”

“您老说年纪大了，年纪大了，您才几岁呀。”

“年纪大了……”母亲只是这样说道。

“被称为人间国宝的那位小宫先生，他设计的江户小纹图案，年轻人穿上反而出彩，抢眼得很。擦肩而过的人都要回头看个不停呢。”

“你爸爸比不得小宫先生那种名人吧？”

“爸爸在精神层面……”

“瞧你说得怪深奥的。”母亲扭过脸，那是一张典型的京都人的白皙面庞，“不过，你爸爸跟我说，等你举办婚礼时，给你做一身光彩夺目的华丽衣服。我一直盼着呢。”

“我的婚礼？”

千重子的表情凝重起来，有一会儿不再吱声。

“妈妈，在您的一生中，做过的最疯狂的事是什么呀？”

“这个呀，以前也跟你说过吧，一是跟你爸结婚，再就是我们把可爱的小婴儿千重子偷了逃跑的时候啊。偷了你坐车逃回来。已经过了二十年啦，现在想起来心还怦怦乱跳，不信，你摸摸看。”

“妈妈，我是个被人丢掉的孩子吧？”

“不对，不对。”母亲使劲摇头，这是她很少有的举动。

“人一辈子，总会做一两件可怕的坏事。”母亲继续说道，“偷婴儿，比偷钱、比偷什么罪孽都大。也许比杀人还要坏。”

“……”

“你的亲生父母，一定难过得发疯了。一想到这些，我就恨不得立刻把你还回去，可是已经晚啦。你要是想去找他们，我也拦不住……只是我这个做妈妈的就活不下去了。”

“妈妈，您别说这些话了……我就您一个妈妈。我从小到大都是这么想的……”

“妈妈知道，所以才觉得自己罪过大啊。我和你爸想好了，下地狱就下吧。这辈子有这么可爱的女儿，下地狱也值得了。”

母亲的措辞十分激烈，只见泪珠从她的脸颊上流了下来。千重子的眼睛也湿润了。

“妈妈，您就实话告诉我吧，我是被人扔掉的，对吧？”

“不是，我跟你说过了，不是的。”母亲又摇头，“千重子，你为什么非觉得自己是个弃儿啊？”

“爸爸妈妈怎么会去偷人家的孩子，我才不信。”

“我不是说了吗，人这一生，总会干一两件可怕的坏事，就像疯了似的。”

“那您说，我是在哪儿捡的？”

“在祇园赏夜樱的时候嘛。”母亲滔滔不绝起来，“不是跟你说过嘛，樱花树下的椅子上有个婴儿，看到我们俩，笑得像花开了一样，让人忍不住就抱起来了。一抱起来，就激动得胸口发紧，再也放不下了。我用脸蹭着你的小脸蛋，抬头看你爸爸。他说‘阿繁，咱们把孩子偷走吧’，我说‘什么’，你爸又说‘阿繁，快跑，快’，然后我就什么都顾不得了，拼命跑。一直跑到卖芋棒的平野屋附近，才上了车……”

“……”

“就在婴儿的妈妈转个身不在的工夫，我们就把你偷走啦。”

母亲的话倒也讲得通。

“这就是命运……从此你就成了我们家的孩子，一晃都二十年了。也不知道这对你来说，究竟是好事还是坏事。就算是好事，我也一直在心里合掌谢罪呢。你爸爸也一样。”

“是好事，妈妈，我觉得是好事。”千重子用双手手掌捂住了眼睛。

捡来的也好，偷来的也罢，千重子在户籍上是佐田家嫡生的长女。

父母第一次告诉千重子她不是亲生女儿时，千重子完全没有感觉。那时她刚上中学，甚至怀疑自己是不是哪里惹父母不高兴了，他们才故意这样说。

父母大概是怕千重子从邻居那里得知此事，索性主动先说了。也或许是因为他们知道千重子跟自己很亲，而且多少懂事了，能够接受吧。

千重子确实感到震惊，却没有太难过。青春期也没为这件事烦恼过。她对太吉郎和阿繁的爱和亲密丝毫没有改变。千重子没把这件事放在心上，甚至从未想过和两人会有什么隔阂。这就是千重子的性格。

然而，既然他们不是亲生父母，那么她就该另有亲生父母，也许还有兄弟姐妹。

“也没什么可挂念的……”千重子想，“他们的生活一定比我们苦吧。”

当然，这些事千重子无从知道。倒是这间老店的格子门深处，父母的忧愁更令她挂心。

千重子在厨房里用手掌蒙住眼睛，也是为这一点。

“千重子……”阿繁把手放在女儿肩上摇晃着，“过去的事，就别再问啦。谁知道这世上，什么时候从哪里就掉下来一块美玉呢。”

“美玉？这玉可有点儿不同寻常，不知能不能给妈妈做枚戒指……”千重子说着，麻利地干起活来。

晚饭后收拾停当，母亲和千重子上到里间的二楼。

朝街带竖格子窗的二楼，天花板低矮，房间简陋，住着店里的小伙计。穿过中庭侧面的走廊，可以上到里间的二楼，从店里也可以上来。这里用来招待重要的客户，有时也作为客户留宿的客房。现在跟一般的客户谈生意，都在对着中庭的客厅里进行。说是客厅，其实是店铺延伸到里间的过厅，两侧的架子上摆满和服布料。客厅是长方形的，打开布料什么的很方便。这里一年四季都铺着藤席。

里间二楼的天花板很高，有两间六叠[①]大的房间，是父母和千重子的起居室和卧室。千重子坐在镜前，散开头发。她的长发盘得很整齐。

“妈妈！”

千重子隔着纸拉门唤着母亲，声音里带着千万种思绪。

---

① 日本计量房屋面积的单位，1 叠约为 1.62 平方米。

和服街

京都是一座大都市，却也树木繁盛，有着各种色彩美丽的树叶。

修学院离宫、御所里的松林，以及古寺宽大庭园里的树木自不必说，就是在城市街区里，木屋町、高濑川岸边，还有五条和堀川路旁成排的垂柳，也都让游人眼前一亮。那是真正的垂柳，碧绿的枝条几乎触到地面，让人感到说不出的温柔。北山的赤松则连绵不绝，画出一道柔和美丽的弧线。

现在又值春天，东山的嫩叶也分外养眼。晴朗的日子里，还可以望见远处比叡山嫩绿的山色。

树木漂亮缘于街道整洁。在祇园一带，背街的小路两侧虽排列着古旧昏暗的房屋，道路却干干净净。

以生产和服闻名的西阵一带也是如此。哪怕是最寒酸的小店集中的地方，路上也很干净。格子门再小，也是纤尘不染。同样，植物园里也绝不会有乱扔纸屑的现象。

美军占领时期，营舍就盖在植物园，当然，日本人禁止入内。

美军撤走后，一切又恢复了原样。

西阵的大友宗助非常喜欢植物园里的一条樟树林荫道。樟树长得还不够高大，路也不长，可他常去那儿散步，树木抽芽的时节自然更是要去……

“不知那些樟树现在怎么样了。”他在织机声中这样想着。不会被美国人砍了吧？

宗助一直盼着植物园重新开放。

散步的时候，他习惯出了植物园再沿着鸭川往上走一段，正好可以欣赏北山的风景。他一般都是独自漫步。

植物园和鸭川两处加起来，也就一个小时的散步路程，却让他特别怀念。正想着，耳边传来妻子的声音：“佐田先生来电话了。他好像在嵯峨呢。”

“佐田先生吗？从嵯峨打过来的？”宗助说着向账房走去。

宗助开着一家织布坊，年纪要比批发商佐田太吉郎小上四五岁。两个人不仅生意上有往来，脾气也相投。年轻时，还一起胡闹过，算得上是铁哥们儿。不过，近年多少有些疏远了。

“我是大友，久违了。”宗助接过话筒说。

“大友，你好啊！”太吉郎的声音透着罕见的兴奋。

“你去嵯峨了？”宗助问。

“对，在嵯峨一处隐蔽的尼姑庵里悄悄躲着呢。”

“有故事啊！尼姑庵也有各种类型的。”宗助故意调侃道。

“真是尼姑庵，只有一位上了年纪的庵主。”

“那正好。虽然只有一位庵主，但你可以带年轻姑娘去……”

“别胡说！”太吉郎笑道，“今天打电话是有正经事相求。”

“你说。”

“我现在过去你家，可以吗？”

“欢迎欢迎。”宗助略有些诧异，接着说，“我这儿也抽不开身，正织布呢。织机声在电话里也能听见吧。”

“我正要说呢。这机器声，真让人怀念啊。”

“敢情。这声音要是停了，我可怎么办。又不像你，可以藏到尼姑庵去。”

不到半个小时，佐田太吉郎就乘车来到了宗助家。他眼里闪着兴奋的光芒，一落座便打开包袱，把画稿铺展开来。

“想请你帮我织这个。”

“啊，”宗助盯着太吉郎，“是腰带啊。这么华丽新颖，和你一贯的风格大不相同呢。是给藏在尼姑庵里的美娇娘的？”

“又来了。”太吉郎笑道，“是给我家闺女的。”

“哦！等织好了，你家小姐还不得吓一大跳？话说回来，她会系这样的腰带吗？”

“其实是千重子送给我的画册。克利的，好几本呢，厚厚的画册。”

“克利是什么人啊？”

“千重子跟我说是抽象派的先驱。怎么说呢，他的画风细腻柔和，格调高雅，有一种梦幻感，连我这日本老头也感到与之心灵相通，每天在尼姑庵里反复鉴赏，就画出这幅新图案来了。你看，跟咱们传统的花纹截然不同，是不是？”

“还真是啊！”

“所以，我就想拜托大友你帮我织出来，看看实物是什么感觉。”

太吉郎的兴奋劲儿还没有平静下来。

宗助又把太吉郎的画样端详了半晌。

“嗯，真不错。配色也好……是你以前没画过的新样式，但很老到。织起来估计不容易，我会用心织的。女儿的孝心，父亲的慈爱，我一定把它们都织出来！”

“多谢了。最近，很多人张口闭口‘idea’‘sense’，就连颜色都要跟着西洋的流行走。”

“那些都没有高级感。”

“我顶讨厌那些洋词了。咱们日本不是自古就有各种优雅的颜色吗？用语言无法形容的。”

“就是，单说黑色，就有很多种。”宗助点头表示赞同，接着说，“不过，我今天又想来着，腰带商人里也有像伊津仓那样的……他们家四层洋房，已经是现代化工业生产了。西阵这一带今后估计都得变成那样吧。一天能织五百条腰带，听说过阵子员工也要参与经营，平均年龄才二十来岁。像我家这样的手工作坊，估计二三十年内就会消失了。”

“别说傻话。”

“要是能挺住，还不得变成非物质文化遗产。”

“……”

“连你佐田，不是也借鉴起克利来了嘛。”

“是受了克利的启发，不过，这可是我关在尼姑庵里，不分白天黑夜，苦思冥想了半个来月才画出来的。你看这色彩，还有花纹，运用得还算自如吧？”

“的确，很娴熟，透着一种日式的优雅。”宗助急忙换了语气，接着说，“不愧是佐田你的手笔。我会尽心去织的。款式也会找一家好的匠人，让他们给精心设计一下。对了，还是让秀男来织吧。他是我的大儿子，你也知道吧。”

“嗯。”

“秀男织功比我好，更致密。”

“好，一切听你安排，我就期待成品了。我们家说是批发商，货其实多是往地方上发的。”

“瞧你说的，太谦虚了。”

“这条腰带不是夏天用的，是秋天用的，估计你也看出来了。”

“嗯，明白。打算用什么和服配这条腰带呢？”

“光想着腰带了……”

“也是，你那是批发商，料子多，怎么挑都行，这个好办。话说回来，看样子，你这是要给令爱置办嫁妆了？”

“没有，没有。”太吉郎像说到自己的事情一样，红了脸。

都说西阵的手织机传不过三代。因为这是一门精巧的手艺，就算父辈是优秀的工匠，技艺高超，也无法保证能传给儿子。哪怕儿子勤学苦练，从不懈怠，仍然说不准。

当然，也有这种情况：孩子长到四五岁学缫丝，十一二岁开始上机，练习一阵就可以接外包的活计。所以说，有时子女多有助于家业繁荣。另外，六七十岁的老奶奶也可以在家里缫丝，所以就有祖母和孙女相对而坐，一同干活的景象。

大友家里，只有老妻一人缫织腰带用的丝线。她因终日坐着埋头干活，看上去比实际年龄显老，人也变得沉默寡言。

大友家有三个儿子，正人手一机织着腰带。一家有三台织机，家境当然算是殷实了，有些人家里只有一台，还有的只能租用别人的机子。

长子秀男，如宗助所说，技艺精湛超过了父亲，在纺织同行和批发商间小有名气。

“秀男，秀男！”宗助连叫了几声，秀男却似乎没有听见。又不是好多台机械织机共同作业，三台手织机都是木制的，噪音也不大。宗助觉得自己的声音够大了，秀男却没有反应，可能是太过全神贯注了吧。他的织机在最里面，挨着院子，又正在织难度最大的双层腰带。

“老婆子，去把秀男叫过来。”宗助吩咐妻子。

“嗯。”妻子掸了掸膝盖，下到土间，一边用拳头捶着腰部，一边向秀男的织机走去。

秀男停下手里的梭子，看向这边，却没有立刻站起来。可能是累了，但碍于有客人，又不好意思伸懒腰解乏的缘故吧。他擦擦脸，走了过来，并不热情，只是简单地寒暄了一句：“欢迎您光临寒舍。”从表情来看，他的身心还沉浸在工作之中。

“佐田先生画了一幅腰带图案，想让咱们家来织呢。”父亲说。

“是吗？”听得出，秀男还是提不起兴致。

“是条非常重要的腰带，你来织，比我织更好。”

“是给您家千重子小姐用的吗？”秀男白皙的面庞第一次望向

佐田。

作为京都人，宗助看见儿子这副简慢的表情，急忙打圆场说："秀男一早就起来干活，有点儿累迷糊了。"

"要不是这么整个心思扑上去，哪织得好呢。"太吉郎反倒安慰起他来。

"就是条乏味的双层腰带，可一头扎进去真有点儿出不来，请您原谅。"秀男说着，低头行了个礼。

"不错，手艺人就得这样。"太吉郎连连点头。

"再无趣的设计，拿出去人家都会说是我家的手艺，这么一想就更难受了。"说完，秀男低下了头。

"秀男！"父亲语气严厉起来，"佐田先生的大作不一样，是他隐居在嵯峨的尼姑庵呕心沥血画出来的。不是拿去市面上卖的。"

"这样吗？在嵯峨的尼姑庵……"

"你也看看，开开眼！"

"好的。"

秀男的态度让太吉郎深受打击，刚才进大友家时的气势已经没了一半。

设计稿展开在秀男面前。

"……"

"不好？"太吉郎问得不太硬气。

"……"秀男不作声，一直望着画稿。

"不好，是吧？"

“……”

“秀男！”儿子固执的沉默，让宗助看不下去了，“你快回个话，这样多不礼貌！”

“好的。”秀男还是不肯抬起脸，“我也算是个手艺人，看的又是佐田先生的设计稿，这可不是一般的活儿，不敢乱说。是千重子小姐的腰带，对吧？”

“是啊。”父亲点点头，看着秀男一反常态的样子，很不高兴。

“不好吗？”太吉郎再次问道，语气终于粗暴起来。

“挺好的。”秀男很沉着，“我没说不好。”

“你嘴上没说，心里却……都写在你眼睛里了。”

“是吗？”

“你说什么！”太吉郎立起膝盖，一巴掌扇在秀男脸上。秀男没有躲避。

“您就使劲打吧！我做梦都没想过说您的画稿不好。”

秀男的脸挨了打，反而神采奕奕起来。

挨了打的秀男双手伏地，向太吉郎行礼道歉。他的半边脸通红，却连摸都没摸一下。

“佐田先生，对不起。”

“……”

“也许您听了会生气，但请您允许我来织这条腰带吧。”

“你想织？我原本就是为这个来的嘛。”

这下是太吉郎极力让自己镇静下来。“也请你原谅我。年纪大了，还这么不像话。手都打疼了……”

“您借我的手来打就好了。织匠的手皮糙肉厚啊。”

两人都笑了。

然而，太吉郎心底的疑虑并没有打消。

“多少年没打过人了，都想不起来上次是什么时候了——这回多蒙你不跟我计较。不过，秀男，我还是想知道，你看这张画稿时，为什么表情那么奇怪？实话告诉我行吗？”

“好的。”秀男的脸又阴沉起来，“我还年轻，只是个手艺人，说不太清楚。您说过，这是隐居在嵯峨的尼姑庵里画的吧？”

“对。今天也要回那里去，估计得再待上半个月吧……”

“您别去了。”秀男坚决地说，“您回家去吧。”

“在家我静不下心来。”

“您这幅图案鲜艳、华丽，十分新颖，我看了先是吃了一惊，好奇您为什么画这样的图案。等仔细一看……”

“……”

“乍看很有情趣，却没有温馨和谐的灵魂。怎么说呢，是烦躁而病态的。”

太吉郎脸色发青，嘴唇颤抖，答不出话来。

“再幽静的尼姑庵，也难免有狐狸貉子一类的，您是不是被什么东西缠上了？”

“唔。”太吉郎把画稿放至膝头，定定地看着，“啊……你说得对。这么年轻就能说出这种话来，了不起！谢谢你。我再好好想想，重画一张。”太吉郎急匆匆地卷起画稿，塞进怀里。

“不用，这个图案很漂亮，织出来感觉会不一样，颜色也可以用染料和色线调整……”

“多谢了，秀男。你是想用对我女儿的情谊，给图案增加几分温馨吧？”太吉郎嘴上这样说，却匆匆寒暄几句就出了门。

门前有一条窄窄的河流。这是京都才有的小河，岸边的草也古色苍然，向水面倾斜着。河畔的白墙，就是大友家。

太吉郎在衣兜里把画稿揉成小团，扔进了河里。

阿繁突然接到太吉郎从嵯峨打来的电话，让她带女儿一起去御室赏樱花。她有些不安，和丈夫一起去赏花，这是前所未有的事。

“千重子，千重子！”阿繁求救似的唤着女儿，“爸爸的电话，出来一下……”

千重子走过来，手搭在母亲肩上听电话。

“好的，我带妈妈一起来。您在仁和寺门前的茶馆等我们。好的，会尽快……”

千重子放下听筒，看着母亲笑道：“不就是叫我们去赏花嘛，您那么大惊小怪的。”

“为什么叫我也去啊？”

“说是御室的樱花开得正好……”

千重子催着犹犹豫豫的母亲出了店门，看来母亲心中还是觉得有些怪异。

御室的八重樱和有明樱，在市区的樱花中属于花期较晚的，算得上是京都樱花的余韵。

仁和寺山门内左侧的樱花林中，满树繁花压弯了枝头。

太吉郎却说：“真让人受不了！”

林荫路上满目狼藉，人们摆上一张张长椅，坐在那里吵吵嚷嚷地吃喝弹唱。乡下来的老奶奶兴致勃勃地跳舞，也有男人喝得大醉，打着呼噜从长椅上滚落。

“这叫什么事儿啊。”太吉郎兴致全无，转身就走。三人都没有走进樱花林。反正御室的樱花多年来他们也看熟了。

樱花林深处烟雾弥漫，那是赏花客在焚烧垃圾。

“阿繁，咱们赶紧躲到清静的地方去吧。”

三人正要往回走，就看到樱花林对面高大的松树下有六七个朝鲜女子。她们穿着民族服装，正在长椅边敲着朝鲜大鼓跳传统舞蹈，舞姿优雅而富有情趣。松树的翠色中依稀掩映着山樱花。

千重子停下脚步，欣赏朝鲜舞蹈。

“爸爸，还是找个清静的地方。去植物园怎么样？”

“对，这个主意好。御室的樱花好歹也看了一眼，就算不辜负春色了。”太吉郎一行走出山门，上了车。

自今年四月份植物园重新开放后，从京都站开往植物园的电车似乎也增加了许多。

“要是植物园人也多，咱们就去贺茂河边走走。”太吉郎对阿繁说。

车在满眼新绿的街市中穿行。古色苍然的老屋，比新建的房子更能衬托出嫩叶的勃勃生机。

植物园从门前的林荫路起，就宽敞明亮。左手边便是贺茂河堤。

阿繁把门票掖在和服腰带里。植物园开阔的风景，让她心中豁然开朗。从店前的街只能望见山的一角，何况她连店门都很少出。

一进植物园就是喷泉，四周开满了郁金香。

“看着不像京都的景色呀。到底是美国人住过的地方。”阿繁说。

“樱花在里面呢。”太吉郎回道。

春风若有似无，走近喷泉，却有细碎的水花被吹溅过来。喷泉左前方，建了一个钢筋骨架、玻璃圆顶的大温室。三人没有进去，只隔窗看了看里面一丛丛的热带植物。散步的时间有限。道路右侧，高大的雪杉也已抽芽，下层的树枝都铺到了地面。虽然是针叶树，但新芽柔嫩的绿色，让人无法把它与“针”字联系在一起。雪杉和落叶松不同，不是落叶树种，如果它凋零，不知是否还会长出这些梦一般的新芽呢？

“输给大友的儿子了啊。”太吉郎没头没脑地说了一句。

“活儿比他爸爸干得漂亮，还很有眼力，能看到深处。”

太吉郎自言自语着，阿繁和千重子当然听不懂他在说什么。

“您见到秀男了？”千重子问。

“听说他织布是一把好手呢。”阿繁也只搭了一句。太吉郎向来不喜欢别人刨根问底。

从喷泉右侧一直向前走到尽头，左边是儿童游乐场，十分热闹，草坪上还放着一大堆孩子们的物品。

太吉郎一家三口从树荫下右拐，没想到闯进了郁金香园。只见成片的花圃里繁花似锦，红的、黄的、白的，还有黑茶花般的深紫色，大朵大朵地绽放着，美得千重子不觉惊呼出声。

太吉郎也叹了口气，说道："嗯，美到这个地步，新和服是该用郁金香啊。我之前还觉得俗气来着……"

如果把雪杉缀满嫩叶的下层枝条比作孔雀开屏，那又该拿什么来比喻这五彩缤纷、怒放着的郁金香呢？太吉郎久久地凝望着前方。

阿繁和丈夫保持着距离，一直待在女儿身边。千重子心里觉着好笑，脸上倒是没有显露出来。

"妈妈，白色花圃前的那群人好像是在相亲呢。"千重子对母亲耳语道。

"嗯？可能吧。"

"您快看呀。"女儿扯了扯母亲的衣袖。

郁金香园前有座喷泉，池中有鲤鱼游动。

太吉郎离开座椅，凑近郁金香，细细端详。他弯着腰，一直看到花芯深处，随后又回到母女二人身边，说道："西洋花虽然艳丽，看久了却容易腻。我还是更喜欢竹林。"

阿繁和千重子也站起身来。

郁金香园地处洼地，周围树木环绕。

"千重子，植物园是西洋式的庭园吗？"父亲问道。

"我也不太清楚。大概是吧。"女儿答道，接着又说，"好不容易带妈妈来一次，再多待一会儿吧。"

太吉郎只好又回到花丛中漫步，看上去很是无奈。

突然有人喊他："佐田？哎呀，果然是你。"

"哦，是大友啊。秀男也来了。"太吉郎说，"真没想到，在这儿碰上了。”

“真是啊，我也没想到，太意外了。”宗助深鞠了一躬。

“我喜欢这里的樟树道，一直就盼着植物园重开。都是些树龄五六十年的大树，刚才就从那路上慢慢散步过来的。”宗助又行了个礼，“上回在我家，犬子实在是口无遮拦，冒犯了。”

“年轻人嘛，没关系的。”

“你这是从嵯峨过来的吗？”

“对，从嵯峨，不过阿繁和千重子是从家里来的。”

宗助走过去和母女二人寒暄。

“秀男，这儿的郁金香，你怎么看？”太吉郎的声音中略带着严厉。

“花是鲜活的。”秀男的态度还是那么生硬。

“鲜活？确实，它们是有生命的。不过，我已经有点儿看腻了，开得太多了。”太吉郎说完，把脸转向了一旁。

花是鲜活的。生命虽短，却充满生机。来年还会含苞、绽放——与大自然一样……

秀男的话又让太吉郎受了刺激，令他如鲠在喉。

“还是我眼力不够吧。郁金香的衣料和腰带什么的，我不喜欢。当然，要是伟大的画家，即使是画郁金香，也能画出一幅有永恒生命的画吧。”说这话时，太吉郎一直别着脸不看秀男，“古董布料就是这样，有的比这古都还古老。那么美丽的花样，却再也没人能画出来了，今人只是一味模仿罢了。”

“……”

“这些生机勃勃的树，有的比这京都还要古老，不是吗？”

“我说的不是那么深奥的道理。我这样一个成天只知道织布的人，没想过那么高深的问题。”秀男低头施礼，又说，“不过，打个比方，如果令爱千重子小姐和中宫寺或广隆寺的弥勒佛像站在一起，不知会比他们美上多少倍。”

“你这是说给千重子听，哄她开心的吗？这比喻可是过奖了。不过，秀男，年轻姑娘转眼就会变成老太婆的。快得很啊。”太吉郎说。

“正因为如此，我才说郁金香是鲜活的。”秀男加重了语气，“正因为花期短暂，所以才要拼命去绽放，不是吗？现在正值花期。”

“那倒是。”太吉郎转过身来看向秀男。

“我现在已不再奢望织出一条可以传世的腰带，哪怕只有一年，能让系它的人心情愉悦就行了。”

“这种心态不错。”太吉郎点头道。

“没办法。我们和龙村家不一样。”

“……”

“我说郁金香是鲜活的，就是这个意思。虽然现在正值花期，可也已经有两三瓣落英了，是吧？”

“的确。”

“说到落英，散落的樱花如飞雪一般，别有一番情趣。不知郁金香凋零会是怎样一种景象。”

“郁金香的花瓣散落后的样子……”太吉郎说，“这我倒没想过。我就是觉得花多得有些乏味，颜色太鲜艳了，没了韵致。看来我是老了。”

“走吧。”秀男催促道，“我们家接的郁金香腰带图样，全都没有生命。今天开了眼了。”

太吉郎一行五人沿石阶而上，离开了低洼处的郁金香园。

石阶两侧种满了钝叶杜鹃，团团簇簇，与其说组成了篱笆，更像一道长堤。虽还未到花期，但那细嫩而茂密的新叶衬得盛开的郁金香越发艳丽。

登至高处，只见右边是一片开阔的牡丹园和芍药园，也都还没有开花。也许是新建的缘故，这片花圃和周围景致略有些不协调。

不过，向东可以眺望比叡山。

植物园里很多地方都可以望到比叡山、东山和北山。自芍药园东侧看到的应该是比叡山的正面。

“霞雾弥漫，比叡山看上去低了不少啊！”宗助对太吉郎说。

“在春霞中，山也柔美了。”太吉郎凝望了一会儿，又开口道，“大友，看着这霞雾，你有没有觉得春天将逝？”

“有吗？”

“雾气这么浓，反倒让人有些……春天也走到尾声了啊。”

“是啊！”宗助接道，“真快啊，我家都还没得空去赏花呢。”

“反正也没什么新奇的。”

二人沉默了一会儿，太吉郎提议道：“大友，咱们走你喜欢的那条林荫道回家吧。”

“多谢了。只要有那条路可以走，我就知足了。来的时候，我们走的也是那条路……”宗助又回头叫千重子，“姑娘，陪我们一起吧。”

林荫路上，两侧的枝条交织在一起，梢头细软的嫩叶还透着淡红，没有一丝风，嫩叶却微微摇动。

五人保持沉默，慢慢地走着，沉浸在各自的思绪中。

太吉郎满脑子都是秀男的话，他把奈良和京都最典雅的佛像与女儿相比，说千重子比它们还要美丽。看来，他已经完全被千重子吸引住了。

“可是……”

如果千重子和秀男结婚，大友家的作坊又哪里有适合她的位置呢？难道要像秀男的母亲一样，没日没夜地缫丝吗？

太吉郎回头看去，只见秀男正对千重子不停地说着什么，她也间或点头应和。

即使结婚，千重子也未必要嫁到大友家去，可以让秀男入赘到自己家来。太吉郎思绪联翩。

千重子是独女，如果把她嫁出去，老伴阿繁肯定十分难过。

可秀男是大友家的长子，他父亲宗助还说他的手艺在自己之上。不过，他们家还有两个儿子。

虽说自家的铺子“丸太”现在生意大不如前，店中旧物都无力修补，不过好歹也是中京区的批发商，和只有三台手工织布机的小作坊还是不同的。大友家是纯粹的家庭作坊，连个工人都没雇，可见光景一般，从秀男母亲浅子的打扮，还有那简陋的厨房也可看出一二。就算秀男是长子，如果劝说得法，说不定对方也能同意让他做上门女婿。

“秀男真是沉稳啊。”太吉郎对宗助试探着说，“虽然年纪轻轻，但办事牢靠，让人放心。”

“过奖了。”宗助回答得很自然，“工作的确卖力，可不会跟人打交道，说话太鲁莽，愁人啊！”

“这才好啊，有个性。这阵子，我也净挨他的批了……”说起这点，太吉郎反倒显得有些高兴。

“真得请你原谅啊。他那样的脾气……”宗助微微颔首，表示歉意，“他要是自己没想通，就连父母的话也不听。”

“挺好的。”太吉郎点点头，接着问道，“对了，今天为什么只带秀男一个人来？”

“要是把弟弟们都带来，家里就得停工了。还有，带秀男来，是想着让他在樟树道上走走，说不定能软化软化他那硬脾气。”

“这条林荫道真不错。实话说吧，我带阿繁和千重子来植物园，还是因为秀男好意劝告呢。”

“啊？”宗助惊讶地端详着太吉郎的脸，“是你想女儿了吧？”

“不，不是。”太吉郎连忙否认。

宗助回过头，看到秀男和千重子走在后面，阿繁还要落后一些。

出了植物园的门，太吉郎对宗助说：“你们用这辆车吧，西阵离得近，一会儿就能回来，我们趁这工夫去贺茂河堤走走。”

宗助还在迟疑，秀男说：“那么我们就不客气了。”说着，让父亲先上了车。

看到佐田一家站好送行，宗助在座位上欠身行礼，秀男却只微微点头示意。

“这孩子有点儿意思。”太吉郎想起自己还打过他一巴掌，边忍住笑边对千重子说，“千重子，你和秀男还挺谈得来呀。这小子一看见女孩子话就变多了。”

千重子眼神有些羞涩。“您说在林荫路上？我只是听他说来着，不知道他怎么有那么多话，说个不停……”

“哎呀，这不就是喜欢我们千重子吗？这你都不明白？他还对我说，您女儿比中宫寺和广隆寺的弥勒佛还美呢……我吓了一跳，那个怪小子，能说出这种话来。”

千重子也惊讶得说不出话来，脸上浮起一抹淡红，一直染到脖根。

“你们说什么了？”父亲又问。

“西阵手工织机的命运什么的。”

“命运？哦？”父亲似乎陷入了沉思。

“说起来，命运这个话题挺复杂的。不过，命运也……”女儿回道。

出了植物园，右手边就是贺茂河堤，两旁种着松树。太吉郎率先穿过松林，下到河滩。说是河滩，其实是一片狭长的平地，长满了嫩草。河水从堤坝上翻流而下的潺潺声，立刻在耳边响起。

老人们围坐在草地上吃便当，年轻男女成双成对地散着步。

河对岸，车道下面是一条人行步道。透过几株已经生出叶子的樱树，可以看到后方正中的爱宕山以及连绵的西山。河流上游靠近北山。这一带都是景观保护区。

“坐一会儿吧。”阿繁说。

北大路的桥下，河滩的草地上晾着一些友禅绸。

“春天可真漂亮啊。”阿繁四处张望着感叹道。

“阿繁，你觉得秀男那孩子怎么样？”

“什么怎么样？”

“做咱家的上门女婿啊。”

“啊？突然这么说，我……”

“那孩子挺可靠的。”

“那倒是。不过，你得问千重子。”

“千重子早就说了，她绝对服从。”太吉郎看向千重子，“对吧，千重子？”

“这事可勉强不得。”阿繁也看着千重子。

千重子低下头，眼前浮现出水木真一的身影。那是小时候的真一，描了眉毛，擦了口红，穿着平安朝的服装，化妆成童男，坐在祇园祭的长刀花车上——当然，那时千重子也是个小孩子。

北山的杉树

从古老的平安时代起，在京都，说起山就是指比叡山，说起节日便要数葵祭了。

五月十五日的葵祭已经过去。

自一九五六年起，就让斋王加入了葵祭的敕使游行队伍。古时，斋王去斋院隐居前，要在贺茂河中沐浴洁身。游行就仿照这个古老的仪式进行。伴着乐师奏出的雅乐，斋王身着十二单坐在牛车中通过，车前有平安朝装束的宫廷女官开道，车后有女仕和童女相随。斋王多由女大学生扮演，加上服装的映衬，显得优雅又华丽。

千重子的同学中，曾有人被选中扮演斋王，千重子他们那时就去过贺茂河堤观看游行。

京都古老的神社和寺院很多，几乎每天都有大大小小的节日游行。翻开节日日历，五月几乎随时随地有热闹可看。

神前献茶，茶会，露天茶筵……有关茶道的活动多得让人深感分身无术。

可是今年五月，千重子连葵祭都错过了。一方面是五月雨天太多，另一方面也是因为小时候看得多，有些厌倦了。

樱花固然好看，千重子却也喜欢欣赏嫩叶和新绿。高雄一带枫树的新叶自不必说，若王子一带也是她喜欢去的地方。

她从宇治买了新茶，一边沏茶一边说："妈妈，咱们今年都忘了去看采茶啦。"

"采茶，现在还能看到吧？"母亲回道。

"不知道呢。"

上次去植物园，林荫路上，樟树叶子芽苞初绽的美，如今已经看不到了。

"千重子，咱们去高雄赏枫树新叶吧。"好友真砂子打来电话约她，"比看红叶时人少呢。"

"现在不晚吗？"

"那儿比城里要冷一些，我想还来得及。"

"嗯。"千重子停顿了一下，又说，"我看完平安神宫的樱花，本该去周山也看看的，结果给忘了。就是那棵古树……现在樱花是看不到了，但我想去看北山的杉树。咱们去高雄，离那里也很近了。北山杉挺拔直立的样子太漂亮了，让人觉得心都被掏空了似的，特别舒畅。陪我去看看好吗？我特别想看北山杉，比红叶还想呢。"

既然已经来到这里，千重子和真砂子决定还是去高雄的神护寺、槙尾的西明寺、栂尾的高山寺欣赏欣赏枫树新叶。

通往神护寺和高山寺的山坡都很陡峭。真砂子穿着轻便的西式夏装和低跟鞋，感觉还好，转头看看身着和服的千重子，不觉替她担心。可是千重子似乎并不吃力。

“为什么这样看我？”

“真好看啊。”

“确实好看。”千重子停下脚步，俯瞰下方的清泷川，“我以为树林里会更闷热呢，没想到这么凉爽。”

“我是……”真砂子忍住笑，“千重子，我是说你呢。”

“……”

“世上怎么会有你这么好看的女孩子呢？”

“讨厌！”

“走在绿荫里，素色和服把你的美都衬托出来了。当然啦，你穿亮色衣服也会明艳动人的……”

千重子穿了一件不甚显眼的紫色和服，配一条南洋布腰带，正是用那天父亲毫不吝惜裁下的布料做的。

千重子一边登石阶，一边想着：在神护寺里见到的平重盛和源赖朝的肖像，是被安德烈·马尔罗誉为世界名画的杰作。正当她想到重盛腮边隐约残留的一抹微红时，真砂子的话传入耳中。这样的话，千重子不知听她说过多少遍了。

在高山寺里，千重子喜欢从石水院宽阔的廊子眺望对面的山景，也喜欢开祖明惠上人树上坐禅的肖像画。壁龛旁边，正展着一幅《鸟兽戏画》的复制品。两人在廊子上品了一杯茶。

一般游客到了高山寺就不再往山里走了，真砂子也是这样。

千重子记得父亲曾带她去周山赏樱，采了笔头菜回家。笔头菜又粗又长。而她不论何时来高雄，即使独自一人，也会去村里欣赏北山杉。村子如今已经合并到市里，成了北区中川北山町。但那里只有一百二三十户人家，还是叫村子更加合适。

“我每次都是走路去的。我们走过去吧。”千重子说，“多好的路啊。”

到了清泷川岸边，两侧的山峰变得陡峭起来。前面就能看到美丽的杉树林。杉树笔直地耸立着，一望便知有人精心修剪过。著名的北山圆木段，就是这个村子的特产。

大概此时恰是下午休息时间，一群女人像是刚割完草，正从山上的杉树林走下来。

真砂子停住脚步，端详着其中一位姑娘。

“千重子，那个人太像你了。简直是一模一样嘛。”

那姑娘身着深蓝色碎花纹窄袖和服，袖子用揽袖带高高挽起；穿着劳动裤，系着围裙，胳膊上套着套袖，头上扎着头巾。围裙直裹到身后，两侧开叉。浑身上下只有揽袖带和劳动裤上面露出来的细腰带是红色的。其他姑娘也是一样的打扮。

这种人偶似的打扮很像卖柴的大原女和卖花的白川女，不过这些姑娘不是为了进城卖东西穿成这样，而是在山里干活。这是在田野或山里干活的日本女子的打扮。

“真的很像你，千重子，你不觉得奇怪吗？快好好看看。”真砂子又说了一遍。

“是吗？”千重子并没有仔细端详，只说，“你呀，总是冒冒失失的。”

“我是冒失，可她真漂亮啊！”

“漂亮倒是漂亮……”

“就像是你的私生女。”

“胡说些什么呢！”

被千重子嗔怪，真砂子自己也感到不妥，捂住嘴才没笑出声来，说：“陌生人长得像这种事倒是常见，可你俩也太像了，怪吓人的。”

那姑娘和她的伙伴们与千重子她们擦肩而过，却都没有注意到她们两个。

姑娘的头巾扎得很低，只露出一点儿刘海，几乎挡住了半张脸。并不像真砂子说的那样能清楚地看见她的脸，也没机会正面相对。

千重子来过这个村子很多次，看到过男人们把圆杉木段的树皮剥掉后，女人们再仔细清理一遍；也看到过她们把菩提瀑布的沙子用清水或热水和湿，打磨圆木。这些活计都要在路边或是户外进行，小小的山村，年轻女孩本就不多，所以，千重子对这几个姑娘的面庞都依稀有些印象。当然，并不是说她曾端详过每一个人。

真砂子目送她们走远，稍稍平静下来，但还是反复说：“太不可思议了。”随后又盯着千重子的脸左右打量，疑惑道：“还是看着像。”

“哪里像？”千重子问。

“怎么说呢……感觉吧。到底哪里像，一下子还真说不好，眼睛、鼻子……都像。按说中京的大小姐和山里的姑娘不应该像。我也说不明白，饶了我吧。”

“瞧你说的。”

“千重子，我们悄悄跟着，去她家看看怎么样？”真砂子还是不死心。

悄悄跟到别人家里去窥探这种事，真砂子再开朗活泼，也只是说一说而已。倒是千重子放慢了脚步，几乎停了下来。她一会儿仰望满山的杉树，一会儿又端详起堆在各家摆晾的杉树圆木。

打磨光滑的白杉圆木，都是一般粗细，看上去很美观。

“多漂亮啊，像工艺品一样。”千重子说，“听说它们可以用来修茶室，还会销往东京、九州之类很远的地方呢”。

木料在屋檐下整齐地摆成一排，二层也有一排。有一家在二楼的那排木料前晒着些贴身的衣物。真砂子好奇地看着说：“难道那家人就和木料住在一起吗？”

“你呀，还是那么冒失。”千重子笑道，“你看，圆木屋旁边不是另有一栋漂亮的房子用来住嘛。”

“还真是。我看到二楼晒着衣服，就以为……”

“你刚才说那位姑娘长得像我，就和这一样，是随口瞎说。”

“那可不一样。”真砂子表情严肃起来，问道，“我说你跟她像，让你这么生气吗？”

“怎么会生气呢，没有的事。”话一出口，千重子眼前意外地浮现出那姑娘的眸子来。在她健康劳作着的身姿背后，却有些浓郁的、深沉的忧愁沉在眼底。

“这个村子里的女人都很能干。”千重子赶紧岔开话头。

“女人和男人一块儿干活有什么稀奇的。老百姓嘛，都是这样。不管是种地的，还是卖鱼、卖菜的……”真砂子不以为意，“只有你这样的大小姐，才看什么都新鲜。”

“我也要干活的。你才是大小姐呢。”

“是呀。我是什么也不干。”真砂子承认得倒是干脆。

“干活，说着简单……我很想让你看看这个村子的姑娘是怎么干活的。”千重子又把视线投向杉山，“肯定已经开始整枝了。”

“整枝是什么？”

“就是用镰刀把多余的分叉砍掉，这样杉树才能长直成材。有时也用到梯子，要像猴子一样灵活地在树枝间跳着移动。”

“真危险！”

“有的人，早上爬上树去，直到吃午饭才下来呢。”

真砂子也抬头望向杉山。只见一排排的杉树，整齐而笔直地耸立着，真是美极了。残留在梢头的树叶也如工艺品一般精致。

山不算高也不算深，一抬头就能看清山顶上整齐排列的一棵棵杉树。也许因为杉树是用来建茶室用的，所以连树林都疏落有致，很有茶室的情趣。

不过，清泷川两岸山势陡峭，直落入谷底。此地降水丰沛，少有阳光直射，这样得天独厚的自然环境，是出产名贵杉木的原因之一。这里还天然防风，否则柔嫩的幼树会被吹得歪斜或是扭曲。

村庄坐落在山脚下，房屋沿河而建，只有一排，是座小村庄。两个人走到村庄尽头，又折返回来。

有一户人家正在打磨圆木。女人们把在水中泡过的圆木捞上来，用沙子细细磨着。这种沙子看上去就像红色的黏土，据说是从菩提瀑布底下取来的，所以叫菩提沙。

“沙子要是都被取光了怎么办？”真砂子问。

“下雨时瀑布会把沙子冲下来，堆在下游的。”一位中年女子答道。真砂子想，多自在乐观的话啊。

不过，正如千重子所言，女人们干活十分卖力，手上一刻不停。她们打磨的圆木有五六寸粗，可以用来做柱子。

据说，磨好的圆木要洗净晒干，再卷好纸或捆上草出售。

在有些地方，杉树一直种到清泷川的石滩上。

看着满山成排的杉树和屋檐下摆放整齐的圆木，真砂子眼前浮现出京都老房子纤尘不染的格子门。

村口处设有国铁巴士站，站名叫“菩提道”，估计往上走就是瀑布吧。

两人坐上回程的巴士。

短暂沉默后，真砂子突然冒出一句：“女孩子要是能像杉树一样，长得那么挺拔就好了。”

“……”

“当然，得有人像打理杉树那样，精心照顾我们才行。”

千重子被逗得差点儿笑出声。“真砂子，你们还在约会吗？”

“嗯。就坐在贺茂河边的青草地上约会……”

“……”

“木屋町的纳凉席，客人多起来了，点了灯。不过，我们背对着那边，不会被认出来的。”

“今晚也去吗？”

"约的七点半见。只不过那会儿天还没全黑。"

千重子有些羡慕真砂子的自由。

千重子一家三口在面向中庭的内客厅吃晚饭。

"今天，岛村先生送了好多瓢正饭店的竹叶卷寿司过来。我就只做了蘸料。"母亲对父亲说。

"这样啊。"

父亲喜欢吃鲷鱼竹叶卷寿司。

"而且，大厨回来得也有点儿晚。"母亲说的是千重子，"她又去看北山的杉树了。和真砂子一起。"

"哦。"

三角形的寿司盛在伊万里的碟子里。剥掉竹叶，饭团上放着切成薄片的鲷鱼，汤是豆皮加少许香菇做成的。

太吉郎家的店铺虽然还保留着些许京都老店的风格，比如门口的格子门，但名称已改为公司。原先的掌柜和伙计，现在都成了公司职员，多数改从家里通勤，只有来自近江的两三个小伙计住在店里镶着竖格子窗的二楼。晚饭时间，内宅很是清净。

"千重子很喜欢去北山杉村。"母亲说，"为什么呢？"

"那里的杉树笔直而美丽，我总是想，要是人的心也像那样就好了。"

"你不就是这样的吗？"母亲说。

"不，我的心有时也是弯曲的、别扭的……"

"那是，"父亲插口说道，"人嘛，再怎么诚实正直，也是有各种想法的。"

“……”

“现在这样就很好。如果能像北山杉那样当然也很可爱，可现实中是不可能的。真有那样的孩子，反倒不知什么时候就会遇上不幸。树也一样，我觉得不管它是弯还是直，长大就好，就像长在咱家窄院子里的那棵老枫树。”

“千重子这么好的孩子，你看你在跟她说些什么话啊。”母亲露出愠色。

“我知道。千重子是个好姑娘，善良正直。”

千重子望向中庭，沉默了一会儿。

“我没有老枫树那么强大……”她的声音中透着一丝感伤，“顶多就是长在它树干上的紫花地丁罢了。哎，那花不知什么时候已经落了。”

“可不是！不过，等明年春天肯定又会开的。”母亲说。

千重子垂下头，目光停在枫树下的基督石灯笼上。借着屋里照出去的光，她看不清那朽坏的圣像，但还是想祈祷些什么。

“妈妈，我到底是在哪里出生的？”

母亲和父亲对视了一下。

“在祇园的樱花树下嘛。”太吉郎坚定地说。

出生在祇园的夜樱下，那不就像《竹取物语》里的辉夜姬从竹节里出生一样，是个童话故事吗？

正因为如此，父亲才说得那样坚定。

既然生在樱花树下，那么也会像辉夜姬一样，被月亮里的仙人接走吧？千重子想开个小玩笑，却没有说出口。

弃婴也好，偷来的也罢，千重子出生在哪里，父母都不知道。千重子的亲生父母是谁，恐怕他们也不知道。

千重子后悔问了一个坏问题，却感觉道歉更不合适。既然如此，又为什么会不小心问出了口呢？她自己也不清楚，大概是因为潜意识里想起了真砂子说的，北山杉村那个姑娘和自己长得一模一样……

千重子的眼睛不知看哪里才好，就向大枫树上面望去。夜空有些发白，不知是月亮出来了，还是反射了闹市的灯光。

“已经是实实在在的夏夜喽。”母亲阿繁也仰望着天空，“千重子，你就出生在这个家里。你不是妈妈生的，可就生这个家里。”

“嗯！”千重子点点头。

正如千重子在清水寺跟真一说的，她并不是阿繁夫妇在圆山赏夜樱时偷回来的孩子。她被丢在店门口，是太吉郎把她抱回来的。

已经是二十年前的事了，那时太吉郎三十几岁，还很爱玩。妻子并没有立刻相信他。

“你别骗我了……是不是哪个艺伎给你生的孩子，你抱回来了？”

“别胡说！”太吉郎正色道。

“你好好看看孩子穿的衣服，像艺伎的孩子吗？艺伎的孩子会这样吗？”说着，把孩子塞给妻子。

阿繁接过小婴儿，把自己的脸贴在孩子冰冷的脸蛋上。

“这孩子咱们怎么办呢？”

“进屋慢慢商量吧，别在门口发呆。”

“是刚出生的孩子啊。”

因为不知道亲生父母是谁，户籍上不能申报为养女，所以孩子被登记为亲生女儿，起名千重子。

人们常说，领养的孩子会给家里招来亲生孩子，阿繁却一直没有生育。于是，千重子作为独生女在百般宠爱中长大。随着岁月的流逝，太吉郎夫妇已经完全不再在意到底是什么样的父母抛弃了这个孩子。对于千重子的亲生父母是否还在人世，更是无从知晓。

这天晚饭简单，饭后收拾一下卷寿司的竹叶，洗洗盛汤的碗就行。千重子一个人全弄好了。

她回到里间二层的卧室，欣赏被父亲带去嵯峨尼姑庵的保罗·克利和夏加尔的画集。睡着后没多久，千重子被自己噩梦中的呼声惊醒了。

“千重子，千重子！”母亲在隔壁房间唤她，不等千重子回答，已经打开纸门进来了。

“做噩梦了吧？什么梦？”

母亲在千重子身边坐下，点起枕边的灯。

千重子从被窝里坐起来。

“瞧这一身汗！”母亲从千重子的梳妆台里取出纱布手绢，给她揩去额头和胸口的汗。千重子任凭母亲擦拭。母亲心想：多么白皙美丽的胸口啊。

“腋下也擦擦吧……”母亲说着，把手绢递给千重子。

“谢谢妈妈。”

“是噩梦吧？”

“嗯，梦见我从高处掉下来了……一下子掉进绿得可怕的地方，一直掉，一直掉，是个无底洞。”

“是个常见的噩梦。”母亲说，“不知道自己会掉到哪里去。”

“……”

“千重子，别感冒了，去换一件睡衣吧。”

千重子点点头，心中尚未平复，她想站起来，脚下却有些摇晃。

“好啦好啦，妈妈给你拿吧。”

千重子坐着，小心翼翼而又迅速地换好睡衣。她刚要把换下来的睡衣叠起来，母亲便说：“别叠了，反正要洗的。”她把衣服接过去，扔在角落的衣架上，又坐回千重子枕边。

“那样的噩梦没什么的……千重子，你不会发烧了吧？”她把手放上女儿的额头，只摸到一片冰凉。

“没有。我们去了北山杉村，可能是太累了。”

“……”

“脸色不太好啊。那妈妈过来陪你睡吧。”母亲说着去搬被褥。

“谢谢妈妈……我已经好了。您放心休息吧。”

“是吗？”母亲说着，钻进了千重子的被子。千重子把身子侧了过来。

“千重子，这么大了，妈妈没法抱着你睡啦。抱不了喽。看看，多奇怪呀！”

母亲反倒先安稳地睡着了。千重子小心翼翼地摸索着，帮母亲掖好肩头的被子，才熄了灯。千重子睡不着。

她的梦很长。讲给母亲的不过是结尾部分。

起初，那还不算梦，而是在半梦半醒之间愉快地回想今天和真砂子去北山杉村的情景。没想到的是，真砂子口中长得像自己的姑娘，比在村子里时还要清晰地浮现在眼前。

最后，她坠入一片绿海之中。而那绿色，似乎就是杉山留在她心中的印象。

太吉郎喜欢鞍马寺的伐竹会，因为这个仪式颇有男子气概。

太吉郎自己年轻时看过不知多少次，并不觉得新奇，但他一直想带女儿去看看。何况由于经费问题，鞍马寺十月份的火节今年也要停办了。

太吉郎担心会下雨。伐竹会将在六月二十日举行，正值梅雨季节。

十九日，下起了梅雨季里少见的大雨。

“下这么大雨，明天的伐竹会要去不成了。”太吉郎频繁地望向天空。

“爸爸，下雨我也能去的。”

“话虽如此……”父亲说，“可天气不好还是……”

到了二十日，雨还是淅淅沥沥地下着。

“把窗户和橱柜的门都关好，湿气太重，和服布料会受潮。”父亲吩咐店员。

“爸爸，鞍马寺咱们不去了吗？”千重子向父亲询问道。

“明年还有呢，今年就算了吧。雾气蒙蒙的鞍马山也不好看……”

负责伐竹会的不是僧人，主要是当地人。他们被称为俗家法师。伐竹会开始前，要在十八日将四根雄竹和四根雌竹横着绑在宝殿两侧的圆木上。雄竹砍掉根部，装饰上叶子；雌竹则保留根部。

面对宝殿，左侧的叫丹波座，右侧的叫近江座，这是古时候传下来的叫法。

轮到的人家要派人出场。出场的人身穿世传的素绢僧服，足登武士草鞋，后背系上揽袖带，插两把刀，头上裹五条法衣，腰间装饰南天竹叶。把伐竹用的砍刀装在锦袋里，在开路人的引导下，走向山门。

这是下午一点左右。

身穿十德法衣的僧人吹响螺号，伐竹会正式开始。

两名扮成金童的童男齐声向掌门高喊：

“伐竹祭祀，可喜可贺！”

然后两名金童男再跑向左右两座，高声献上赞美之词：

“近江的竹子，壮哉！”

“丹波的竹子，壮哉！”

所谓鸣竹，就是砍落捆在圆木上的粗雄竹，将它弄整齐。细的雌竹则原封不动。

童男报告掌门说：“鸣竹完毕！”

僧人们进入内殿诵经。之后抛撒夏菊插花，以代替莲花。

掌门走下坛来，打开木扇，接连举起放下三次。

近江、丹波两座各派出两人，高喊着将竹子砍为三段。

太吉郎就想带女儿去看这个伐竹会，却因为下雨犹豫起来。正在此时，秀男腋下夹着包袱皮，走进了格子门。

“令爱的腰带，终于织出来了。”

“腰带？”太吉郎有些摸不着头脑，“我女儿的腰带？”

秀男跪坐着稍稍退后，郑重地将双手按在地上行礼。

“郁金香图案的吗？”太吉郎随口问道。

“不是的，是您在嵯峨尼姑庵画的图案。”秀男认真地说，“那时我太意气用事，对您失礼了。”

太吉郎心里一惊，口中却说：“哪里的话。我当时只是心血来潮，率性画的罢了。经你告诫，我才醒悟过来，感谢还来不及呢。”

“我把那条腰带织好，带过来了。”

“什么？”太吉郎非常震惊，“那张画样已经被我揉成团，扔进你家旁边的小河沟里了啊。”

“原来您已经把它扔掉了。”秀男不卑不亢，镇定地说道，“当时我仔细看了很久，已经把它印在脑子里了。”

“这就是你这一行的本事吧。”

这样说着，阴霾笼上太吉郎的额头。

“不过，秀男，就算你记住了图案，可那是我已经丢掉的东西，你为什么要织出来？嗯？为什么要再织出来？”

太吉郎连声发问，一股说不清是悲哀还是愤怒的情绪，从他的内心升腾起来。

“不是你说那个图案不和谐、有扭曲病态之感吗？”

“……”

“因为你这么说，我才一出你家大门，就把它扔到小河沟里去了。”

“佐田先生，请您原谅我。”秀男两手触地，真诚地道歉，“我当时正织着自己不喜欢的图案，疲惫不堪，满身的戾气。”

“我当时也是一样。在嵯峨的尼姑庵待了一个月，安静是安静，可那里除了位上了年纪的尼姑，白天身边就只有雇来打扫卫生的老奶奶，连个能说话的人都没有，寂寞得很。而且店里的生意也越来越走下坡路。你说的那番话其实都对。我的工作是批发店老板，不该亲自画底样，还是那种赶时髦的东西。可是，我就是……”

“我也想了很多。在植物园遇见您家小姐后，我又重新思考了。”

“……”

“腰带，您要看看吗？若是不合您的意，您就在这里用剪子把它剪碎也好。”

“好吧。”太吉郎点了点头，随后喊女儿过来。

千重子正在账房和掌柜的并排坐着，听见父亲的呼唤，起身走了过来。

秀男的一双浓眉下双唇紧闭，露出自信的神情。伸手去解包袱皮时，指尖却在轻轻地颤抖。

他没有直接对太吉郎开口，而是将身体转向千重子，说：“小姐，请您看看，这是您父亲画的腰带。”他没有展开，直接把卷着的腰带递给了千重子，身体僵直。

千重子展开腰带一角。

“哎，爸爸，您这是从克利画集得到的灵感吧？在嵯峨画的吗？”她边说边把腰带放到膝上拉开。

“哎呀，真漂亮啊！”

太吉郎沉默不语，面色有些难看。他的内心相当震惊，秀男居然将自己的图案记得分毫不差。

“爸爸！”千重子的声音天真烂漫，喜悦地说道，“真是一条好腰带啊。”

“……”

她又摸了摸腰带的质地，对秀男说：“您织得真好！”

“谢谢。”秀男一味低着头。

“我把它在这儿展开看看，行吗？”

“行。”秀男答道。

千重子起身，在两人面前，把腰带全部铺开。她扶着父亲的肩膀，站着端详起来。

“爸爸，您觉得怎么样？”

“……”

“不是很好看吗？”

“你真的喜欢吗？”

“喜欢。爸爸，谢谢您！”

“你再好好看看！”

“图案新颖，就看配什么样的和服了……真是一条漂亮的腰带。”

“太好了。既然喜欢，就向秀男道谢吧。”

“谢谢您。”千重子在父亲身后跪坐下去，向秀男施礼致谢。

“千重子！”父亲叫道，“这腰带和谐吗？心灵的和谐。”

“什么？和谐？”千重子感到有些意外，又重新端详，“和不和谐，要看搭什么样的和服，谁来穿。再说，现在还流行那种打破和谐的设计呢。”

“是吗？”太吉郎点点头，“你不知道，这幅图样刚画好时，我拿去给秀男看，被他说不和谐。所以，我就把图样扔到他家旁边的小河里了。”

“……”

“可今天我一看他织的，跟我画的居然分毫不差。当然，颜色上，图样的颜料和织布用的色线还是有细微不同的。”

“佐田先生，请您原谅我的无礼。”

秀男双手伏地道歉，然后说：“小姐，有个不情之请。您能系一下这条腰带，给我看看吗？”

“就现在这身和服吗？”

千重子站起来，把腰带卷在身上。整个人瞬间亮了起来。

太吉郎的神色也缓和下来。

“小姐，这是您父亲的作品啊！”秀男的眼里溢满了光彩。

祇园祭

千重子拎着一个大大的购物篮，走出了家门。她要穿过御池路向北，去往麸屋町的老店“汤波半”，却在御池路上停下了脚步。只见比叡山和北山之间，天空一片火红，如熊熊燃烧的火焰一般。千重子静静眺望了一会儿。

夏日昼长，还不到晚霞时分，天空却丝毫没有寂寥之色。烧得极旺的火焰在空中铺展开来。

“居然有这样的景色，还是第一次看见。”

千重子掏出小小的镜子照了起来，自己的脸庞就映在浓墨重彩的云中。

“让我永远记住这一刻，一辈子也不忘记……人啊，莫非是会随着心情而改变的吗？”

比叡山和北山仿佛也被那红色压了下去，一片深蓝。

汤波半里，豆皮、牡丹豆皮和八幡卷已经做好。

“小姐，您来了！祇园祭期间，店里实在忙不过来，现在只接待老主顾呢。”

这家店，平时就只做客人预定好的东西。京都的糕点店里，也有类似的铺子。

“是给祇园供奉用的吧。谢谢您一直照顾我们的生意！”

女店员把做好的东西放进千重子的菜篮中，装了满满一筐。

此处的八幡卷和鳗鱼八幡卷做法一样，用豆皮替代鳗鱼，卷入牛蒡。牡丹豆皮和炸豆腐差不多，只不过豆皮里还包着银杏果。

汤波半已经有两百年历史，在禁门之变的大火中逃过一劫。当然，有些地方整修过，比方说，小小的天窗安上了玻璃，做豆皮的火炕般的炉子改为了砖砌。

“以前烧炭，点火时老起灰，星星点点地落在豆皮上，所以改烧锯末了。”

“……”

被方形铜板隔成一格一格的大锅里，豆浆表面逐渐凝固，结出一层皮，工人用竹筷子熟练地把豆皮捞起，晾到上方的细竹架上。竹架分上下几层，豆皮干了，便依次往上挪。

千重子走到作坊深处，手扶古老的柱子。和母亲一起来时，母亲总喜欢抚摸这根古老的顶梁柱。

“这是什么木头？”千重子问。

“是柏木。你看，又高又直！”

千重子也轻抚了这古朴的梁柱后，才走出店门。

伴着千重子回家的脚步，祇园祭伴奏排练的声音也越发高昂。

远道而来的游客，多误以为祇园祭的日子只有七月十七日，也就是花车游行这一天。人们至多提前一晚，十六日来看看宵山。

其实，祇园祭的活动贯穿整个七月。

七月一日，各个街道举行“迎吉符”，开始奏乐。

童男童女乘坐的长刀花车每年都会作为头车，走在队伍的最前面。其他花车的顺序，则在每年七月二日或三日由市长主持仪式抽签决定。

七月十日的“洗神轿”可以说是典礼的正式序幕。花车一般是在前一天组装好，第二天在鸭川的四条大桥上举行洗神轿仪式。说是洗，其实只是神官用杨桐枝蘸水，洒向神轿。

十一日，乘坐长刀花车的童男童女到祇园社参拜。他们跨在马上，头戴乌帽，身穿猎服，在侍从的陪同下，前去受封五位官衔。这个官衔，意味着可以直接上殿觐见天皇。

过去主张神佛不分家，跟随在童男童女两侧的侍从，也会被看作观音和势至两位菩萨。而神赐予童男童女官位的仪式，有时也被看作童男童女与神的婚礼。

“真是怪事！我是男的呀！”水木真一扮演童男时就说过。

此外，童男童女还要“另用火”，即他们吃的东西是不能跟家人用一样的火来煮的，以示洁净。现在这一点也从简了，只要求做童男童女的食物时，用打火石来引火。据说有时家里人忘了，童男童女会自行催促大人：“打火石、打火石。”

总之，童男童女的工作很是烦琐，并不只限于游行那一天，要去花车街挨家挨户地行礼。祇园祭和童男童女的工作，都要持续一个月。

对京都人来说，比起七月十七日的花车游行，被称作宵山的节日前夜才更有情趣。

现在，祇园祭的日子就要到了。

千重子家的店铺也拆下了格子门，忙着做过节的各种准备。

千重子在京都长大，而且出身于四条大街附近的批发商家，是八坂神社管区的居民，对于一年一度的祇园祭早已司空见惯，只当这是京都盛夏的一个节日。

她最难忘的，是真一坐在花车上扮演童男的样子。每到这个节日，听到祇园祭奏响乐声，看见灯笼的光亮簇拥着花车，真一的样子就会浮现在眼前。那时真一和千重子都不过七八岁。

“女孩子都没有这么好看的。”

真一去祇园社接受五品少将的赐封，乘着花车游行，千重子一直跟在他的后面。真一扮成童男，带着两个散发童子来千重子家店铺行礼，大喊着“千重子！千重子！”的时候，千重子飞红了脸，盯着他瞧。

真一化了妆、涂着口红，千重子的脸却晒得黑黑的。红格子门边的长椅已经放好，千重子的浴衣上系着大红的儿童腰带，正和邻居小朋友一起放线香烟花……

如今，乐声奏响，花车的灯笼下，仿佛仍坐着扮成童男的真一。

“千重子，去逛逛宵山吧。”吃过晚饭，母亲对千重子说。

“您去吗？”

“我有客人，出不去呢。”

一出家门，千重子就加快了脚步。四条大街上人潮涌动，几乎水泄不通。

然而千重子对四条大街很熟悉，知道什么花车在哪条街、哪个巷子，很快就转了一遍。仍是那样明艳热闹，耳中充满各种花车上传来的乐声。

千重子来到御旅所前，要了一根蜡烛，点上火供奉到神前。节日期间，八坂神社的神灵也被请到了这里。御旅所位于新京极商业街和四条大街交汇处南侧。

千重子发现，一个姑娘正在御旅所的神前行七次参拜礼。虽然只看到了背影，这一点却很清楚。所谓七次参拜礼，就是在御旅所的神龛前参拜一次，走开一段距离后再返回参拜，如此重复七次。这期间遇到熟人也决不能搭话。

“哎？”千重子有些惊讶，好像在哪儿见过这个姑娘。她像受了姑娘的影响似的，也开始行七次参拜礼。

那个姑娘往御旅所西侧走一段再返回，千重子则向东侧走。不过，姑娘似乎比千重子虔诚，祈祷的时间也长。

姑娘终于完成了七次参拜。千重子走得没有她远，几乎同时参拜完毕。

姑娘目不转睛地看着千重子。

“你在祈祷什么呢？”千重子问道。

“你都看到了？”

姑娘的声音有些颤抖。

“我想知道姐姐的下落……你就是我的姐姐！是神明让我们见面的。”她的眼中溢满了泪水。

就是北山杉村的那个姑娘。

成排悬挂的灯笼和参拜者供奉的蜡烛，把神龛前照得通亮。流着泪的姑娘却并不在意那些亮光，仿佛闪烁的灯火本就蕴藏在她身体中的某处。

坚强的意志涌上了千重子的心，她强压下情绪，说：

“我是独生女。既没有姐姐，也没有妹妹。”

然而，她的脸色变得苍白。

北山杉村的姑娘哽咽了。

“明白了。小姐，对不起，对不起。”她重复着道歉的话，“我的姐姐，我从小就一直很想念姐姐，所以才认错人了……”

“……”

“我们是双胞胎，其实我也不知道，她究竟是姐姐还是妹妹……”

“我们是碰巧长得像而已吧？”

姑娘点点头，眼泪顺着她的脸颊滚落。她拿出手绢擦着，问道：“小姐，你出生在哪儿呢？”

“就在这附近的批发街。”

“哦，这样啊。你向神明祈求什么呢？”

“父母的幸福和健康。”

“……”

“你父亲呢……”千重子试着问道。

“很久以前就……他给北山的杉树剪枝，从一棵树跳向另一棵时掉了下去，摔到了致命的地方，就……我是听村里人说的。那时我刚出生，什么都不懂呢……”

千重子的心仿佛被戳了一刀般难过。

自己喜欢去那个村子，眺望美丽的杉山，竟是因父亲的灵魂在冥冥之中召唤吗？

另外，这个山村姑娘说她是双胞胎。也就是说，千重子的生父，可能在杉树梢上仍记挂着扔掉的孩子，才不小心跌落的吧？一定是这样的！

千重子额上冒出了冷汗。四条大街嘈杂的脚步声和花车上的奏乐声，仿佛都远去消失了。眼前一下暗了下来。

山村姑娘用手扶住千重子的肩膀，拿手绢替她擦拭额头上的汗珠。

“谢谢你。”千重子接过手绢擦了擦脸，随即将手绢放进自己的胸袋，却忘了这是别人的东西。

“你妈妈……怎么样？”千重子小声问道。

“妈妈也……”姑娘欲言又止，“我出生在妈妈的娘家，在比北山杉村还远的深山里。妈妈也……”

千重子不敢再问下去了。

当然，北山杉村姑娘的眼泪是出自喜悦。她不再流泪，脸上也熠熠生辉。

千重子完全不同，她心乱如麻，努力站定的腿瑟瑟发抖。她无法立刻平复心绪，姑娘那健康的美丽却带给她莫大的力量。千重子无法像姑娘一样单纯地喜悦，她眼中的忧郁愈发深邃了。

此时此刻，从今往后，该如何是好呢？迷茫中，姑娘向她伸出了右手。“小姐！”她说着，握住了千重子的手。姑娘的手又糙又厚，与千重子柔软的手不同。

但姑娘似乎完全没在意，她握紧千重子的手：“小姐，再见了！”

“嗯？”

“见到你很开心……”

“你叫什么名字？”

“我叫苗子。”

“苗子？我叫千重子。”

“我在别人家打工。我们村子小，一说苗子，大家都知道的。”

千重子点点头。

“小姐，你生活得很幸福吧。”

“嗯。”

“我们今晚见面的事，我不会告诉任何人的。我发誓。知道这件事的，只有御旅所的祇园神。”

大概苗子已经明白，她们虽是双胞胎姐妹，如今身份却完全不同。千重子想到这里，一时不知该说什么才好。可是，被扔掉的，难道不是自己吗？

“再见了，小姐！”苗子又说了一遍，“趁没人注意到我们……”

千重子胸口发紧。

“我们家的店就在这附近。苗子，你来吧，只从店门前路过一下也好。”

苗子摇摇头。但又问：“你家里人……”

“家人？只有爸爸妈妈……”

“不知为何，我就是有这样的感觉。你一定是在疼爱中长大的。”

千重子拉了拉苗子的袖口。

“我们在这儿站得太久了。”

“还真是。”

于是，苗子重新面向神龛，恭敬地合掌施礼。千重子也连忙学着苗子的样子行礼。

“再见了！”苗子说了第三遍。

“再见！”千重子也说道。

“有好多话想跟你说，什么时候来我们村子吧。在杉树林里谁也看不见的。”

“谢谢你！”

然而，两人不约而同地穿过人群，向四条大桥方向走去。

八坂神社的管区很广，参加祭祀的人自然也多。宵山和花车游行结束后，还有后续活动。店铺都敞开大门，在店内摆上精美的屏风。以前亦可见早期浮世绘、狩野派、大和绘还有宗达的双扇屏风等珍品。手绘浮世绘中还有南蛮屏风，描绘出洋人在京都古雅风情中的图景。总之，这些无一不显示出京都手工业、商业之繁盛。

花车上如今还保留着那时繁华的印记。车上装饰着各式舶来品，有中国织锦、法国哥白林织画、毛织品、金丝织花锦缎和西阵葛丝织锦。在桃山时代的华丽风格中，又增添了美丽的异国风情。

花车内的彩画，有的出自名家之手。车头的立柱中，据说有古时专门从事海外贸易的“朱印船”的桅杆。

如今，伴奏只吹奏单调的“咚咚锵”，从前却据说有二十六种腔调，像壬生狂言的伴奏，也似雅乐的乐声。

到了宵山的时候，花车装饰上了成排的灯笼，伴奏声也更加高昂。

四条大桥以东虽然没有花车，但直到八坂神社都非常热闹。

走到大桥前，千重子被人群挤得稍稍落后于苗子。

即便苗子连说了三声“再见”，千重子依旧有些犹豫：是就此别过，还是等走到丸太，走上前去告诉苗子自家店铺的位置再分手。不知不觉中，千重子已对苗子生出一种亲近之感，如热浪般涌上心头。

“小姐，千重子小姐——”

千重子正要过桥，只见秀男叫住了苗子，走到她身边。看来他认错人了。“您也来看宵山吗？一个人？”

苗子有些困惑，不过她并没有回头找千重子。

千重子一下钻进了人群。

“天气真好！”秀男说，“明天应该也是个好天气。今晚的星星这么明亮！”

苗子仰头望天，一时不知该如何作答。当然，她不认识秀男。

“上次实在抱歉，开罪了您父亲。不过，那腰带是真漂亮！”秀男又说。

“嗯。”

“您父亲后来有没有再生气？”

“嗯。”

苗子一头雾水，不知该怎么回答。

然而，她一直没有看向千重子的方向。

苗子感到困惑。她想，如果千重子愿意和眼前这个青年见面，她应该会主动过来的。

青年的脑门有些大，肩部紧绷，双眼直愣愣的，但看上去完全不像坏人。听他聊到腰带，苗子觉得他应该是西阵一带的织布匠人。长年累月坐在织布机前劳作，身上也留下了印记。

"一开始我不知天高地厚，对您父亲的图样指手画脚。后来，我想了一晚上，通宵把腰带织了出来。"

"……"

"您系过了吗？哪怕一次也好。"

"嗯。"苗子回答得模棱两可。

"怎么样？"

桥上没有街上明亮，人又多，两人被人流隔开了些，不过秀男竟会认错人，还是让苗子有些费解。

一对孪生姐妹，如果在同一个家庭中，接受同样的教育长大，外人分不清倒是情有可原；可千重子和苗子过着截然不同的生活，成长在完全不同的环境中。苗子甚至怀疑这位青年是不是近视眼。

"千重子小姐，能否让我为您设计一条腰带，作为步入二十岁的纪念？我会全心全意织好它的。"

"嗯，谢谢了。"苗子支支吾吾地答道。

"竟然能在祇园祭的宵山遇到您！一定是有神灵相助。说不定也会保佑我织好这条腰带。"

"……"

苗子只能认为，千重子是不想让这个青年知道自己有孪生姐妹，所以才不肯现身。

“再见！”苗子说。

秀男略感意外，但还是回道：“好的，再见！”离开时，他再次确认道：“您同意我给您织腰带了，对吧？我会在枫叶变红之前织好的。”

直到秀男离开后，苗子才举目寻找千重子，却不见她的身影。

刚才的青年，还有他说的腰带的事，对苗子来说并不重要。而和千重子在御旅所前相遇，让她感到无比幸福，就像得到了神明的庇祐。她双手握住桥栏，静静望着水中的灯影。

许久，她才慢步离开桥头，打算去参拜四条大街尽头的八坂神社。

来到大桥中间，苗子忽然看见千重子正和两名年轻男子站着说话。

“啊！”苗子不觉低声惊呼，但她没有走过去，只是有意无意地暗暗打量着三人。

苗子和秀男到底聊了些什么呢？千重子想。显然，秀男把苗子错认成了自己，苗子又是怎样应对的呢？想必很是为难吧。

也许当时应该走过去，可她就是做不到。不仅如此，她反倒在听见秀男把苗子喊作自己时，下意识地躲进了人群中。

这到底是为什么呢？

两人在御旅所前邂逅时，千重子比苗子更震惊。苗子早就知道自己是双胞胎，一直在寻找另一位姐妹。千重子却做梦也没想到自己还有一个孪生姐妹。事情太突然，她一下子反应不过来，无法像苗子一样高兴。

而且，如今她才从苗子口中得知，生父从杉树坠亡，母亲也已早逝。她感到心如刀割。

在此之前，她只是从邻居们的只言片语中猜到自己是个被收养的弃婴。她尽量不去想抛弃她的到底是在哪里的、什么样的父母。想也想不明白。况且，她没必要去想这些，因为太吉郎夫妇对她视如己出，万分疼爱。

今夜在宵山听到苗子的这番话，对千重子来说，并不见得是开心的事。但是，对于苗子这个姐妹，她萌生了暖暖的爱意。

“她看上去比我心地纯洁，十分能干，身体也很结实。”千重子自言自语道，“说不定，将来还要靠她帮忙呢……”

迷迷糊糊中，她来到了四条大桥上。

“千重子，千重子！”真一叫住了她，“你怎么自己一个人，恍恍惚惚地干什么呢？脸色也有些差啊。”

“啊，是真一。”千重子回过神来，“你小时候扮成童男坐在长刀花车上，那时真是可爱啊！”

“当时可难受了。不过现在回头来看，还挺让人怀念的。”

与真一同行的还有一人。

“这是我哥，在读研究生呢。”

真一和哥哥长得很像，他很随意地向千重子点了点头，大声笑着说道：“真一小时候是个胆小鬼，长得又可爱，像个女孩子，所以才会被拉去当童男。真傻。”

大桥已经走过一半。千重子望了眼真一哥哥那张充满阳刚之气的脸。

这时，真一说："千重子，你今晚脸色苍白，看上去很伤心呢。"

"是桥正中央光线的缘故吧。"千重子说着，用力稳住脚步。

"而且，今晚是宵山，这么多人都兴高采烈的，就算有个看上去有点儿伤心的姑娘，也没什么吧。"

"那可不行。"真一推着千重子走向栏杆，"你靠一会儿吧。"

"谢谢。"

"可惜河上没什么风。"

千重子手抚额头，眼睛将闭未闭。

"真一，你当童男，坐长刀花车是几岁时候的事？"

"嗯，虚岁七岁的时候吧。我记得是上学的前一年。"

千重子点了点头，但没有说话。额头和脖子渗出了冷汗，她把手伸进怀里，想要取帕子，却碰到了苗子的手帕。

"啊！"

那块手帕上沾着苗子的眼泪。千重子握着手帕，犹豫着要不要拿出来，最终还是攥在掌心内，拿来擦拭了前额。泪水直往上涌。

真一有些困惑。他知道，千重子平素从不把手帕揉成一团随便塞进衣袋。

"千重子，你觉得发热还是发冷？夏天的感冒很难缠，早点回家吧……我们送你。行吗，哥？"

真一的哥哥点了点头，他也一直注视着千重子。

"很近的。不用麻烦。"

"近更要送了。"真一的哥哥说得斩钉截铁。

三人从桥中央往回走。

“真一，你扮童男那年，我一直跟在你的花车后面走，你知道吗？”千重子问道。

“记得，记得！”真一说。

“当时可真小啊。”

“是呀，可真小啊。本来童男是不可以四处张望的。可我还是看见了，当时就想，这么小的女孩，一路跟着太不容易了，肯定累坏了，挤来挤去的。”

“再也回不到小时候了。”

“瞧你说什么呢。”真一轻轻避过话锋，心中却很纳闷，千重子今晚怎么了呢？

送千重子回到店中，哥哥郑重其事地与千重子的父母寒暄，真一却退到了哥哥身后。

太吉郎正在内客厅和一位客人喝酒庆祝节日。他喝得不多，只是给客人助兴而已。阿繁在一旁进进出出伺候着。

“我回来了。”千重子说。

“回来啦？回来得这么早！”阿繁一边应着，一边观察女儿的神色。

千重子礼貌地跟客人打过招呼，又对阿繁说：“妈妈，我回来晚了，都没给您帮上忙……”

“不用，不用。”母亲阿繁用眼神微微向千重子示意，两人一起把空酒瓶拿到厨房。

“千重子，你的脸色不太好，所以人家才送你回来的吧。”

“嗯，是真一和他哥哥……”

“难怪呢。脸色不好，人都摇摇晃晃的。”阿繁把手放在千重子的额上试了试，“倒是不发烧，样子看着挺难受的。今晚有客人，你就跟妈妈睡吧。”说着，温柔地搂住了千重子的肩。

千重子强忍着没让眼泪掉出来。

“你先到里间二楼休息去吧。”

“嗯。谢谢妈妈……”母亲的慈爱，让千重子的心宽慰了许多。

“客人少，爸爸也寂寞呢。吃晚饭时倒还来了五六个人……”

然而，千重子还是把酒瓶端到客人面前。

“我喝好啦。喝完这些就不喝啦。”

千重子倒酒的手微微发颤，她用左手按上右手，仍是止不住。

今夜，中庭的基督教灯笼也被点亮了，甚至隐约可以看见大枫树上生着的两株紫花地丁。

花期已经过了，两株小小的紫花地丁一上一下，就像是千重子和苗子。看似永远无法相会的两株花，却在今晚相见了。千重子看着微光中的紫花地丁，眼泪又涌了上来。

太吉郎也注意到了千重子的异样，不时朝千重子看上几眼。

千重子悄悄站起来，上到里间二楼。自己的卧室里已经铺上了客人用的床铺。千重子从壁橱中取出自己的枕头，来到父母房间，钻进了被窝。

她把脸伏在枕上，双手抱住枕头的两端，以免呜咽声传出去。

阿繁走上楼，看到千重子的枕头被泪水濡湿了。

“给你枕这个。我一会儿再过来。”她拿出一个新枕头递给千重子，随即走下楼，在楼梯上停下脚步回头看了看，却什么也没有说。

房间里放得下三张床铺，但只铺了两张，其中一张是千重子的。看来母亲要和千重子睡在一起。

床尾叠放着母亲和千重子的两条被子，都是夏季用的麻布被。

阿繁没有铺自己的床，而是用了千重子的。这本不是什么大不了的事，却让千重子感受到了母亲深深的爱意。

“我就是这家的孩子。”

这本是理所当然的事情。然而见过苗子以后，千重子心乱如麻，久久不能平静。

千重子起身走到梳妆台前站住，凝视着自己的脸。本想悄悄化一点儿妆，终究作罢。她拿过香水瓶，往床铺上喷了少许；又解开衣服的细腰带，仔细地重新系好。

当然，她无法立刻入睡。

“我是不是对那个叫苗子的姑娘太无情了。”

一闭上眼睛，中川村美丽的杉山就浮现在了眼前。

苗子的话让千重子大致了解了亲生父母的情况。

“把这件事告诉这边家里的父母好呢，还是不告诉好呢？”

恐怕这边家里的父母，也并不知道千重子出生在哪里，亲生父母是什么人吧。亲生父母早已不在人世了……即便想到了这里，千重子的眼泪却没再流出来。

街上传来祇园祭的乐声。

楼下的客人是近江长浜一带绉纱店的老板。酒过三巡，说话声越来越高，断断续续传到了千重子躺着的里间二楼。

客人坚持认为，花车队伍从四条大街出发，先到宽阔时尚的河原町街，再拐到曾是战时疏散通道的御池大街，市政府门前还设了观光座席，这一切都是为了所谓的招揽游客。

他说，花车从前自具有浓郁京都风情的窄街经过，虽然有时会碰坏路边的房子，但别有一番情趣，在二楼也能拿到祇园祭的除厄粽。现在除厄粽撒得到处都是。

他还说，且不论四条大街，花车一拐进窄巷子，车身下半部分就不容易看到了。这才有情趣。

太吉郎平静地辩护说，走在宽阔的大街上，让人看清花车的全貌，才有意思。

千重子躺在床铺上，仿佛听见了花车巨大的木头轮子拐进街角时发出的声响。

看样子，今夜客人要睡在隔壁房间了。千重子下定决心明天就把从苗子那里听来的事情原原本本地告诉父母。

据说北山杉村的树林都是个人产业，但不是村里每家都拥有山地。拥有山地的人家很少。千重子猜测，自己的亲生父母是给有山地的人家打工的。

苗子也说过："我在给人家打工……"

二十年前，父母觉得生出双胞胎丢人，而且听说双胞胎不好养活，加上生活困难，才把自己丢弃了吧。

千重子忘了问苗子三件事：千重子被丢掉时，她们还是婴儿，那么父母为什么选择抛弃千重子而不是苗子呢？父亲从杉树上摔下来，具体是什么时候的事？苗子说过，那时她自己“刚出生不久”……还有，苗子说她们出生在“妈妈的娘家，在比北山杉村还远的深山里”，那到底是什么地方呢？

苗子似乎认为，被抛弃的千重子已经与她“身份不同”，因此她是绝不会主动来看望千重子的。要是想问她，只能去她干活的地方找她。

然而，不告诉父母就跑到那里去，这种事千重子是做不出来的。

千重子曾反复读过大佛次郎那篇著名的《京都的诱惑》。她的脑海里浮现出了里面的一段话：

> 修剪过枝干的杉树林，绿色的树梢仿佛重重云团，交相叠映；赤松的树干纤细而色彩明快，一排排绵延不断。整座山仿佛一篇乐章，传来一棵棵树的美妙歌声……

比起祇园祭的奏乐和欢声笑语，圆润的山峦重叠、延绵所连成的乐章，以及每一棵树的歌声，更能与千重子的心产生共鸣。她仿佛正走在北山多见的彩虹下，耳畔回响着那音乐和歌声……

千重子的悲伤慢慢退去。也许那并不是悲伤，只是突然遇到苗子时感受到的震惊、困惑和无措。不管怎样，自己的身世的确让人想要落泪。

千重子翻了个身，闭上眼睛，静静听着群山的歌唱。

“苗子那样高兴，而我都做了些什么呀？”

过了一会儿，父母和客人上到里间二楼来了。

“您好好休息吧。”父亲在跟客人道晚安。

母亲把客人脱下的衣服叠好，回到房间，又准备叠父亲脱下来的衣服。

“妈妈，我来叠吧。”千重子说。

“你还没睡呢？”母亲把衣服交给千重子，到床铺上躺下，随即高兴地说，“味道真好闻啊。到底是年轻人。”

也许是酒劲发作，纸拉门对面很快传来近江客人的鼾声。

“阿繁……”太吉郎叫着睡在旁边床铺上的妻子，“有田先生好像想把儿子送到咱们家来啊。”

“来当店员，不，职员吗？”

“当女婿嘛。千重子的……”

“这种事儿啊？千重子还没睡着呢。”阿繁制止丈夫继续说下去。

“我知道。千重子也听听，挺好的。”

“……”

“是他二儿子。到咱们店里办事，来过好几次了。”

“我不太喜欢有田先生。”阿繁话音虽小，态度却很坚决。

千重子脑海中山的音乐消失了。

“你说呢，千重子？”母亲翻身转向女儿。千重子睁开眼睛，没有回答。房里安静了下来。千重子将双脚交叠在一起，一动不动。

“有田先生是想要这家店吧。我是这样觉得的。”太吉郎说，“加上千重子又漂亮，是个好姑娘，他们明白……老客户嘛，咱们店生意上的事他们都清楚。咱们的店员，也有人什么都跟他们说。”

“……”

“千重子再漂亮，咱们也绝没想过让她为了店里的生意结婚，是吧，阿繁？那样就对不起神明了。”

“那是当然！”阿繁说。

“我的个性不适合做买卖。”

“爸爸，我之前还让您把克利的画册带到嵯峨的尼姑庵去。真的很对不起您。”千重子坐起身，向父亲道歉。

“你这是哪里的话。那是我的兴趣，也是慰藉，甚至是活着的意义。”父亲轻轻低头致意，喃喃道，“虽然自己不是画画的那块料。”

“爸爸！”

“千重子，咱们干脆把店卖了，就在西阵，或者到南禅寺、冈崎选个幽静的地方买栋小房子，咱们两个一起琢磨衣料和腰带的图案，怎么样？你能受得了穷日子吗？”

“穷不穷的，我一点儿也不在乎……”

“那就好。”父亲说完就睡着了。千重子却久久无法入睡。

但她第二天还是早早醒来，擦拭格子门和长椅，打扫店前的道路。

祇园祭还在继续。

十八日开始组装花车，祇园祭进入后半程。二十三日是后祭的宵山，各家展示屏风等装饰品。二十四日花车游行，对神灵上演狂言。二十八日是洗车仪式，然后回到八坂神社。二十九日举行最后的仪式——奉告祭，向神祇表示感谢。

有些花车会经过寺町。

在这一个月的节日期间，千重子一直感到心神不宁。

秋色

堀川路的北野线电车，是明治时代“文明开化”政策的产物之一，也是日本最古老的电车，终于也要被拆掉了。

千年古都当年最早引入了西洋的新鲜事物，京都人也有这样的一面。

另一方面，把这样古老破旧的电车一直沿用至今，则反映了古都的另一面。电车车厢非常狭窄，乘客相向而坐，膝盖几乎碰在一起。

决定废弃后，市里把电车用绢花装饰起来，又载上打扮得具有明治风情的人，以此向广大市民宣告结束。这也可以算是另一种“节日”吧。

接连数日，闲暇的人们都赶来乘坐，老电车一直满员。还有人打着阳伞。时值七月。

虽说京都的夏天比东京日晒更强，但如今东京的路上已经没有人打阳伞了。

京都站前，太吉郎正要登上装饰着绢花的老电车，一个中年女子像是忍着笑，故意藏在了他身后。自然，太吉郎能算作明治时代的人。

上了车，太吉郎才注意到这个女子，有些尴尬地说道："你怎么来了？你可不够格当明治人啊。"

"也差不了几年嘛。而且，我家可就在北野线上。"

"哦，对，可不是嘛。"太吉郎说。

"这话说的，好薄情啊……不过，看来您总算是记起来了。"

"你女儿可真可爱……之前是藏到哪儿去了？"

"净瞎说。您明知道不是我的女儿。"

"那可不好说，女人嘛……"

"您这是什么话。倒是男人才……"

与女人同行的年轻女孩，看上去大约十四五岁，肤色白皙，十分可爱。她身穿夏日和服，配了一条红色的细腰带。女孩有些害羞，似是在躲太吉郎一般，坐到女人身侧，闭口不言。

太吉郎轻轻拉了一下女人的袖口。

"阿千，坐到中间来吧。"女人说。

三人沉默了一会儿。女人越过女孩的头顶，小声对太吉郎说："我总是想，要是能让这孩子去祇园当舞伎就好了。"

"谁家的孩子？"

"附近茶馆的姑娘。"

"还有人觉得她是我和您的孩子呢。"女人的话声低得几不可闻。

"瞎说什么呢！"

女人是上七轩一家茶馆的老板娘。

“欢迎您常来北野天满宫看看，为了这位姑娘……”

太吉郎明白她是在开玩笑，转而去问女孩本人。

“你多大了？”

“上初一。”

“哦。”太吉郎盯着女孩，说道，“等我到那个世界，投胎转世以后，再拜托你多关照啦。”

这话说得有些莫名其妙，不过女孩到底是在风月场所长大的，听懂了。

“为什么我为了她，得跑到天满宫去，难道她是天神的化身？”太吉郎又去和老板娘逗趣。

“是呀。就是化身。”

“天神可是男的……”

“转世成女身了。”老板娘若无其事地说，“要是男的，可又得被流放了。”

太吉郎险些笑出声来：“要是女的呢？”

“女的嘛，会怎么样呢？会遇到好人，照顾她的。”

“这样。”

女孩长得非常漂亮，这点无可争议。一顶娃娃头，发丝又黑又亮，大大的双眼皮十分迷人。

“独生女？”太吉郎问。

“不是，还有两个姐姐。大姐明年春天初中毕业，可能会出道做舞伎。”

“和这孩子长得像吗？漂亮吗？”

“像倒是像，但没这么漂亮。”

“……”

上七轩现在一个舞伎都没有了。即便有女孩子愿意当舞伎，初中毕业前也是不允许的。

之所以叫上七轩，是因为早年这里有七家茶馆。不过，太吉郎听人说，现在已经增加到二十几家了。

从前——当然离现在也不是很久，太吉郎经常和西阵一带织布坊的老板一道，或者是带着各地的客户去上七轩玩乐。他脑海中不觉浮现出女人当年的模样。那时太吉郎家的生意还十分兴隆。

“你也是个爱凑热闹的人啊，跑这儿来坐电车。”太吉郎说。

“恋旧可是很重要的啊。”老板娘说，“尤其是我们这行，最是不能忘记老客人了……”

“……”

“而且，今天去火车站送客人，这趟车正好顺路。倒是佐田先生，真是怪了，怎么一个人来坐电车……”

“说的也是啊。为什么要来坐车呢，明明看一眼就够了。”太吉郎自己也有些纳闷，“也许是怀念从前？觉得现在孤单？”

“说什么孤单，您已经过了那个年纪了。跟我一起来吧，去看一眼年轻人也是好的。”

太吉郎眼看着就要被拉到上七轩去了。

到了北野天满宫，老板娘径直向神前走去，太吉郎也跟了过来。老板娘十分虔诚，参拜了很久，女孩也一起行礼。

参拜完毕，老板娘来到太吉郎身边。“让阿千回去可以吗？”

“好。”

“阿千，你回家吧。”

“谢谢。”女孩向二人行了个礼，转身离开，脚步瞬间变回了中学生的样子。

“看来您对她很是中意啊。”老板娘说，“再过两三年就该出道了，您等着瞧吧。小大人似的。真是个美人胚子。”

太吉郎没有应声。既然来了，他本打算在神社宽阔的庭院里转上一圈。可是，天太热了。

“我想去你那里歇一会儿。有些乏了。”

“好啊好啊，我就是这么想的。很久不见您了嘛。”老板娘说。

来到古香古色的茶馆，老板娘郑重其事地施礼说：“欢迎您。您一向可好？我们都很惦记您呢。”又继续道：“您躺一会儿吧。我给您拿枕头来。您不是说是有点儿孤单嘛，我找个乖巧的陪您说会儿话……”

“以前见过的艺伎就算了吧。”

太吉郎迷迷糊糊要睡着时，一个年轻的艺伎走了进来。她静静地坐了一会儿。第一次见面的客人，可能并不好伺候。太吉郎愣愣地心不在焉，说话也兴趣索然。艺伎大概想要引起客人的兴致，说起自己出道两年，喜欢过四十七个人。

“这都成了赤穗四十七义士了。足有四五十人呢。现在想想，挺好笑的……别人笑话我，说那都只是单相思罢了。”

太吉郎已经清醒过来，问道：“那现在呢？”

“现在只喜欢一个人。”

这时，老板娘也走了进来。

太吉郎暗想，艺伎二十岁左右，还很年轻，即便如此，真能记得“四十七个”没有什么深交的男人吗？

艺伎又说，她出道第三天，带一位不知怎么就很讨厌的客人去卫生间时，那人突然强行亲吻她，于是她就咬了客人的舌头。

“咬出血了？”

“那是啊，出血了。客人气急了，让我付医药费。我也哭了。两人闹了好一阵子。这可是对方惹起来的呀。现在那个客人我都不记得了。”

“唔。”太吉郎端详着艺伎的脸，心想，这样一位窄肩细身、柔情似水的京都美女，当时不过十八九岁，被惹急了还真有股狠劲。

“给我看看你的牙。”太吉郎对那艺伎说。

“牙？我的牙吗？说话时您不是看到了吗？”

“我要好好看看。”

“哎呀，怪难为情的。”艺伎抿住了嘴，但接着又说，“不行啊先生，这不就没法张口说话了吗？”

艺伎的嘴十分可爱，露出一口白色的小牙齿。

“牙都咬断了吧？肯定镶了假牙。”太吉郎开玩笑说。

“才不会，舌头是很软的。”艺伎中了计，“您太坏了……”说着，把脸藏到了老板娘身后。

过了一会儿，太吉郎对老板娘说：“来都来了，我也去中里那边看看吧。”

“嗯……中里一定也会很高兴的，我陪您去好吗？”老板娘说着站起身，大概是去梳妆台前整理妆容了。

中里的店，门面和原来一样，客厅却装修一新。

又加上一名艺伎陪坐，太吉郎在那里一直待到了晚饭后。

就在太吉郎不在的时候，秀男来到太吉郎的店里。他说来见小姐，千重子便出到外间店铺接待他。

“祇园祭时跟您说好的那条腰带，图案我画好了，来请您过目。”秀男说。

“千重子！”母亲阿繁呼唤着，“请客人到里面客厅来吧。”

“好的。”

在可以望到中庭的房间里，秀男给千重子看了两幅图案。一幅是菊花，叶片精心设计成一种新样式，不仔细看几乎想不到是菊花叶子。另一幅画的是枫叶。

“真好看。”千重子看得入了迷。

“千重子小姐喜欢，太让人开心了。”秀男说，“那您选哪一幅呢？”

“让我想想。菊花倒是哪个季节都能用。”

“那我就织这幅菊花图案的吧，怎么样？”

“……”

千重子低下头，脸上显出沉郁的神色。

“两个图案都很好……”她嗫嚅着，“长满杉树和红松的山，不知能否画出来？”

“长满杉树和红松的山？这可有点儿难度，我想想看。”秀男疑惑地看着千重子的脸。

“秀男，对不起。”

“有什么对不起的……”

“是这样的……”千重子不知道怎么说才好，“过节那天，在四条大桥上，您说要给她织腰带的人，其实不是我。您认错人了。”

秀男没有出声，他难以相信，脸上浮现出失落的神色。为了千重子，他在图案上倾注了全部心血。千重子这么说，是为了拒绝他吗？

但是千重子的言语和态度，又让他难以这么想。秀男的暴脾气上来了。

“原来我是遇到了您的幻影？我和幻影说话了？祇园祭上幻影显现了？”秀男没有说那是日思夜想导致的幻觉。

千重子一脸严肃地说：

“那次和您说话的，是我妹妹。”

“……”

“我妹妹。”

“……”

“我也是那天晚上才第一次见到的妹妹。”

“……”

“妹妹的事，我还没跟爸爸妈妈说。”

“您说什么？”秀男大吃一惊，他完全混乱了。

“您知道北山产圆木的村子吧？她就在那里干活。”

“什么？”

秀男震惊得几乎说不出第二句话。

“中川北山町，您知道吧？”千重子说。

“嗯，我只有坐公车时路过过……”

“请您织一条腰带送给她吧。”

“什么？”

“送给她吧。”

“哦，”秀男仍然有些疑惑地点点头说，“所以您说要一幅满山红松和杉树的图案？”

千重子点点头。

“好吧。不过，这个图案是不是太接近现实生活了？”

“这就要靠您的构思了。”

“……”

“这条腰带，她会珍藏一生的。她叫苗子，生在没地没产的人家，很能吃苦。和我比起来，她能干得多，坚强得多……”

秀男仍是不解，却说：

“既然千重子小姐让我织，我就一定会好好织的。”

“我再说一遍，是给叫苗子的姑娘织的呀。”

“我明白。不过，她为什么和您长得那么像啊？”

“我们是姐妹呀。”

“就算是姐妹，长得那么像也……”

两人是双胞胎的事，千重子还没有告诉秀男。

那天身着夏夜节日的简单装束，秀男在夜色中把苗子错认成千重子，也许并不是他看花了眼。

千重子家的和服批发店，有着优美独特的格子门，檐下装着长椅，店堂幽深——这样的结构哪怕如今显得有些过时，却仍流露出气派的古都风情。这种家庭的大小姐，为什么会和在北山杉村圆木场打工的姑娘是姐妹呢？秀男想不通，却不便多问。

“腰带织好了是送到您这里吗？”秀男说。

“嗯……”千重子想了想，“直接送到苗子那里去可以吗？”

“当然可以。”

“那就给她送过去吧。”千重子的请求里似乎满含着心意，“路有些远……”

“没问题，也没有多远。”

“苗子一定会很高兴的。”

“不知道她会不会接受？”秀男的怀疑不是没有道理。苗子一定会很惊讶的。

“我会跟苗子说好的。”

“是这样啊？那就好……我一定送到。她家具体在哪里？”

这一点千重子也还不知道，于是说：“您说苗子家？”

“是。”

“我回头打电话或写信告诉您吧。”

“哦，好。”秀男说，“我不是说有两位千重子小姐，但我会把它当作送给千重子小姐的腰带，好好织，然后亲手送过去。”

“谢谢。”千重子低头施礼道，“麻烦您了。是不是觉得这事有些奇怪？”

“……”

“秀男，请记得，腰带不是给我织的，是给苗子织的。”

“好的，明白。”

不一会儿，从店里出来，秀男仍觉得如坠云雾。然而，大脑已经开始琢磨起了腰带的图案。遍布红松与杉树的山，如果不设计得相当大胆，作为千重子的腰带，就太朴素了。秀男又将它作为千重子的腰带在想了。不，如果是做给那位苗子姑娘的腰带的话，就不能做得与苗子日常工作生活的环境太相近。这一点，刚才就跟千重子小姐说过了。

秀男迈步向着四条大桥走去，他就是在那里遇到了“千重子的幻影苗子”，或者说“化身苗子的千重子”。骄阳似火，秀男倚在栏杆上，闭起双眼，透过人群和电车的嘈杂，倾听河水时隐时现的潺潺之声。

今年，千重子没有去看“大文字烧”。母亲阿繁难得和父亲一同前去观赏，千重子则留下看家。

父亲和附近几家关系好的批发商一起，包下了木屋町二条下一家茶馆的看台。

八月十六日举行的大文字烧，是盂兰盆节的一种送神火仪式。最早，盂兰盆节当晚，人们将火把投向空中，为虚空中回归冥府的亡灵送行。后来演变为在山上燃起篝火。

人们在东山的如意岳点燃“大”字形状的篝火，此外，还有金阁寺附近大北山的“左大文字”，松崎山的“妙法”，西贺茂明见山的“船形”，上嵯峨山的“鸟居形”。它们合称“五山送神火”，顺次点燃，持续燃烧四十分钟左右。这期间，市内的霓虹灯、广告牌都会熄灭。

火光映照下的山色和夜空，让千重子感受到了初秋之意。

在“大文字烧”举行前半个月左右，立秋前夜，下鸭神社已经举行过越夏的祭神活动。

为了看“左大文字”等，千重子总和朋友们登上贺茂河的堤岸。

她自小就看惯了大文字烧，已经将其当成生活的一部分。

“今年又到大文字烧的日子了……”随着千重子进入妙龄，这样的感触也越来越深。

千重子来到店门外，在条椅旁和附近的孩子们玩耍起来。小孩子们似乎对大文字烧并不感兴趣，倒是觉得烟花更有趣。

然而，今年的盂兰盆节，千重子体会到一种新的忧伤。因为在祇园祭和苗子的那次相遇，她得知自己的生身父母都早已离世。

“对，我明天就去看苗子。”千重子心想，“还有秀男织腰带的事，也得提前跟她好好说说。”

第二天午后，千重子选了一身不惹眼的装束出门了——她还没在日光之下见过苗子。

她在菩提瀑布站下了车。

北山町已进入忙碌的季节。男人们在给杉树圆木剥树皮。剥下的树皮在四周堆得高高的。

千重子略有些迟疑，刚走了没几步，就见苗子从对面跑了过来。

“小姐，您来了？真好呀，真的……”

看到苗子穿着工作服，千重子问道：“打扰你工作了吧？”

“没事，我已经请假了，远远就看见您了……”苗子一边喘着气，一边拉着千重子的衣袖，“咱们到山上树林里去说话吧。在那里就不会被人看见。”

苗子麻利地解下围裙，铺到地上。围裙是丹波棉做的，能够一直围到背后，展开来够两个人坐。

“请坐吧。”苗子说。

“谢谢！”

苗子取下缠在头上的手巾，一边用手指梳着头发，一边说：“您能来真是太好了。我特别开心，特别开心……”她眼里闪着光，注视着千重子。

泥土的气息混合着树的香气，扑面而来。这就是杉山的味道啊。

“下面看不见咱们这儿的。”苗子说。

“我喜欢杉树林，很漂亮，以前也来过几次，但进到林子里来还是第一次。”千重子环顾四周。粗细几乎一致的杉树群笔直高耸，将两个人围在中间。

“都是人造林。”苗子说。

“什么？”

“这些树种了有差不多四十年了吧。很快就会被砍掉做柱子用了。我有时会想，这些树，要是没人砍的话，也许可以长到一千年吧。我更喜欢原生林。我们这个村子做的活计，跟鲜切花也差不多……”

“……”

“这个世上，如果没有人类，也就不会有京都这样的城市了，肯定到处是原始森林或者杂草原野。咱们这儿，说不定成了小鹿或野猪的领地呢。这世上为什么会有人类呢。人类，真可怕啊……”

“苗子，你有这样的想法？”千重子吃惊地问道。

“嗯，有时会这样想。”

“你不喜欢人类吗？”

“我喜欢。”苗子答道，“特别喜欢。可是，有时在山上打个盹醒来，会有个念头一闪而过：这世上要是没有了人类，会变成什么样呢……”

“那就是藏在苗子你内心深处的，厌世的念头吧。”

“我才不厌世呢。我每天都很开心，开心地工作……不过，一提起人类，就有些……”

“……”

两个姑娘所在的杉树林，顷刻间暗了下来。

“是雷阵雨！”苗子说

雨水打在树梢的叶片上，积聚成大颗的水珠落下来。

同时，轰隆隆的雷声也随之而来。

“好可怕！”千重子吓得脸色发白，紧紧握住苗子的手。

“蜷起膝盖，尽量把身体缩起来。”

说罢，苗子伏在千重子身上，几乎完全覆住她，为她挡雨。

雷鸣越来越响，闪电接踵而至，雷电交加，响声如山崩地裂一般。

轰鸣声在向两人靠近。

杉树梢头被雨水拍打得沙沙作响。每道闪电划过，就仿佛一团火焰，照亮了大地，也照亮了杉树的树干。美丽而笔直的树干，瞬间变得骇人。还来不及反应，雷鸣又至。

“苗子，雷像是要落下来啊。”千重子缩成了一团。

“也许吧。不过，不会劈到我们的。”苗子语气坚定，“绝不会的！”

她用自己的身体紧紧护住千重子。

“小姐，您的头发有点儿湿了。”苗子用毛巾为千重子擦干脑后的发髻，又将毛巾叠成两折，挡在千重子的头顶。

“雨滴也许会透过去一些，但您放心，雷是绝不会落到您的头上或是附近的。”

千重子本也不是懦弱之人，听到苗子充满力量的声音，心情渐渐平静下来。

“谢谢。真的太谢谢你了。为了替我挡雨，你浑身都湿透了。”

“完全没关系的，我穿的是工装。”苗子说，“我好开心啊！”

“你腰上在闪光的是……”千重子问。

“哎呀。我给忘了，是镰刀。刚才我正在道边给杉树圆木剥细皮，一看见您就跑过去了。这是当时用的镰刀。”苗子这才意识到。

“太危险了。”她把镰刀扔向远处。那是一把不带木柄的小镰刀。

“等回去时再捡。真不想回去啊……”

雷已经从二人头顶掠过，向远方轰鸣而去。

虽然是夏天，山中傍晚的雷阵雨依然让人觉得手指尖都冰凉了。苗子用身体护住自己，千重子感受到了她身上传来的暖意，从头到脚，渗入体内每一个细胞。一股无法言传的温暖，是那样熟悉。千重子沉浸在幸福之中，一动不动地闭了一会儿眼睛。

“苗子，真的太谢谢你了。”她一遍又一遍地道谢，“在母亲腹中，我一定也这样被你抱过吧。”

“哪里。肯定是又踢又打来着吧。”

“有可能。”千重子笑了，像对亲人一样。

阵雨也和雷一起远去了。

“苗子，谢谢你。已经没事了。”千重子动了动，想要从苗子身下起来。

“是。不过，请让我就这样待一会儿。树叶里存的水珠还在往下滴。”苗子压在千重子身上，千重子把手伸向苗子的后背。

“哎呀。全湿了。别着凉了。”

“我习惯了，没事的。”苗子说，“您来了，我高兴得浑身热乎乎的。倒是您，是不是淋到了？”

“苗子，爸爸是从这里的杉树上摔下来的吗？”千重子问道。

“不清楚。当时我也还是个婴儿。”

“那妈妈的老家在哪儿？外祖父或是外祖母，还健在吗？”

“这我也不知道。”

“你不是在妈妈老家长大的吗？”

“小姐，您为什么要问这些？”

苗子语气很是严肃，千重子把话咽了回去。

“小姐，您是不会有那种亲人的。”

“……”

“您能把我看作姐妹，仅是这样，已经非常感谢了。祇园祭上怪我多嘴，说了不该说的话。”

“没有。我很开心。”

“我也是。不过，我是不会去您家店里打扰您的。”

“你来没关系。我会和父母先说好的。”

“请不要这样！”苗子语气坚决，“如果像刚才那样，您遇到了困难，我豁上性命也要去保护您，但……您明白的吧。”

“……”

千重子眼角发热。

“苗子，祇园祭那天，你被错认成我，肯定不知所措吧。”

“是呀，有位先生跟我说了和服腰带的事来着。”

“那位青年是西阵腰带坊的工匠，是位很能干的师傅，他说要给你织一条腰带。”

“他是把我当成您了。”

“前几天，他带图样来给我看了。我告诉她，那天他遇到的不是我，而是我的妹妹。”

“什么？”

“我请他给我的妹妹苗子也织一条腰带。”

“给我？”

“你们不是约好了吗？”

“那是他认错了人。”

“我也会请他织一条，所以你也一定让他给你织一条，算作我们姐妹俩的信物。”

“给我织吗……”苗子十分震惊。

“这可是祇园祭时许下的约定啊。”千重子柔声说道。

这时，原本保护着千重子的苗子，身体显出一丝僵硬。

“您有困难时，我愿意为您做任何事情，包括当您的替身。可是，我不想当替身去接受别人给您的东西。”苗子坚决地说道，“那太难堪了。”

“不是替身！”

“就是替身。”

千重子试图说服苗子，于是说：

“我送你的，你也不要吗？”

“……”

“我想送给你一条腰带，才请人织的。”

“等一下，不对吧？祇园祭那天晚上，他认错了人，他说是要送千重子小姐一条腰带的。”苗子停了停，又说，“那位织腰带的工匠很喜欢您。我好歹也是个女子，我很清楚这一点。”

千重子藏起心中的羞怯道：“如果是那样，你就不肯要了？”

“……”

“我跟他说过了，是给我的姐妹织的……”

“那我就接受吧，小姐。”苗子顺从下来，“我说了不该说的话，请原谅。”

“他会把腰带送到你家的。你住的人家姓什么？”

“姓村濑。”苗子答道，“一定是很贵重的腰带吧，我哪有机会用啊？”

“苗子，人的未来怎么样，都是说不好的。”

“也是，是这样的呢。”苗子点点头，“我倒不想飞黄腾达……

不过，就算没机会用，我也会好好珍藏的。”

“我家的店里不大卖腰带，但我会给你找一件和秀男织的腰带相配的和服。”

“……”

“父亲是个怪人，这几年越来越讨厌做生意了。像我家这种什么都有的批发商，是不能只卖高档和服的。化纤的布料和毛料也越来越多了……”

苗子抬头看着杉树的树梢，从千重子身上直起腰：“还有些雨滴……不过，小姐一定窝得很难受了吧？”

“怎么会，多亏你为我挡雨……”

“那小姐在店里帮帮忙，会不会好些呢？”

“我？”千重子仿佛被打醒了一般，站起身来。

苗子身上的衣服都湿透了，贴在身上。

苗子没有送千重子到车站。不是因为她全身都湿了，而是怕引起大家的注意。

千重子回到店里时，母亲阿繁正在土间走廊的最里面为店员们准备点心。

“回来啦？”

“妈妈，我回来了。抱歉这么晚……爸爸呢？”

“在你做的帘子后面冥思苦想呢。”母亲看着千重子说，“你这是去哪儿了？衣服又湿又皱的，快去换换吧。”

“嗯！”千重子上到里间二层，慢慢换好了衣服，又坐了一会儿才下来。母亲已经把点心给店员们分发完了。

“妈妈！”千重子的声音有些发抖，“有件事想跟您单独说……”

阿繁点点头：“咱们到里间二楼去吧。”

到了二楼，千重子有点儿拘谨地说：“刚才咱们这里也下雷阵雨了吗？”

“雷阵雨？没有啊。你不是要说下雨的事儿吧？”

“妈妈，我刚刚去了北山杉村。我的亲姐妹住在那里……不知道是姐姐还是妹妹，我们是双胞胎。是在今年祇园祭的时候碰到的，听说我们的亲生父母早就去世了。”

阿繁当然无比震惊。她只是凝视着千重子的脸：“什么？北山杉村……”

“不瞒妈妈，我们就见过两次，祇园祭那天和今天。”

“那个女孩子，怎么生活呢？”

“在杉村给人家打工。她是个好女孩，她说不来我们家。”

“哦。”阿繁沉默了一会儿才说，“都搞清楚了也好。那么，千重子要……”

“妈妈！我就是这个家的孩子，跟以前一样，您要把我当您的孩子啊。”

“那当然了。二十年了，你就是我的孩子啊。”

“妈妈……”千重子把脸扑到阿繁的膝上。

“怪不得呢，祇园祭以后，就觉得你有时会发呆。我还正想问你，是不是喜欢上谁了呢？”

“……”

“请那个孩子来咱们家吧。店员下班后，晚上也好啊。”

千重子在母亲膝盖上轻轻晃着头："她不肯来。她管我叫小姐呢。"

"哦，是这样。"阿繁抚摸着千重子的头发，"谢谢你告诉妈妈。那孩子和你长得像吗？"

丹波壶里的金钟儿，有些已经开始叫了。

松翠

太吉郎听说南禅寺附近有一幢房子出售，价格也合适。一个风和日丽的秋日，他约上妻子和女儿外出散步，顺便去看看那幢房子。

“你真打算买吗？”阿繁说。

“先看看再说。”太吉郎立刻有些不高兴了，“价格不高，说是一幢小房子。”

“……”

“只当是散步了，不用多想。”

“那倒是……”

阿繁有些不安。难道说买个小房子住过去，每天来店里上班吗？和东京的银座和日本桥一样，中京的批发街上也有店主人住在别处，白天来店里工作的。如果是这种打算，她还能舒一口气。这说明丸太的生意虽然日渐衰落，但还有闲钱再买幢小楼。

然而，太吉郎会不会是打算把店盘出去，然后“隐居”到小房子里去？还是说，这也是趁着手头还宽裕，想要早下决断。只是，没有了店铺，在南禅寺附近的小房子里，丈夫打算如何生活呢？他已经快六十岁了，是该按照自己的心愿生活了。店铺盘出去能得到一大笔钱，可是靠利息过日子，还是让人不放心。要是有人能帮忙好好理财，心情上会放松很多。可阿繁一时想不出这样的人来。

母亲的担心没有说出口，女儿千重子却全都明白。她还年轻，用眼神向母亲表示安慰。

太吉郎倒是一幅快活、惬意的样子。

“爸爸，咱们去那一带散步，到青莲院看看怎么样？”千重子在车上请求父亲，“在门口看一眼就行……”

“你是想看那棵大樟树吧？”

“是呀。”千重子很惊讶，父亲居然懂得自己的心思，“是想看樟树。”

“去看看吧。”太吉郎说，“我年轻的时候，也爱和朋友在那棵大樟树的树荫下聊天——可惜那些朋友没一个在京都啦。”

“……”

“那一带的回忆可太多了。”

千重子停了一会儿没有说话，让父亲沉浸在青年时代的回忆中。

“我也是，毕业以后，就没在白天看过那棵树了。”她说，“爸爸，您知道观光巴士晚上的游览路线吗？可供观光的寺院里加上了青莲院一站，车一到站，几个和尚就会提着灯笼出来迎接呢。”

和尚提着灯笼，领着人们走过长长的一段路，才来到寺院的大门口。但可以说，青莲寺的情趣仅在于此了。

观光车的导游词中说，青莲寺的尼姑会招待客人喝一杯淡茶。真进了大厅，却并不像那么回事。

“虽然知道不可能当面点茶，只能在后厨点好了端出来，但居然是好几个人把一堆粗糙的茶碗放在盛鱼的大盘上端出来，放下就走。”千重子笑着说道。

“或许里面也有尼姑一起准备的吧，可她们的动作快得让人头晕……茶都是不冷不热的，真让人幻灭。”

“这也没办法吧。慢慢待客要花时间啊。”父亲说。

“嗯，这还算好的。四面八方点了灯，把宽阔的院子照得通亮，院子中间出来一位和尚，站在那儿一通演说。只是介绍一下青莲院，还那么高谈阔论的。”

“……”

“进去后，不知什么地方一直传来古琴的声音，我和朋友还说呢，都不知是现场演奏的，还是放的录音。”

“哦？”

“然后又去祇园，在歌舞练场看舞伎跳了几支舞，不过，那些舞伎也不知是哪里来的。”

“为什么这么说？”

“倒是舞伎的打扮，但那衣服却有点儿寒碜。”

“是吗。”

“离开祇园，又去岛原的角屋看太夫。太夫的服饰应该是真的吧。还有小侍女……她们点着大蜡烛，做出敬酒的样子，该怎么说呢，有点儿像过家家，然后又模拟了一下花魁游行。”

“咦，能看到这么多表演，很不错啊。”太吉郎说。

“是呀，青莲院的灯笼出迎和岛原的角屋最有味道。”千重子回道，“这些，我是不是以前也跟您说过呀。”

“有机会也带妈妈去一次吧。角屋呀太夫什么的，我都没看过。”母亲说。

说话间，车已经到了青莲院前。

千重子不知自己为何想来这里看樟树。也许是之前在植物园的樟树林荫道散步时受到了触动？也许是因为苗子说北山的杉树都是种植林，而她更喜欢原生的大树？

然而，青莲院门口的石阶旁只有四株樟树。其中，靠前的一株看上去最古老。

三人站在老树下默默地凝望了一阵。它的枝条弯曲成怪异的样子伸展着，交错缠绕中透出恐怖的力量。

“看好了吗？走吧。”太吉郎迈步向南禅寺方向走去。

太吉郎从怀中的钱夹里拿出一张画着路线的纸，边看边说：“千重子，爸爸也不太懂樟树，不过它应该长在温暖的南方吧。比如热海、九州，在那些地方长得十分茂盛。可这里的樟树，即便是古树，也感觉像大盆栽似的。”

“这不就是京都的特色嘛。山也好，河也好，人也好……”千重子说。

“是吗？”父亲点了点头，“也不是每个人都这样吧？”

“……”

“无论现在还是从前……”

“那倒也是。”

“要像千重子这么说，日本这个国家不都是这样的吗？”

“……”

父亲站在更高的角度讨论这个话题，千重子虽然十分赞同，还是把话题拉回到樟树上：“不过，爸爸，那棵樟树扭曲的躯干，还有茂密的枝叶，仔细看，很吓人呢。有股巨大的力量。”

“那是。你一个年轻女孩子，会有这种感受？”父亲回头望了眼樟树，又紧盯着女儿，说，“的确，你说得对。可你那黑亮的头发越长越长，也是一样的呀……爸爸真是老了，感觉迟钝了。不过，谢谢你，说得太好了。”

从南禅寺山门望进去，里面宽阔静谧，和往常一样只有稀疏的几个人影。

父亲按照图纸的指引左转，来到了出售的房子面前。房子看上去虽然小，但高墙环绕，很是幽深。从狭窄的大门通往玄关的小路两旁，一长排白色的胡枝子花正在盛开。

“真漂亮！”太吉郎站在门前，被白色的胡枝子花牢牢吸引住了视线，心里却已经打消了走进去进一步参观这栋房子的念头。因为他看见相隔一栋的一幢稍大的房子开了家日式旅馆。

不过，白色胡枝子花又让他不忍离去。

太吉郎一段时间没来南禅寺，没想到这里临街的房子多已成了日式旅馆。其中有些扩建了，接待团体游客。各地来旅游的学生进进出出，十分嘈杂。

“房子不错，可惜，不能买。”太吉郎站在开满胡枝子花的门外小声嘟囔。

“再过一阵，整个京都都会变成旅馆了，就像高台寺一带那样。大阪和京都的地界都成了工厂区，西京那边还有些空地，交通不够方便倒也罢了，不知道旁边又会被人建出什么样光怪陆离的新房子……”父亲脸上露出沮丧之色。

往前走了七八步，太吉郎又独自折返回去，看了会儿房子。看来白胡枝子花着实让他恋恋不舍。

阿繁和千重子在路边等待。

“开得太美了，也不知是否有什么秘诀。”太吉郎回到两人身边说。

“搭一排竹支架就更好了。现在这样，要是下雨，石板路就不好走了，会被胡枝子的叶子弄湿。”他接着说，“他们没打算卖房子时，肯定想着今年也要让它开得美丽；等到决定卖房子了，也就不管花了，随它倒地也好，凌乱纠缠在一起也罢。”

母女二人沉默不语。

“人也一样吧。”父亲的脸色有些阴沉。

“爸爸，您这么喜欢胡枝子花啊！”千重子为了缓和气氛，说道，“今年来不及了。明年我给您构思一件胡枝子花图案的小纹和服吧。”

“胡枝子花是女装用的花样，最适合女士夏季穿的浴衣。”

“我来做，试着做成不是女用，也不是浴衣用的样子。”

“是吗？那就不是小纹和服了，是内衣吧？”父亲看着女儿，边笑边说，“我给你设计一件樟树图案的和服，或者外褂，画个像妖怪一样的图案……”

“……”

“男女正好反过来了。”

“没反。”

“那你敢穿着妖怪似的樟树图案上街吗？”

“敢啊。哪儿都敢去。”

“真的？”

父亲低下头，似乎在思考什么。

“千重子，我不是对白胡枝子花有特殊感情。其实，不管什么花，在特定情境下，都会触动心扉。”

“的确。”千重子回答，“爸爸，龙村就在附近，既然都来了，我想去看看行吗？”

“哎，龙村是接待外国人的铺子，阿繁，你说呢？”

“千重子想去就去一下吧。”阿繁答得很轻松。

“好。不过，龙村可不卖腰带。”

这里是下和原町最繁华的街区，高档店铺林立。

千重子走进店内，立刻仔细端详起成排挂着或卷着叠放在右侧的各种女装绸缎面料，这些面料并不是龙村的，而是钟渊纺绩的产品。

阿繁走过来问：“你也想穿西式裙装了？”

“不是的，妈妈。我就是想看一下，外国人喜欢的绸缎是什么样的。”

母亲点头，站在女儿身后，偶尔也伸出手来，摸一摸料子。

中间的屋子和走廊上挂着的是龙村的料子，花色都是模仿的古代花纹，尤其是正仓院藏品的花纹。

太吉郎去过多次龙村办的展览会，看过这些古代面料的原物和画册，它们的花色都印在他的脑子里，甚至叫得上名字，但他还是忍不住驻足流连。

一位相识的店员对他说：“我们展览这些，就是想让洋人看看，日本也能织出这么漂亮的织品。”

类似的讲解，太吉郎以前来这里时也听过。虽然这些布料不过是模仿中国唐朝的东西，但他仍点头称是：“过去太了不起了。这可是一千年前的东西啊。”

这家店里，这些古代花纹的大幅料子是不出售的。有些店会将其做成女士和服腰带，太吉郎十分喜欢，也给千重子和阿繁买过几条。但这家店主要面向外国顾客，不卖腰带。最大的物件就是台布。

陈列柜里装饰着各种小物件，有袋子、钱夹、烟盒、茶巾……

太吉郎特意选了两条龙村特色并不十分鲜明的领带，又买了一个菊揉钱夹。菊揉原是制纸工艺，起源于十六世纪，由京都鹰峰的光悦寺首创，近年才被织染业借鉴应用，甚是新鲜。

“在东北，具体地点忘了，还有地方至今用结实的和纸做类似的钱夹呢。”

“是吗？”店员应道，“和光悦有什么关联，我也不是很清楚。”

里面的陈列柜上摆着一排索尼袖珍收音机，连太吉郎他们也吃了一惊。就算是为了赚外币代卖的，也还是有些难以接受……

三人被请进接待室，店员端上茶，还告诉他们国外来的贵宾就在这些椅子上坐过。

玻璃窗外，有一片小小的杉树林。

“是什么杉树呢？”太吉郎问。

“我也不太懂，听说叫阔叶杉。”

“是哪几个字？“

“园林工人有的不太认字，我觉得可能是广阔的阔，阔叶杉吧。听说是长在本州以南的。”

“树干的颜色怎么那样？”

“那是长的苔藓。”

这时，袖珍收音机突然响了起来。回头一看，一名年轻男子正在向三四个西洋女人介绍收音机。

“哦，那是真一的哥哥。”千重子站了起来。

真一的哥哥龙助也朝千重子走来，先向坐在椅子上的千重子父母低头施礼。

“你在给那几位太太做导游？”千重子问。两人也比较熟悉了，但千重子见到龙助，不像跟真一在一起时那样放松。他好像有种强大的气场，总让千重子不知跟他说什么才好。

“也算不上导游。一个朋友给她们做翻译，但他妹妹去世了，我临时替他做三四天。

“啊，妹妹……”

“是，那孩子比真一小两岁，挺可爱的小姑娘……”

“……”

“真一英语不太好，又害羞，所以就我来了……本来这里的店铺也不需要翻译……有客人想在这家店买袖珍收音机，是住在京都饭店的美国太太们。”

“是这样啊。”

“京都饭店离这里很近，所以来看看。我以为她们会好好看看龙村的纺织品呢，居然是买袖珍收音机。”龙助小声笑了笑，“但买什么都好吧。”

“我也是第一次看到有卖收音机。”

“袖珍收音机也好，丝绸也罢，赚回来的美元都一样，没什么区别。”

“嗯，是。”

“庭院里不是有各种颜色的鲤鱼嘛，刚才我怕她们详细问我，还想着怎么介绍呢。结果她们只是感叹了一番鲤鱼很漂亮就过去了，我倒松了一口气。我一向对锦鲤了解不多，鲤鱼的各种颜色用英语确切怎么说根本不知道，更别说那些有斑点的了……”

“……”

“千重子，咱们去看看鲤鱼吧？”

“那些美国客人怎么办？”

“把她们交给这里的店员就行。而且，她们很快就该回酒店喝下午茶了。她们要回去跟她们的先生会合，一起去奈良。”

“那我去跟我爸妈说一声。”

“好，我也去跟客人打个招呼。”龙助过去和美国太太们说了些什么，她们就一起看向千重子，千重子飞红了脸。

龙助很快回来，和千重子一起走到庭园中。

两人坐在水池边，看着五颜六色的锦鲤在水里游来游去，有一阵没有说话。

“千重子，你家店里那位掌柜的——不，已经是公司了，那么就是专务或常务吧，你应该给他些颜色看看。我想你能做到，当然，我也可以给你助阵。”

千重子完全没料到他要说这样的事，心里一下子抽紧了。

从龙村回来当夜，千重子做了一个梦。她蹲在池边，各色各样的锦鲤一群一群地不断向她涌过来。鱼儿聚在一起，跳跃着，把头伸出水面。

梦到的就是这些。而且这也是白天真实发生过的事情。千重子把手伸进水池，搅起一阵波浪，鲤鱼就成群地聚拢过来。千重子吃了一惊，心里对鱼儿涌出一种说不清道不明的喜爱之情。

龙助在一旁看着这一切，似乎比千重子还要惊讶。

“你手上有什么香气——不，是有什么灵气吧？”他说。

千重子听了，有些羞涩，忙站起身来说：“是这里的鲤鱼亲人吧？”

然而，龙助凝视着千重子的侧脸。

“旁边就是东山吧？”千重子躲过龙助的目光。

“是呀，山色不太一样了，带了些秋意，你觉得呢？”龙助回道。

千重子的鲤鱼梦里，龙助在不在身边呢？千重子从梦中醒来，却记不清了。她久久再难入睡。

第二天，千重子犹豫着，该如何按龙助的建议给掌柜的“一些颜色”呢。

直到店里快打烊了，千重子才终于坐到了账房前。账房装潢得古香古色，四周围着低矮的格子栅栏。掌柜植村感受到了千重子非同寻常的气势。

“小姐，您有什么吩咐……”

“我想看看我能穿的和服料子。”

“小姐您穿……”植村好像松了口气，“您穿咱们店里的吗？是新年穿的吗？还是访客时穿的振袖？小姐您穿的话，还是到冈崎家的染坊或者里万家那种店去买比较合适吧？”

“我想看看店里的友禅料子。不是新年穿的。”

“好的，好的。有的是。不过，您眼光高，现有的这些，不知能不能入您的眼。”植村说着站起身，叫来两个店员耳语了一番，三人拿出十多匹和服料子，熟练地展开，摆在店铺中央。

“这个就行。”千重子选得很快，“五天，最多一个星期，请帮我准备好。下摆和袖口的里料你决定就行。”

植村被她的势头压住了：“这有点儿急了，咱们是批发商，很少做成衣的，不过我会想办法。”

两个店员利落地卷起和服料子。

“这是尺寸。”千重子说着放到植村桌上，却没有离开，“植村先生，以后我要学习了解一下家里的生意，还请你多帮忙。”千重子的声音柔和下来，轻轻点头致谢。

“好的。”植村的脸色瞬间变得僵硬。

千重子平静地开口道：“明天把店里的账本拿给我看看。”

“账本？”植村苦笑了一下，“小姐您要查账？”

“什么查账呀，这种离谱的事儿我想都没想过。我就是想看看账本，了解一下家里的生意罢了。”

“哦，是这样啊。账本有很多种。也有应付税务署用的。”

“店里有两本账？”

“瞧您说的，小姐。要是能做两套账，还真得请小姐赐教呢。咱们都是光明正大的。”

“明天拿给我看吧，植村先生。”千重子轻描淡写地说完，转身离开。

“小姐，您出生前我就在店里了……”植村这样说，千重子却头也没回。植村咕哝道：“这算什么事嘛！”他轻声咂了咂舌头，“腰疼！”

母亲正在准备晚饭，千重子来到她身边。她显然被千重子的言行吓了一跳。

“千重子，你说话好厉害。”

“是呀。我其实也心里发慌呢。”

“年轻人就算看起来文静，厉害起来真吓人，妈妈我都发抖了。”

“我这也是人家教的。”

“嗯？是谁呀？”

“真一的哥哥，在龙村时跟我说的。他们家的生意还是他爸爸在打理，店里也有两个很可靠的掌柜。要是咱们这里的植村先生辞职不干了，他就叫一个过来，他自己也可以来帮忙。”

“龙助这样说？”

“是。他还说，反正迟早要经商的，研究生无所谓，随时可以退学……”

“真的啊？”阿繁看着千重子熠熠生辉的美丽脸庞问道。

“不过，植村先生还没有辞职的意思……”

“他还说，长满白胡枝子花的那个房子附近要是有合适的房子，就让他爸买下来呢。”

“哦。”母亲好像一时接不上话来，只说，“看来咱家的爸爸有点儿太悲观啦。”

“爸爸这样也挺好的……”

“这也是龙助说的？”

“嗯。”

“……”

“妈妈，您也看到了，我想送一件咱们店里的和服给北山杉村那个姑娘，可以吗？”

“当然啦，当然好了。再送一件外褂怎么样？”

千重子移开视线，她的眼睛已经湿润了。

为什么叫高织机呢？当然是因为这种手工织机的机身比较高。也有人说，之所以把地面挖去一块再安装织机，是因为土地的湿气对丝线有好处。过去需要一个人坐在高织机上面，如今改成在筐子里放上重石头，挂在织机侧面。

有些织布坊将这种手工织机和机械织机并用。

秀男家只有三台手工织机，由兄弟三人操作。父亲宗助偶尔也会坐上织机干活。在小织布坊不多的西阵，秀男家这样的规模也还算过得去。

千重子的腰带快完工了，秀男心中的快乐也随之增加。因为这是他投入全部心力的作品，更不要说，上下翻飞的竹梭和咔咔作响的织机声中，无时无刻不有千重子的身影在其中。

不对，不是千重子，是苗子。这不是千重子的腰带，是苗子的腰带。可是，在秀男心中，千重子和苗子已经合成一体了。

父亲宗助站在秀男身边看了一阵，开口说道："织得真不错。这花样很独特啊。"他歪过头端详："是哪位客人的？"

"佐田家千重子小姐的。"

"花样呢？"

"是千重子小姐自己设计的。"

"哦？千重子小姐设计的？真不敢相信。"

父亲似乎被震撼到了，仔细端详了一会儿，又伸手摸了摸，感叹道："秀男，你织得真密实，相当不错。"

"……"

"秀男，以前我也跟你说过，佐田先生对我有恩。"

"我听您说过。"

"是说过。不过，"宗助又重复了一遍，"我本是一个织工，决定自己单干，好不容易置办了一台织布机，一半的钱还是借的。每次织好一条腰带，就拿到佐田先生店里去。只有一条腰带，拿不出手，总是半夜悄悄拿过去。"

"……"

"可佐田先生从来没有看不起我。现在，总算有三台机器了，日子还算可以……"

"……"

“可是，咱们和佐田先生家，身份还是差得远。”

“我知道。您为什么要说这些？”

“我看得出，你非常喜欢佐田家的千重子小姐。”

“您说这事啊。”刚刚停下来的秀男又织了起来。

一织好，他立马出门去北山杉村，给苗子送腰带。

午后，北山方向的天空上，几次挂起彩虹。

秀男带着苗子的腰带一走出门，彩虹便映入眼帘。彩虹很宽，颜色淡淡的，弧形顶部似有似无。秀男停下脚步眺望了一会儿，眼见那色彩越来越淡，几乎就要消失不见。

然而，在巴士进山前，他又两次看见类似的彩虹。前后三条彩虹的形状都不完整，有些地方颜色淡得看不清楚。这样的彩虹本来很常见，今天秀男却暗自思忖：“这到底是吉兆还是凶兆呢？”

天空中没有阴云。进山后，那淡淡的彩虹是否又出现了呢，清泷川岸边陡峭的山挡住了视线，他也说不准。

到了北山杉村，秀男一下车就看见穿着工作装的苗子，一边用围裙擦着沾湿的双手，一边迎过来。

她在用菩提沙（准确说是一种桦色的黏土）搓洗杉树圆木。

虽然只是十月，但山里的河水已经有些刺骨。人们把圆木浮在挖好的水沟中，水沟的一头砌有简易炉灶，烧好的热水灌进沟里，蒸腾起一片热气。

“哎呀，您来了。这深山老林的，真是劳驾了。”苗子鞠躬表示欢迎。

“苗子小姐，跟您说好的那条腰带终于织出来了。我给您送过来。”

“是替代千重子小姐接受的那条腰带吧？我不愿再当她的替身了。跟您见过面就知足了。”苗子说。

“这条腰带是说好的吧？而且，是千重子小姐亲自设计的图案呢。”

苗子低下头，说：“其实，千重子小姐家的伙计，昨天给我送来了整套和服，连鞋都配好了。那么漂亮的衣服，我都不知道什么场合能穿得上。”

“二十二日有时代祭，您能出来吗？”

“嗯，可以的。”苗子立刻答道。“这里人多，”她稍加思考，“咱们到河边的小石滩那儿聊吧。”

总不能像上次千重子来时那样，把秀男带到杉山深处去。

“秀男先生，您织的腰带，我会当作一生的宝贝珍藏的。”

“这不算什么，有机会我再给您织。”

苗子没有回答。

千重子送来和服一事，苗子现在的家里人当然是知道的。所以，把秀男带到家里去也没问题。不过，了解了千重子的身份和她家店里的情况，苗子童年以来的遗憾已经得到满足。她不想再因一些小事给千重子添麻烦。

其实，收养苗子的村濑家在当地也是大户人家，拥有大片杉山，苗子任劳任怨地为他们干活，这些情况就算让千重子的家人知道了，也不会给他们添什么麻烦。比起中等规模的绸缎批发商，拥有杉山的人家或许还更有实力呢。

不过，苗子并不打算和千重子过多交往，尤其在感受到千重子浓浓的爱之后……

所以，她带秀男来到河边的小石滩。清泷川的石滩上，能植树的地方也都也种满了杉树。

“在这种地方，实在抱歉。”苗子说。到底是姑娘家，她想赶快看到腰带。

“多美的杉山啊！”秀男一边抬头看山，一边解开棉布包袱，打开包装的纸绳。

“这儿是后背的腰带结，这儿是正面。”

“哎呀！”苗子用手指摩挲着腰带，眼里闪着光辉，“真是太漂亮了。给我用可惜了。”

“我这么一个愣头青织的，哪有可惜一说。图案是红松和杉树，因为马上就过年了，我就想当然地打算把红松放在腰带结处，喜庆。可千重子小姐却让把杉树放在这里。来到这儿，我才明白她的用意。一说杉树，我想的都是苍天古木的树木。幸亏我画得比较柔和，也算不错。这里还加了一些红松的树干，用来提亮颜色。”

当然，杉树干没有完全写实，形态颜色都做了艺术处理。

“这腰带太好了，谢谢您。真的。要是那种太艳丽的，我还真系不了。”

“这腰带和千重子小姐送您的和服相配吗？”

“我觉得正好相配呢。”

“千重子小姐从小就穿京都风格的和服，是行家……这条腰带还没给她看过，不知怎么的，有些不好意思。”

“为什么？这图案不就是千重子小姐设计的吗……我也想让她看一看。”

“那您就穿这身来时代祭吧。”秀男说着，把腰带叠起重新包好。

系好绳结，秀男对苗子说：

“您就收下吧，不用多想。虽然我先提出要织的，但最终这条腰带是千重子小姐让我织的。我不过是织工而已，您这样想就行。”又说，“当然，我是用心织的。”

苗子把秀男递来的包袱放在膝头，没有作声。

“和服的事，千重子小姐从小见多识广，她送您的和服和这条腰带肯定特别般配。哦，这话我刚才好像说过了……”

“……”

两人面前清泷川的浅流，传来潺潺之声。

秀男环视两侧的杉山，说：“树干真整齐，像工艺品一样，这我倒是想到了，但没想到枝叶也这么美，像是素雅的花。”

一股愁色漫上苗子的面庞。父亲为了修剪树梢，从一棵树跳往另一棵树时不慎摔下来，也许是因为想起被丢弃的千重子而伤心分了神？那时苗子和千重子一样还在襁褓中，对这些一无所知，长大后才听村里人讲起。

当然，关于千重子，她不知道她的名字，不知道她是生是死；因为是双胞胎，她甚至不知道她们谁是姐姐谁是妹妹。但是，她非常想念她，哪怕只有一次，远远地看上一眼也好。

苗子家那幢寒酸的小房子就在村里，一直空着，她一个年轻女孩没办法住。一对来杉山打工的中年夫妇带着上小学的女儿一直借住着，当然没有收房租，也不是能收房租的房子。

不过，那个小女孩意外地很喜欢花。这房子有一株美丽的金桂，她有时会叫着“苗子姐姐”，来找苗子问她如何修剪院里的金桂。

苗子总是回答说：“不用管它，随它长吧。”可每次从房前经过，苗子仿佛远远就闻到了淡淡的花香。这反而让她很伤感。

秀男的腰带在苗子膝头变得沉甸甸的。各种心事涌了上来……

“秀男先生，我已经知道千重子在哪里了，以后不想再去打扰她。最后一次，我想让她看看我穿上和服、系上腰带的模样。您能明白我的想法吧……”苗子说得十分恳切。

“嗯。”秀男答道，“时代祭您一定来啊。我也很想让千重子小姐看一看您系这条腰带的模样，不过还是我们两个单独去吧。节日的队伍从御所出发，我会在西边的蛤御门等您。这样可以吗？”

苗子红了脸，沉默了一阵后，重重地点了点头。

对岸有一棵小树，树叶已经变红，倒影在水中随波荡漾。秀男抬起头来，问：“那是什么树？红叶这么艳丽。”

“是漆树。”苗子抬头回答，伸出颤抖的双手想去整理头发，却不知怎么，头发一下子散开，如瀑布般披散到背上。

“哎呀。”

苗子又一次羞红了脸。她急忙拢住头发，卷起，又把衔在嘴里的发夹插回头上。可是有些发夹掉在地上，不够用了。

秀男注视着她优美的姿态和动作。

“您留长发？”

“是呀。千重子的头发也很长的，她盘得好，你们男人都看不出来。”苗子慌忙地重新包好头巾，“抱歉。”

“……”

“我们这儿的工作是给杉树化妆，我自己就不化妆了。”

虽然这么说，苗子看上去像是淡淡地涂了口红。秀男很想让苗子拿掉头巾，好再看看她乌黑的长发披在背上的样子，却说不出口。

窄窄的峡谷中，靠西的山峦开始透出一丝幽暗。

“苗子小姐，您得回去了吧？”秀男站起身。

“今天马上要收工了……白天变短了。”

秀男看到，峡谷东侧的山顶上，晚霞的金光从笔直的杉树树干缝隙间透了出来。

“秀男先生，谢谢您。非常感谢。”苗子故作轻松地收下了腰带，也站起身。

“道谢的话，您还是说给千重子小姐听吧。”秀男口中这样说，一种温馨的喜悦却在心中升腾，能为这位北山杉村的姑娘织腰带让他感到欣喜。

“您别怪我啰唆，时代祭那天，在御所的西门，就是蛤御门，咱们不见不散。”

“好的。”苗子用力点头，“我会穿上和服、系上这条腰带去的，虽然第一次那种打扮，挺难为情的。”

十月二十二日是举行时代祭的日子。即便在节日众多的京都，时代祭也能与上贺茂神社和下贺茂神社的葵祭，以及祇园祭并称京都三大节日。时代祭是平安神宫的祭祀活动，游行队伍却从京都御所出发。

苗子一早就心神不宁，距约好的时间还有半小时，她已经在御所西面蛤御门的背阴处等秀男了。她平生第一次等一个男人。

还好是个晴天，天空一片碧蓝。

平安神宫建于明治二十八年，以纪念京都定都一千一百年。在三大节日中，时代祭当然是最新的一个。这个节日将风土人情的流转变迁以游行的方式展现出来，诠释千年古都的历史。人们熟知的历史人物穿着各自时代的服装，出现在游行队伍中。

这些名人，有和宫与莲月尼。有吉野大夫和出云阿国。有淀君。有常盘御前、横笛和巴御前。有静御前。有小野小町。有紫式部和清少纳言。

还有大原女和桂女。

游女、女艺人和卖货女郎也出现在队伍中。除了这些女性，最多的当然还是楠正成、织田信长、丰臣秀吉等公卿和武士。

游行队伍宛如一幅京都风俗绘卷，绵延地铺展开去。

女子加入游行队伍是昭和二十五年以后的事，节日顿时明艳华丽起来。

队伍排头是明治维新初期的勤王队和丹波北桑田的山国队，队尾则是延历年间文官上朝的队伍。回到平安神宫后，在凤辇前举行敬奉祈祷仪式。

游行队伍从御所出发，御所前广场是最合适的观赏地点，所以秀男才约苗子在这里碰面。

苗子等在大门边，出入的人很多，并没有人注意到她。只有一位老板娘模样的中年妇人，径直走过来说：“小姐，您的腰带真漂亮！是在哪里买的？跟您的和服搭配得很妙。能让我看看身后的结吗？”

“好的。”苗子转过身去，心里的不安反倒减少了些。这是她第一次穿这种和服，系上腰带。

“让您久等了。”秀男恰好在这时到来。

离队伍出场处最近的位置已经被宗教团体和旅游协会的人占满了，秀男和苗子在一侧的观光座席靠后的位置站定。

苗子第一次在这么好的位置上观看，她专注地看着游行队伍，几乎忘了秀男和她的新衣服。

她突然回过神来：“秀男先生，您在看什么呢？”

“看松树的翠色呢。当然，我也在看游行队伍，只是有翠绿的松树做背景衬托，游行队伍才好看。我特别喜欢御所宽阔庭园里的黑松。”

“……”

“其实我也看着您呢。您不知道吧？”

“讨厌。”苗子低下了头。

深秋姐妹

京都的节日多，比起大文字烧，千重子更喜欢鞍马寺的火节。苗子住得不远，也去看过火节。也许两人曾擦肩而过，却没注意到彼此。

从鞍马寺起，参拜路上的居民家都架了树枝隔断，在屋顶洒上了水。夜里，人们举着大小各色的松木火把，口里喊着“祭拜啦，祭拜啦”来到神社。两架神轿出来时，全村（如今是町）的女人都跑来拉轿上的绳索。祭典最后供奉巨大的火把，整个活动几乎持续到天亮。

然而今年，这个著名的火节暂停了，据说是为了节约。伐竹节仍照常举行。

北野满宫的芋茎节也取消了。说是因为芋茎歉收，做不成芋茎轿子的缘故。

京都有很多传统节日活动，例如鹿谷安乐寺的南瓜节，莲花寺的黄瓜祛病节等等。这些活动既有古都特色，也展现出京都人的风貌。

近年还恢复了在岚山河上泛龙头舟奏乐吟诗的“迦陵频伽”，以及上贺茂神社庭园小河边的“曲水宴”。这些都是王朝贵族的风雅游戏。

曲水宴上，人们穿着古装坐在溪边写诗作画，把酒杯放到溪流里，漂到身边就拾起一饮而尽，再传给下一个人。身旁有童子伺候。

这是去年开始举办的活动，千重子去看过。扮演公卿贵族的人里，领头的是歌人吉井勇（如今已经去世）。

这活动刚刚恢复，人们还不大习惯。

千重子今年也没去看岚山的迦陵频伽，觉得它到底缺乏古雅的情趣。在京都，富于古韵的活动多得看不完。

母亲阿繁很勤快，千重子不知是受她影响，还是性情使然，一大早就起床精心擦拭格子门。

“千重子，时代祭上，你们两个玩得很开心啊。”刚收拾完早饭的桌子，真一就打来电话。看来真一也把苗子看成了千重子。

“你去了？怎么不叫上我啊？”千重子耸耸肩。

“我想叫的，我哥不让。”真一直言道。

千重子没告诉真一，是他认错人了。苗子一定是穿着自己送的和服，系着秀男织的腰带去看时代祭的。

和苗子一起的一定是秀男。起初她还有些意外，但转瞬间心里便微微温热起来，脸上也浮出了笑意。

“千重子，千重子！”真一在电话里叫着，“你怎么不说话？”

“不是你打给我的吗？”

“对对对。”真一笑出声来，“你们店掌柜的在吗？”

“不在，还没来呢。”

“你没感冒吧？”

“我的声音像感冒了吗？我刚刚还在外面擦格子门呢。”

“哦，是吗。”真一在电话另一边摇了摇话筒。

这次是千重子笑了出来。

真一压低声音说：“其实是我哥要给你打电话。我让他来说。”

对真一的哥哥龙助，千重子无法像对真一那样轻松地说话。

“千重子小姐，你跟掌柜的说了吗？”龙助开门见山。

“嗯，说了。”

“你真了不起！”龙助加重了语气重复着，“真是太棒了。”

“我妈在旁边听到了，说吓得不行呢。”

“那是啊。”

“我就说，我也想学着打理家里的生意，让他把账本都拿给我看。”

“嗯，说得真好。你点他一下，情况就不一样了。”

“后来，我又让他把保险柜里的存折、股票、债券什么的都拿给我看了。”

“嚯！厉害！你太厉害了。”龙助感叹道，“这么温和的千重子小姐，居然能做到这一步……”

“还是您出的主意……”

“也不算是我的主意，附近的批发商都说他有问题。原本你要是说不出口，我打算让我父亲或者我自己出面。当然，你能出面最合适不过了。掌柜的态度不一样了吧？”

“是的，多少有些。”

“这就对了。”龙助在电话里沉吟了一会儿又说，“干得好！”

电话的这端，千重子感受到，龙助还有话要说。

“千重子小姐，我想今天中午去你家店里拜访，不知方不方便？”他说，“真一也一块儿去。”

“看您说的，有什么不方便的。”千重子答道。

“你是年轻小姐嘛。”

“讨厌。”

“是吗？”龙助笑了，“我在掌柜下班前过去。我也去瞅一瞅，吓唬吓唬他。别担心，我就是看看他的反应。”

“啊？”千重子说不出话了。

龙助家是室町一带的大批发商，在圈内很有实力。龙助还在读研究生，但在店里耳濡目染，举止自带威严。

“到吃甲鱼的季节了。我到北野的大市定个位子，请务必赏光。本来也想邀请你的父母，但小辈这样做不合礼数，就只邀请你一人。我会带上我家那位‘童男’一起去的。”

千重子被他的气势压住，除了“是”再答不出话来。

真一坐在祇园祭长刀花车上扮演童男，已经是十多年前的事了，哥哥龙助偶尔却还会半开玩笑地叫他“童男”。也许是因为真一性格温和，身上还留有童男稚气未脱的可爱吧。

千重子告诉母亲：“龙助先生打电话来说，他和真一下午来我们店里。”

“哦？”母亲似乎也有些意外。

午后，千重子上到二层化妆，虽不是浓妆艳抹，但也十分仔细。她把长发梳了又梳，总是梳不成合意的发型。穿什么衣服，也迟迟定不下来。

终于走下楼时，父亲已经出门去了。

千重子来到里间的客厅，烧好炭火。环顾四周，只见小院里那棵大枫树上，青苔依然绿油油的，两株紫花地丁的叶子却已经枯黄。

基督灯笼旁，一棵矮小的山茶树开满了红花，十分艳丽。那火红的颜色比玫瑰更让千重子心动。

龙助和真一来后，先恭敬地见过千重子的母亲，然后龙助独自来到账房，在掌柜面前郑重坐下。

掌柜植村急忙从账房的格栅后绕出来，非常正式地向龙助行礼，说了一段长长的客套话。龙助依礼应答，面孔却一直绷着。植村自然感受到了他的冷淡。他心里对一个乳臭未干的学生很不服气，可气势上就是输了一筹。

龙助待他的话告一段落，沉稳地插话道："您这店里生意兴隆，了不得。"

"谢谢！承蒙大家照顾。"

"常听家父他们说，佐田先生家多亏有植村先生操劳，您经验丰富，很了不起。"

"不敢当不敢当。我们是小店，跟水木先生家那样的大铺子不能相提并论。"

"哪里哪里。我个人不喜欢我家那样，到处铺摊子，都说不清是和服批发商，还是杂货铺。如今像植村先生这样专心做好一件事的店越来越少了。”

不待植村接话，龙助已经起身向千重子和真一所在的里间客厅走去。望着龙助的背影，植村面露苦色。他很清楚，千重子提出看账本和今天龙助来访，这两件事背后肯定有关联。

龙助来到客厅，千重子面带疑问，仰头看向他。

“千重子小姐，我去账房先生那里提醒了一下。毕竟是我建议你查账的，也得尽一份责任。”

“……”

千重子低下头，给龙助点薄茶。

“哥哥，你看那枫树干上的紫花地丁。”真一伸手指着说，“有两株，对吧？千重子说，她几年前就觉得这两株花像一对可爱的恋人，近在咫尺，却无法靠近……”

“是吗？”

“女孩子净爱想些浪漫的事。”

“真一！你真讨厌，这多难为情啊。”千重子正把点好的茶递给龙助，她的手微微抖了一下。

三人坐龙助店里的车来到北野六番町的甲鱼店大市。大市是一家游客也耳熟能详的名牌老字号，店铺的外观却十分古朴，不仅天花板低矮，房间内也有些陈旧。

甲鱼锅，先吃炖甲鱼，再用高汤做甲鱼粥。

千重子浑身暖呼呼的，似有醉意袭来。

一抹淡红直染到千重子的脖颈。青春的脖颈洁白、细腻、光滑，加了些颜色更是美丽异常。她的眼波也透出妩媚，时不时轻抚一下自己的脸颊。

千重子没有喝酒，可是甲鱼锅的汤底一半是酒。

车等在店门外，千重子有些担心自己脚下走不稳路。不过，她的心情十分愉悦，话也多了起来。

“真一。”弟弟比较好说话，千重子便对着他说，“时代祭的时候，你在御所的庭园里看见的不是我，你看错了。你是远远看到的吧。”

“你不用瞒着啦。”真一笑道。

“我没瞒。”千重子犹豫了一下，说，“其实，那个女孩是我妹妹。”

“什么？”真一露出疑惑的神情。

清水寺赏樱时，千重子曾对真一说过自己是弃婴。他大概已经告诉过他哥哥。即使真一不讲，两家店离得不远，弃婴的事总会传过去的。

“你在御所的庭园里看到的是……”她迟疑了一下，“我是双胞胎，你看到的是另一个姑娘。”

这件事，真一也是第一次听说。

“……”

三人都沉默了。

“我是被抛弃的那个。”

“……”

“如果这是真的，要是扔到我家店门口就好了。真的，要是扔到我家店门口该多好啊。”龙助重复了两遍，说得很是诚恳。

“哥哥！”真一笑了，“那会儿可是刚出生的婴儿，可不是现在这个样子。”

“婴儿也好啊。”龙助说。

“喂，你肯定是看见现在的千重子才这么说的。”

“不是。”

“多亏了佐田先生养育，才有今天的千重子小姐。”真一说，“那时，哥哥也还是个小孩子，哪里照顾得了婴儿呢。”

“能照顾。”龙助坚持说。

“是吗？你就是不肯认输，你总是这样，过于自信。”

“也许吧。我是真的很想照顾小时候的千重子小姐，母亲肯定也会帮忙的。”

千重子的酒意褪去，额头一片煞白。

秋季的北野歌舞会为期半月。结束前一天，佐田太吉郎独自前往观看。茶馆送了几张票给他，可他没有心思邀请朋友。看完舞蹈带朋友去茶馆玩乐是件麻烦事。

舞蹈开始前，他带着副兴致不高的表情走到茶席。这天负责点茶的艺伎里没有他相熟的。

边上站着七八个少女，负责端送。穿着清一色的粉白色振袖和服。

只有正中间的少女，衣服是蓝色的。

“咦！”惊诧之声险些冲口而出。即便她化着浓妆，太吉郎还是看出，这不就是上次坐怀旧电车时碰到的女孩吗？当时是这花街的老板娘带着她的。

只有她一个人穿着蓝色和服，应该有专门的任务吧。

给太吉郎送来薄茶的正是蓝衣少女。当然，她表情清冷，脸上没有带笑，只按着流程操作。

太吉郎的心却轻快了起来。

舞蹈曲目叫作《虞美人草图绘》，一共八幕，改编自广为人知的项羽和虞姬的悲剧故事。虞姬拔剑刺进自己的胸膛，在项羽怀中，听着怀乡的楚歌香消玉殒，项羽不久亦战死。接着，场景切换到日本，演起熊谷直实、平敦盛和玉织姬的故事。熊谷杀死敦盛后，深感人世无常，剃度出家。时隔多年，他重回当年的古战场吊唁，只见敦盛的坟冢周围开满了虞美人。敦盛的魂灵在笛声中现身，请熊谷将青叶笛带回黑谷寺供奉，玉织姬之灵则托他将冢边虞美人鲜红的花供至佛前。

这场戏后，还有一段新式舞蹈《北野风流》，编排得煞是热闹。

上七轩的舞蹈是花柳流，与祇园的井上流不同。

出了北野会馆，太吉郎来到古香古色的茶馆。茶馆的老板娘见他呆坐在那里，就问："叫哪个来陪陪您呢？"

"嗯，咬人舌头那个。另外，穿蓝衣服端茶的女孩是？"

"怀旧电车上那孩子嘛。好吧，就让她来跟您打个招呼。"

艺伎们到来之前，太吉郎一直在喝酒。艺伎一来，他就故意起身走到外面，对陪他一起出来的艺伎说："你现在还咬人吗？"

"哎呀，您还记得呢。我不会咬的啦。您试试。"

"我害怕。"

“真不咬人的。”

太吉郎伸出舌头来。舌头被吸到了温润绵软的深处。

太吉郎轻轻拍了拍女子的背，说：

“你堕落了哟。”

“这是堕落呀？”

太吉郎很想漱漱口，把嘴洗一洗。可艺伎就站在身边，不便如此。

艺伎的这个恶作剧十分大胆。她大概也没什么深意，只是瞬间反应罢了。对太吉郎来说，这个年轻的艺伎并不让人讨厌，更没有觉得脏。

太吉郎正要回客厅，却被艺伎拽住了。

“稍等一下。”

艺伎说着拿出手绢，为太吉郎擦拭嘴唇。手绢上沾了口红。艺伎把脸凑近太吉郎的脸，凝视着他说：

“好了，这样就没事了。”

“谢谢。”太吉郎两手轻轻拍了拍艺伎的双肩。

艺伎给嘴唇补妆，留在了洗手间的镜前。

太吉郎回到客厅，屋子里空无一人。酒有点儿凉了，他喝了两三杯，权当漱口了。

然而艺伎的味道，也许是香水味，仿佛已经留在了他的身上。太吉郎变年轻了一些。

他想，艺伎只是随便玩闹，但自己的反应太冷淡了。也许是因为太久没跟年轻女子一起玩乐了吧。

这名二十岁左右的艺伎，倒是个颇为有趣的女人。

老板娘领着少女走进来，少女仍穿着蓝色振袖和服。

“按您的意思，带她来打个招呼。毕竟年纪还小了点儿。”老板娘说。

太吉郎看着少女：“刚才端茶的是你吧？”

“是的。”毕竟是茶馆的姑娘，毫不忸怩，“端茶的时候就认出来了，是上次那位叔叔嘛。”

“哦，谢谢你。你还记得我？”

“记得的。”

艺伎也回到席间，老板娘对她说：

“佐田先生特别喜欢咱们小千呢。”

“真的呀？”艺伎看着佐田的脸说，“您真是好眼光。只是得再等三年了。而且，小千明年春天就会去先斗町。”

“去先斗町？为什么？”

“她想做舞伎，说是特别向往舞伎的打扮。”

“哦。学做舞伎，祇园不就很好吗？”

“小千的姑姑在先斗町，所以去那边。”

太吉郎看着眼前的少女，心想：她去哪里，都能成为一流的舞伎。

西阵的和服纺织业工会决定，十一月十二日到十九日所有织机停工八天。这是前所未有的、孤注一掷的决策。十二日和十九日是周日，所以实际上是停工六天。

停工的原因很多，总的来说，当然是出于经济上的考虑。生产过剩，成衣用料库存达到三十万件。停工可以处理库存，改善交易条件。另外，部分也是因为近期资金周转困难加剧。

去年秋天到今春，西阵收购和服布料的贸易公司相继倒闭。停机八天，大约减产了八九万件衣料。效果相当不错，可以说取得了阶段性成功。

在西阵的织布店街，尤其是不临街的巷子里，有很多以家庭为单位的小织布作坊，这次能响应统一行动，确实很不容易。

一排排长屋檐的小房子，瓦顶破旧，即使有二层的，也很低矮。窄巷子更是乱糟糟一片，幽暗中仿佛一直回荡着织机的声音。也有些人家用的是租来的织机。

即便如此，提出“不停工申请”的，只有三十家。

秀男家织的不是和服衣料，而是腰带。有三台高织机，虽然白天也要开电灯，机房已经算是光线好的了，后院还有空地。然而，家里仅有几件简陋的厨具，空间局促得简直不知道这家人在哪里休息和睡觉。

秀男意志坚韧，工作上不仅有天赋，还很有激情。不过，他常年坐在织机的细板凳上不停地织布，屁股上大概长了长条的茧子。

和苗子一起看时代祭游行时，最吸引秀男的不是穿越历史的游行队伍，而是御所宽阔的庭园里翠绿的松树。也许是因为这翠片能把他从日常生活中解放出来吧。终日在山间劳作的苗子，即使到狭窄的山谷里，大概也不会留意到翠色……

时代祭上苗子系了自己织的腰带——这让秀男工作得更加勤勉。

自从与龙助、真一兄弟二人去大市吃过饭后，千重子常常心不在焉，虽然说不上是多么强烈的痛苦，但她知道，自己被苦恼缠住了。

在京都，新年的准备从十二月十三日开始，这一天过后，冬日的天气就开始变幻无常。眼看着是晴天，却突然有雨点在阳光下闪烁，有时还会变成雨夹雪。天气晴得快，阴得也快。

十二月十三日被称为“事始”，按照京都的风俗，从这天开始筹备过年。岁暮的各种人情赠答也由此开始。

严格遵守这个风俗的，还要数祇园等花街柳巷。

侍从们把新年镜饼挨家挨户送到平日关照艺伎和舞伎生意的茶馆、教导歌舞音乐的老师家里，以及前辈艺伎们的住所。

舞伎们随后去致谢，说着“感谢您的照顾”，表达今年平安顺遂，明年请多关照的意思。

这一天，艺伎和舞伎打扮得格外漂亮，走在街上，给祇园一带的年末早早染上了华丽热闹的气氛。

千重子家店里却没有这样的热闹。

早饭后，千重子独自来到里间二楼的房间，想化一个淡妆，却有些心不在焉。

北野甲鱼店里龙助那些热烈有力的话，一直盘桓在她心里。婴儿时的千重子，被遗弃到龙助家就好了，这种说法太强烈了。

千重子和龙助的弟弟真一是青梅竹马，两人直到高中都是好朋友。真一性情温和，心里喜欢千重子，却从来没有像龙助那样说些让千重子脸红心跳的话。和真一相处非常轻松愉快。

千重子把长长的头发仔细梳好，垂在身后，走到楼下。

早饭还没吃完的时候，苗子就从北山杉村打来了电话。

“是千重子小姐吗？”苗子的语气十分慎重，“我有些事，想当面跟您说。”

“苗子，我一直很想你……明天好吗？”千重子回道。

“我哪天都行的……”

“你能来店里吗？”

“不，店里就不去了。”

“你的事情，我跟妈妈说过了，爸爸也知道的。”

“可还有店员啊。”

千重子沉吟半晌：“那我去你们村子吧。”

“这边有些凉。不过，您能来太好了。”

“我也想看看杉树呢。”

“那太好了。天气冷，可能还会下阵雨，您多穿些。篝火嘛，烧得多旺都可以。我在路边干活，您一到就能看见我。”苗子的声音十分明快。

冬之花

长裤配厚毛衣，千重子还是第一次这样穿戴。厚厚的袜子也很艳丽。

父亲太吉郎在家，千重子过去打招呼。看着她这身打扮，父亲不禁睁大了眼睛。

“去爬山吗？”

“是。北山杉村的姑娘说想和我见一面，有话说。”

“哦。”吉太郎立刻说，“千重子。”

“嗯。”

“要是那孩子遇到了什么困难和麻烦，你就把她带回来。咱们收养她。”

千重子低下头。

“要是有两个女儿，那得多好啊。热热闹闹的，我跟你妈都开心。”

“爸爸，谢谢您。真的谢谢您！”

千重子深深地鞠躬，温热的眼泪流过脸颊。

“我们把你从小婴儿养到今天这么大，这么漂亮，喜欢得真是含在嘴里都怕化了。她来了，我们也会一样真心待她。她一定和你一样，是个好姑娘。你就把她带回来吧。二十年前也许有人因迷信忌讳双胞胎，现在已经没有那样的事了。”

说完，父亲又喊母亲：“阿繁，阿繁！”

“爸爸，我明白您的心意，真的非常感谢。不过，苗子不会来我们家的。”

“这又是为什么呢？”

“她不想影响我的幸福吧，哪怕一星半点。”

“为什么会有影响？”

“……”

“为什么会有影响呢？”父亲又问了一遍，歪着头想不明白。

“像今天这事，我也跟她说了，就来家里，反正爸爸妈妈也知道她的事情。”千重子有些哽咽，“可她不想让店员和邻居们看见……”

“跟店员有什么关系。”太吉郎忍不住大声说。

“爸爸说的我都记下了。今天我还是先过去吧。”

“好吧。”

“路上小心。另外，我刚说的话，你告诉那个叫苗子的孩子。”

“是。”

千重子穿上雨衣，戴上帽子，脚上也穿了双橡胶雨靴。

早晨天空还很晴朗，这会儿却已经阴下来了，中京这边是这样，北山说不定会下雨。在街上看去，天色也是阴阴的，要不是京都的群山形态小巧、线条柔和，估计已经是风雪欲来之势。

千重子坐上了国铁巴士。

去往中川北山町，有国铁和市营两条巴士路线。市营巴士到京都市北端的山岭就折返往回，国铁巴士一直开到福井县小滨。

小滨位于小滨湾的岸边，与若狭湾相连，一直延伸到日本海。

冬季，巴士上乘客不多。两个年轻男子直勾勾地盯着千重子。千重子有些害怕，就用帽子盖住头。

“小姐，求你啦，别藏着脸呀。”青年用与年轻的外貌并不相称的沙哑声音说。

“混蛋，闭嘴！”邻座的男人呵斥道。

向千重子搭话的男人戴着手铐，不知犯了什么罪，身旁的大概是警察吧。翻山越岭，不知要押到哪里去。

千重子当然不会摘下帽子给他看自己的脸。

车来到高雄。

“这哪里还是高雄嘛。”有乘客抱怨。这话倒也不错，红叶落尽，树梢的细枝已带上了冬意。

栂尾山下的停车场里一辆车也没有。

苗子身穿工装，在菩提瀑布站等着迎接千重子。

因为千重子与平日打扮不同，她一下子没认出来。

“小姐，您来了。真是难为您了，到这深山老林里来。”

“哪里，也没多深。”千重子手套也顾不上摘，紧握着苗子的双手说，“好高兴啊。上次来还是夏天。那次在杉山里，真得谢谢你呢。”

“没事，小事一桩。”苗子说，“不过，那雷要真落到咱俩头上会怎样呢？即便雷落下来，我也很欣慰。”

“苗子，”千重子边走边说，“你给我家打电话，肯定是有重要的事吧。你先讲给我听，不然我心里放不下，聊天都聊不好。”

“……”苗子穿着干活的衣服，头上裹着头巾。

“是什么事？”千重子又问了一次。

“是秀男，他向我求婚了……”说话间，苗子差点绊倒，一把抓住千重子。

千重子伸手抱住了没站稳的苗子。

日复一日的劳作让苗子的身体十分紧致。

夏天打雷那次，千重子过于害怕，无暇注意到这一点。

苗子很快站稳了。不过，她十分享受千重子的怀抱，没有挪开，而是靠在她身上继续往前走。

渐渐地，抱着苗子的千重子反而更多地依靠在苗子身上。当然，两个姑娘对此浑然不觉。

千重子隔着帽子问：“苗子，你是怎么回复秀男的？”

“回复吗？这么大的事，我也不可能当场回复呀。”

“……”

“他是认错人了。当然现在他已经知道了。不过，住在他内心最深处的是您。”

“哪有的事！”

“不，我很清楚，就算不是娶错人吧，也是和替身结婚。他在我的身上寻找您的幻影。这是其一。”

千重子忆起春天去植物园观赏盛开的郁金香那次，回家路上，在贺茂河堤，父亲提到招秀男做女婿而被母亲责备的事。

“其二，他家是织腰带的作坊对吧？”苗子非常坚决地说道，“这样，我和您的生活就会发生交集，要是因为这个给您添了麻烦，惹人白眼，那我死都无以谢罪。我就想藏到深山里去，越远越好。”

“你怎么会这么想！”千重子摇着苗子的肩膀说，“我今天来见你，是好好对爸爸说过的，我妈妈也都知情。”

“……”

“你知道我爸爸怎么说的吗？”千重子更加用力地摇着苗子的肩膀。

“他说，要是苗子遇到任何困难，你就把她带回来。户口上，我现在是亲生的孩子。他说，苗子要是来了，他会同等对待。还说我一个人也孤单。”

“……”

“谢谢！”苗子摘下头巾捂住脸，“我从心里感激你们。”好一段时间，她都感动得说不出话来，“一直以来，我都是无依无靠的，举目无亲，再寂寞也只能靠拼命干活来忘记。”

“那秀男求婚这件重要的事呢？”千重子为了缓和气氛，把话题拉了回来。

“这我没法立刻给出回复。”苗子声音哽咽，看着千重子。

“借我用一下！”千重子接过头巾，轻轻擦拭苗子的眼睑和脸颊。

“脸上都是泪，怎么回村里呀……”

“没事的。我要强，干活比谁都拼命，却是个爱哭鬼。”

苗子反倒一头扎进千重子的怀里，抽泣起来。

“别这样，苗子，你这样，我也难过。”千重子轻拍着苗子的背，“你再哭，我就回去了。”

“不要，不要走！”苗子身子一震，拿过自己的头巾，使劲擦起脸来。

因是冬天，泪痕并不显眼，只有眼睛看上去略微泛红。苗子把头巾扎得很低。

两个人默默地走着。

杉树已经修过枝，只有最顶端还留着一圈树叶，在千重子眼里，那一抹绿色是开在冬天的朴素之花。

“腰带的图案是秀男先生亲手画的，织得也极用心，他是个好人。”千重子开口打破沉默。

“是的，我知道。”苗子回答说，“一起看时代祭时，比起古代装扮的游行队伍，他更喜欢看背景里御所的青松和东山变幻的颜色。”

“时代祭他看过很多次，可能不新鲜了。”

“不，好像并不是这样的。”苗子加重了语气。

“……”

“他跟我说，看完游行队伍，一定到家里去看看。”

“家里？秀男家？”

“是的。”

千重子有些意外。

“他有两个弟弟。他带我看他家后院的空地，说我们成家后，会在那儿盖一间小屋，就织自己喜欢的作品。”

“这不是很好吗？”

“很好？秀男是把我当作您的幻影，才想和我结婚的。我也是女子，我很清楚。”苗子重复着刚才的话。

千重子不知如何作答，迷茫地往前走着。

两人走在狭窄的山谷中，白烟从旁边另一处小山谷升起。是洗杉树圆木的女子们点了篝火，围坐在一起烤火休息。

苗子走到了自家门前。比起茅草房，这里更像是间窝棚，屋顶因年久失修已经歪斜，起伏不平。不过，因为是山里人家，还算有个小院子，七八棵状似野生的南天竹枝干交错，高高地挂着红色的果实。

这个寒酸的家，或许也是千重子的家。

经过院门时，苗子脸上淡淡的泪已经干了。该不该告诉千重子这里就是我们家呢？千重子出生在母亲的老家，也许根本没来过这里。就连苗子自己也分不清究竟是否在这里住过，毕竟还是婴儿的时候她就没了父亲，又失了母亲。

幸好千重子根本没有注意到眼前的人家。她抬头望向杉山，凝视着成排的杉树圆木，径直从门前走了过去。苗子也不用对她谈及这幢房子了。

杉树笔直的树干上，只留下顶端的树叶，修剪成椭圆形，千重子觉得这是“冬之花”，它也的确是冬之花。

剥了树皮、洗磨好的杉树圆木排列着晒在一层和二层的屋檐下。木材立在那儿，呈现出雪白的颜色，根部对得整整齐齐。这就很美了，比什么样的墙壁都要美丽。

杉山也是如此。树下的草已经枯干，笔直的杉树干粗细均匀，整齐地立在枯草上，很美。从略带斑驳的树干间隙中，隐约可以窥见天空。

“这里还是冬天美。”千重子说。

“是吗？平时看惯了也不觉得。不过，到了冬天，杉树叶就变成淡淡的芒草色呢。”

“对，就像花一样。”

“花？您说花吗？”苗子有些意外，抬头向杉山望去。

走不多久，眼前出现一座古雅的宅子，大概是哪块拥有山地的人家。围墙不高，下半部贴着木板，涂成红色；上半部是白墙，还有细窄的瓦檐。

千重子停下脚步，说：“好漂亮的房子。”

“小姐，我就寄住在这户人家。进来看看吧。”

“……”

“不必拘谨的。我在他们家已经住了十年了。”

秀男想跟苗子结婚，不是作为千重子的替身，而是把她看作千重子的幻影。这话，千重子听苗子说了两三遍。

说是“替身”倒好理解，但“幻影”究竟是什么意思呢？特别是作为结婚对象……

“苗子，你总说幻影、幻影的，幻影到底是什么呢？”千重子严肃地说。

“……”

“幻影是无形的，摸不着、看不到的，对吧？”千重子继续说，不觉红了脸。不仅脸和自己像，身上的任何一处大概都和自己一模一样的苗子，就要属于一个男人了。

“是的。不过，无形的幻影却也是确确实实存在的。”苗子答道，“幻影在男人的心头、怀里，也许还会出现在其他很多很多地方。”

“……”

“直到我成了六十岁的老婆婆，千重子的幻影仍是现在这么年轻，不是吗？”

这些话令千重子非常意外。

“你怎会想到这些。”

“人们永远都不会厌倦美丽的幻影。”

“那也不一定。”千重子终于说出一句话来。

“幻影不能踢，也不能踩，不就只有自己发狂发疯了吗？”

“是吗？”千重子看出苗子心中也有妒意，“真有幻影这种东西？”

“就在这里……”苗子的话震撼了千重子。

“我不是什么幻影。你我是孪生姐妹。”

“……”

“难不成，苗子和我的幽灵也是姐妹？”

“净瞎说。我的姐妹就是眼前的千重子小姐。只有在秀男那里才……”

“你想多了。”千重子低头向前走了几步，又说，“我们三个人一起，敞开心扉好好谈谈，怎么样？”

“谈谈什么的——能说真心话，也能说违心话……”

“苗子，你是疑心很重的人吗？”

“那倒不是，可我也有女儿心啊……”

“……”

“是北山阵雨，从周山那边下到这里来了。山上的杉树都……”

千重子抬起目光。

“您快回去吧。看样子会转成雨夹雪。”

“我这副防雨的装束，就是以防万一呢。”

千重子脱下一只手套，把手给苗子看：“我这手，不像千金小姐吧？”

苗子吃了一惊，双手捧住千重子的手。

阵雨在千重子不知道的时候，已经下起来了。连生活在村里的苗子，刚才也没有注意到。这种雨和小雨不同，也不是如雾一般的细雨。

千重子听苗子提到杉树，抬头向周围的山上望去。山冷冷的，笼罩在朦胧的雨雾中。山脚下的一棵棵杉树树干反倒清晰可见。

说话间，一座座小山被雾霭包围，逐渐失去了轮廓。这雾霭与春天的云霞不同，单是天空就呈现出了不同的面貌。此时的雾霭更具京都特色。

看看脚下，土地已经湿润了。

一层淡淡的灰色逐渐笼罩住群山，是雾霭弥漫开了。

越来越浓的雾霭沿着山体缓缓向下流，夹杂着些许白物。已经转为雨夹雪了。

“快回去吧。”苗子说，因为她注意到了那白色物质。这东西说不上是雪，只能算雨夹雪。那抹白色时而增加，时而又消失。

山谷微微发暗。空气也骤然变凉了。

千重子是京都长大的姑娘，对北山阵雨已经见怪不怪。

“趁您还没变成冰冷的幻影……”苗子说道。

“你又来了，幻影什么的……”千重子笑了，“我带了雨具来的……京都的冬天就是容易变天，一会儿就过去了。”

苗子看看天：“今天还是回去吧。”说着，用力握住千重子摘掉手套的那只手。

“苗子，你好好想过结婚的事吗？”

“想过一些……”苗子回答，而后万般珍重地帮千重子戴上了手套。

在这过程中，千重子说：“到我家店里来一趟吧。”

“……”

“来嘛。”

“……”

“店员下班以后。”

“晚上吗？”苗子有些惊讶。

“晚上就住我家。爸爸妈妈都知道苗子的事。”

苗子眼底浮出欢喜，却仍在迟疑。

“一晚也好，我想和你住在一起。”

苗子把头扭向路边，不让千重子看到她在落泪。然而千重子又怎么会看不到呢。

千重子回到店里，室町这一带还只是阴天。

“你回来得正好，还没下起来。”母亲阿繁说。

“爸爸在里面等你呢。”

爸爸等不及千重子打完招呼，就担心地问：“那孩子找你有什么事啊？”

“嗯……”

千重子不知如何回答，一两句话很难说清楚。

“到底什么事？”父亲又问了一遍。

“嗯……”

苗子说的事，千重子似乎明白了，却又不太明白。

秀男实际上是想和千重子结婚，但知道自己配不上，就转而向和千重子长得一模一样的苗子求婚。苗子的少女心敏锐地识破了这一点，于是对千重子讲了一通奇怪的幻影论。总之，秀男想用苗子来慰藉自己对千重子的渴望。千重子觉得这样说绝不是出于自负。

不过，事情似乎并不完全是这样。

千重子无法正视父亲的脸，她羞得几乎脖颈都红了。

“苗子——那孩子是叫苗子吧？她特别想你，无论如何都要见上一面？”父亲说。

“是。”千重子下定决心，抬起头来，“大友家的秀男先生向苗子求婚了。”她的声音有些颤抖。

“是吗？”

父亲盯着千重子沉默了一阵。他似乎看透了什么，却并未挑明，只是说：“是吗？和大友家的秀男？不错嘛。缘分这东西真是奇妙。这也算千重子牵的红线吧。”

“爸爸，不过我觉得，苗子不会和秀男结婚的。”

“为什么？”

“……”

“为什么呢？我觉得挺好的啊。”

“不是说不好。爸爸，您记得吗？您在植物园说过考虑撮合秀男和我。苗子是女孩子，她感受得到的。”

“这样啊，怎么会呢？”

“而且，她觉得秀男家是织腰带的，多少会和我们有些生意上的往来。”

父亲心里一震，沉默了。

“爸爸，让苗子来咱们家住一晚吧。一晚就行。求您了。”

“当然可以。我不是跟你说了吗，把她收养到我们家都可以。”

“她不会同意的。就一晚……”

父亲怜爱地看着千重子。

母亲拉挡雨板的声音传了过来。

“爸爸，我去帮妈妈！”千重子起身出去了。

细雨飘落在屋顶，无声无息。父亲一动不动，久久地坐在那里。

水木龙助和真一的父亲请太吉郎到圆山公园的左阿弥用晚餐。冬天日短，从包间的窗户向外望去，街灯已经亮起。天空灰蒙蒙的，没有晚霞。除了灯火，街道也一片灰色。这就是京都的冬天。

龙助的父亲在室町经营着一家大批发店，生意十分兴隆。他作为老板向来处事果断强势，可今天却好像有事不好开口，一直犹犹豫豫，东拉西扯。

最后还是借着酒劲，他才切入正题："有件事……"

太吉郎一向优柔寡断，近来遇事更是唯恐避之不及，但此时却已将水木要说的事猜出了大半。

"是这么回事。"水木嗫嚅着，"不知您是否听令爱提起过我家那个鲁莽的小子龙助。"

"虽然让我感到自己很没用，不过龙助是好意，我明白。"

"是吗？"听了这话，水木也放松下来，"那小子跟我年轻的时候一样，自己定了的事，谁劝也没用，真愁人。"

"我们感激不尽。"

"您这么说，我也放下心了。"说着，水木抚了抚胸口，非常正式地行礼，"请您原谅他！"

太吉郎铺子的生意虽然在走下坡路，但由一个同行的小年轻跑去帮忙，无异于一种羞辱。若说是让龙助来实习，就两家店铺的规模而言，事情也该反过来才对。

"我们倒是很感激……"太吉郎说，"不过，您家店里要是少了龙助，多有不便吧。"

"哪里的话。龙助对生意也只是一知半解。倒是一个踏实的孩子。当父母的自己吹嘘，见笑了。"

"说起来，那天他来了直接就找掌柜的问话，一脸严肃的，连我也吓一跳。"

"他就是那么一个人。"水木说完，闷头自顾自地喝酒，"佐田先生……"

“您说。”

“如果能让龙助去您家帮忙，哪怕不是每天都去，他弟弟真一就不得不渐渐成熟起来，对我也是好事。真一是个好脾气的孩子，龙助现在还时不时开他玩笑，叫他童男。这个他最讨厌了。他小时候坐在祇园祭的花车上扮过童男。”

“真一是个俊俏的孩子。和我家千重子从小就一起玩。”

“说到千重子小姐……”水木又说不下去了。

“说到您家这位千重子小姐啊……”水木重复着，用像是生气了的声音说，“为什么会生出这么漂亮的小姐呢。”

“不是父母的功劳，是她自己长的。”太吉郎正面回应道。

“我想您也明白，您家和我们是同行，龙助要去您家帮忙，他是想待在千重子身边，哪怕只是一个小时，甚至半个小时也行。”

太吉郎点了点头。水木一边擦着与龙助相似的额头，一边说：“我这个儿子虽然不争气，倒是个肯干的人。我不敢勉强您，也实在是不好开口，我就是想，如果，万一，令爱不嫌弃的话，可不可以让他去做上门女婿？我家会废除他的继承权。”

水木说着低头行礼。

“废除继承权？”太吉郎简直目瞪口呆。

“看着龙助最近的样子，我就想，店再大也不一定幸福。”

“您的好意我心领了。不过，这事还是按两个年轻人的心意，顺其自然吧。”太吉郎避过水木的锋芒，继续说，“千重子是个弃婴呢。”

“弃婴不弃婴的，又有什么关系呢？”水木说，“我这些话，您知道就行了。那我让龙助去您家店里帮忙，可以吗？”

“行。”

“谢谢！太感谢了。”水木身心都放松下来，喝酒的节奏也不同了。

第二天一早，龙助就来到太吉郎的店里，召集掌柜的和店员查点货物——漆染和服、素布、刺绣皱绸、一越皱绸、花缎、御召皱绸、铭仙绸、裲裆、振袖、中振袖、留袖、织金缎、锦缎、高级印染绸子、礼服、腰带、衬里、和服配饰……

龙助只是在旁看着，一言不发。自从上次的事以后，掌柜的一直有些怕龙助，此刻也是唯唯诺诺。

大家留龙助吃饭，但他还是在晚饭前就回家去了。

入夜，有人敲格子门，是苗子。声音轻得只有千重子听见了。

“太好了，苗子！傍晚天就凉下来了，我还怕你不来呢。”

“……”

“天空里倒是出来了很多星星呢。”

“千重子小姐，我该怎么和令尊令堂打招呼呢？”

“我都跟他们说明白了，你介绍自己是苗子就行。”千重子搂住苗子的肩膀，一边往里走一边问，“晚饭吃过了吗？”

“吃了，在那边吃了寿司来的。”

苗子很拘谨，而千重子的双亲看她长得与千重子如此相像，也目瞪口呆。

“千重子，你们到里间二楼好好聊聊吧。”母亲阿繁体贴地说。

千重子拉着苗子的一只手，通过细长的走廊上到二层，点起了暖炉。

“苗子，你来一下。”千重子把苗子叫到镜子前，凝视着镜中两人的脸。

“我们长得真像。”暖流漫过千重子全身，她又和苗子交换了位置，“真是一模一样，哈哈。”

“双胞胎嘛。”苗子说。

“人要是都生成双胞胎，会怎么样？”

“那就总会认错人，很麻烦吧。”苗子退后一步，眼睛已经湿润了，“人的命运，真是说不准啊。”

千重子也退到苗子旁边，用力摇着苗子的肩膀说：

“苗子，你就一直待在我家，好不好？爸爸妈妈也都这么说呢……我一个人也很孤单，很孤单……虽然我不知道杉山的生活有多快活。”

苗子仿佛站不稳，腿软软地跪了下去。随后，她摇了摇头，泪水滴落在膝头。

“小姐，咱们的生活不同，所受的教育也不一样，室町的生活，不是我能承受的。我就是到您家店里来看看，就这一次。也把和服穿给您看看……再说，您曾两次来杉山看我。”

“……”

“小姐，被爸爸妈妈丢掉的婴儿是您啊。虽然我不知道为什么。”

“这些事，我早都忘到脑后了。”千重子毫不在意，“我现在根本不觉得有那样的父母。”

“我想，也许爸爸妈妈都因此受了上天的责罚……当时我还是个婴儿，还请您原谅。”

“苗子，这事你又有什么责任或罪过呢？”

“不是那样的。我以前也说过，我绝不想妨碍您的幸福。”苗子压低了声音，“我恨不得消失。”

“不许你瞎想……”千重子加重了语气，“这也太不公平了……苗子，你觉得自己不幸？”

“不，但我很孤独。”

“幸福是短暂的，孤独才是长久的，不是吗？”千重子说着，从壁橱里取出被褥，“咱们躺下慢慢聊。”

苗子在一边帮忙。“也许这就是幸福吧。”说罢，凝神听屋顶的声音。

千重子见苗子侧耳倾听，也停下手问：“是阵雨？冻雨？还是半雨半雪？”

“嗯……也许是淡雪吧？”

“是雪吗……”

“这么安静，应该是雪。淡雪很细很碎，是没成形的雪。”

“嗯。”

“山村里有时会下这种淡雪，我们干活时注意不到，可是杉树叶上就像开了白花一样。落了叶子的枯树，最细的枝丫上都盖了一层白。”苗子说，“可漂亮了。”

“……”

“淡雪有时很快就停，有时会变成雨夹雪或者阵雨……”

“咱们打开挡雨板看看吧。看看就知道了。”千重子正要起身，却被苗子抱住了。

“不要。这么冷，也会感到幻灭的。”

“幻灭，幻影，苗子真爱谈论虚幻的事呢。”

“虚幻……”

苗子美丽的脸庞上露出了微笑，又带着一丝淡淡的哀愁。

见千重子要铺被褥，苗子急忙说：

“让我给您铺一次被褥吧。”

两人的床铺并列放着，千重子却默默钻进了苗子的被窝。

“苗子这儿可真暖和。”

“因为我平时干体力活多嘛。住的地方也……”苗子抱紧了千重子。

“这样的晚上，会很冷的。”苗子却一点儿也不冷似的，“细雪飘了又停，停了又飘……今天晚上……”

“……”

太吉郎和阿繁也上楼来了，就在隔壁房间。他们上了年纪，已经用电热毯暖好了被窝。

苗子把嘴凑到千重子耳边，悄悄说：“您的被窝已经暖和了。我到旁边的床铺去啦。”

母亲轻轻拉开隔扇来看两个姑娘，这已经是之后的事了。

第二天早上，苗子早早起床，摇醒了千重子：“千重子小姐，这将成为我一生最幸福的回忆。趁着没人，我先回去了。”

如苗子昨夜所说，夜里果然有粉末般的细雪落落停停，此时仍在零星飘散。这是一个寒冷的早晨。

千重子起身，说：“苗子，你没带雨具吧。等我一下。”她找出自己最好的天鹅绒大衣，又拿了折叠雨伞和高齿木屐，一起给苗子。

“这是我送给你的。你要再来啊。”

苗子摇摇头。千重子扶着格子门，久久目送着苗子。苗子没有回头。细碎的雪花飘落在千重子额前的发上，很快就消失了。城市仍在静静地沉睡着。

骏河的少女

“啊——啊！我也想住在御殿场附近。一个半小时的车程可真让人受不了。”

听到这话时，火车刚刚到达御殿场站。说话的是个女学生，她像小蚱蜢似的抬起双膝踢了下火车的地板，又马上把脸贴在车窗上，目送站台上的同学。她们正向她投来稚气的注目礼。她的语气中满是无聊，恨不得要把胳膊甩出去一样。

火车在御殿场站一下子安静下来。如果你也曾坐慢车长途旅行，这情景想必并不陌生。每到上午七八点和下午两三点，搭乘火车走读的女学生们就会上车，车内就像堆满了鲜花一样，充满快活的气息，同时也喧闹起来。然而这样美好的时刻很短暂，因为十分钟后火车将到达下一站，五十个女学生们就都下车了。虽然只是瞬间的邂逅，我还是十分庆幸能在火车上遇到各地的少女，感受她们身上的不同特质。

但现在我是要从伊豆到东京，并不是长途旅行。那时我住在伊豆的山中，从伊豆去东京，要先坐火车到三岛，再换乘东海道线。我乘坐火车的时间总是恰好碰上这个繁花盛开的时间，上下学的女孩们是沼津和三岛两处女校的学生。我每个月去东京一到两次，一年半的时间里，我已经记住了其中二十个女学生。看着她们，我忆起自己初中那会儿乘火车上下学的心境。我甚至记住了那些女学生们大致坐几号车厢。

我总是坐在倒数第二节车厢，这次也一样。那个女学生所说的“一个半小时车程”指的是从沼津站到骏河站的车程。她是来自骏河的少女。乘坐火车越过箱根的人应该都知道，骏河是山川对面的小镇，那里有个纺织工厂，女工们会从窗户或庭院里向火车挥舞白布。这个少女估计是纺织厂的技师或谁的女儿吧。她也习惯坐倒数第二节车厢，是这群女学生中最美丽、最开朗的。

车程一小时半，一天往返两趟，每天如此，对女学生来说，这段时间应该无比漫长吧，长到可以腐朽那小鹿般的身体一样。如果是冬天，天未亮就不得不出门，天黑后才能回家，因为火车到达骏河已是下午五点十八分。然而对我而言，即使一个半小时也太短暂了。漫不经心地看着她和其他人聊天，从包里拿出教科书翻看，又或是织织东西，逗逗坐在远处的朋友……一个半小时飞快地就过去了。火车离到达御殿场就只剩二十多分钟了。

我就像这个少女一样，目送着女同学们走过雨中的站台离开。已经十二月了，路灯的表面因雨滴变得光润，发出微弱的亮光。远处黑黝黝的山上，森林火灾的火光鲜明地浮现出来。

少女收起刚刚快活的神情，开始严肃地和朋友说起悄悄话。原来她明年三月就毕业了，似乎要升入东京的女子大学。她们在谈论着这些。

火车到了骏河，在这里，最后一名女学生也要下车了。我将脸贴在火车的玻璃窗上目送她，雨很大，雨滴敲打着车窗。少女走出车厢的瞬间，我看到有个女孩大喊了声“小姐！”向少女跑来，还未站稳就紧紧抱住了少女。

“是你呀。”

“我等你很久啦，我本来可以坐两点的火车走，但我还是想见到小姐后再走……”

随后，两个少女共撑一把伞，脸近得仿佛就要贴在一起，匆匆忙忙地说起话来，全然忘了雨的存在。发车的汽笛声响了。那女孩急忙跳进车厢，从窗户探出头来。

“我之后去东京的话，就能见到你吧？你要来我学校的宿舍呀。”

“我去不了啊。”

“啊，为什么呢？”

两个少女都露出了悲伤的神色。那女孩似乎是纺织厂的女工，辞掉了工厂的工作要去东京，但为了见少女一面，在车站等了将近三个小时。

“到了东京要见面啊。”

“嗯。”

“再见。”

“再见。”

雨水湿透了女工的肩，少女的肩膀也是一样吧。

蝗虫与金琵琶

沿着大学的砖瓦墙向前，一直走到再看不见砖瓦，便是高等学校门口。只见被白色栏杆围住的校园里，花季过后长出嫩叶的樱花树下，从微暗的草丛里传来虫鸣。我放慢脚步，细听之下对这虫鸣更加喜爱，不忍离开，便在学校的庭院里先向右又向左拐，就看见栏杆被一道栽着枳树的河堤取代。在左侧拐角！我眼睛放光，望向前方小步急行。

河堤边，一簇簇五彩灯笼随风摇动，仿佛寂静的乡村在举办稻荷祭。不必走近，也知道一定是孩子们在草丛里捉虫子。大约有二十来个灯笼。这些灯笼不是分别映出桃红蓝绿紫黄等不同颜色的光，而是一盏灯笼就可以发出五彩的颜色。其中也有从商店买来的小红灯笼，但大多是孩子们冥思苦想精心制作的四角灯笼。二十来个孩子提着美丽的灯笼，在安静的河堤玩耍。在这幅如画的景象背后，一定藏着一个童话般的故事。

某天夜晚，一个男孩在河堤听见了虫鸣。第二天晚上就买了个红灯笼，想寻觅鸣声的源头。第三天晚上，又多了个孩子来一起寻找。这个孩子买不起灯笼，便自制了一个：把小纸盒的正背两面剪开，再糊上纸，往纸盒里立上蜡烛，最后在纸盒上方系上绳子。寻觅虫子的孩子渐渐多了起来。这些孩子学会给薄纸画上图案再糊到纸盒的洞上。还有些机灵的小艺术家们给纸盒剪出一个个形状不同的小洞，有圆的、三角的、菱形的，还有树叶形状的，又给各个小亮洞糊上不同颜色的纸。甚至有人用圆形、菱形、红色和绿色设计出一个完整的装饰花纹。买红灯笼的孩子把从商店就可以买到的乏味灯笼扔在一旁，自己动手做灯笼的孩子也丢掉了设计简单的灯笼；前一晚设计的花样到了第二天就无法满足孩子们了。每天，在捕虫小队集合前，孩子们都用纸盒、薄纸、画笔、剪刀、小刀、糨糊精心制作，心想："我的灯笼啊！变成最美、最神奇的吧！"正因此，二十多个孩子和美丽的灯笼构成的画面才会呈现在我眼前吧。

我伫立在那儿，仔细看着。四方灯笼被设计成古风样式，不仅剪出了花的形状，还把灯笼制作者的名字，诸如"善彦""绫子"等，也用片假名剪了出来。这和在买来的红灯笼上直接画画不一样，由于是在纸盒上剪出洞，再贴上薄纸，这些洞就成了一扇扇窗，烛光按照窗纸的色彩和形状透射出来，如梦如幻。孩子们用灯笼照亮草丛，循着虫鸣，蹲在河堤上专心致志地寻找。

"蝗虫！有人要蝗虫吗？"一个男孩直起腰，突然喊道。他独自在离其他孩子大概八九米远的草丛中寻找。

"给我！给我！"

立马有六七个孩子跑去，叠在男孩背上拼命地往草丛里探。男孩把他们伸出的手推开，张开双臂挡在那里，仿佛是在守护这片藏有蝗虫的草丛。男孩晃了晃右手中的灯笼，再次朝八九米外的人群喊道："蝗虫！有人要蝗虫吗？"

"给我！给我！"

又有四五个孩子跑了过来。捕虫似乎是个难事，以至于蝗虫都弥足珍贵。男孩又第三次喊道："有人要蝗虫吗？"

又跑来两三个孩子。

"给我吧。给我。"

刚过来的一个女孩站在男孩背后说道。

男孩轻轻转身，直接弯下腰，把灯笼移到左手，右手伸进草丛。

"这可是蝗虫。"

"知道啦，快给我吧！"

男孩立马起身，将握住的拳头伸到女孩面前，仿佛在说"就是它！"女孩把左手提着的灯笼的系绳挂到手腕上，双手包住男孩的拳头，男孩轻轻地把拳头松开，虫子便跑到女孩的拇指和食指之间。

"哎呀！这是金琵琶，可不是蝗虫。"女孩看见褐色的小虫，眼中熠熠生辉。

"是金琵琶！是金琵琶！"

孩子们羡慕的声音此起彼伏。

"是金琵琶哦。是金琵琶哦。"

女孩用她明亮聪颖的眼睛看了眼男孩，解下腰间挂着的小笼，把金琵琶放了进去。

"是金琵琶哦。"

“嗯，是金琵琶。”男孩喃喃地说。女孩把笼子举到眼前目不转睛地看着。男孩举起自己的灯笼给女孩照明，时不时望向女孩。

原来如此！我心想这男孩可有点儿厉害，同时也感叹自己的愚钝，竟然现在才明白男孩方才的行为。而后我更是一惊。瞧！女孩的胸前！抓虫的男孩和得到虫的女孩都没有注意到，注视着男孩和女孩的其他孩子也没有注意到。

照在女孩胸前的微弱的绿光，分明投映出“不二夫”三个字。女孩举着的虫笼旁边是男孩的灯笼，由于靠近女孩的白色浴衣，烛光透过剪成“不二夫”三字的洞口和糊在上面的绿色薄纸，映在女孩胸前。而女孩的灯笼仍垂挂在左手腕上，红色的微光模模糊糊，仔细一看，竟能看出“清子”二字摇曳在男孩的腰间。不二夫和清子都没有发现这绿光和红光交织成的小游戏——可以称之为游戏吧。

即使不二夫永远记得自己今夜送出了金琵琶，清子也永远记得自己今夜收到了金琵琶，可是男孩和女孩都无从记起，甚至连梦中也不会出现这样的场景：不二夫将自己的名字用绿色的烛光映在叫清子的女孩的胸前，而女孩灯笼的红光则将“清子”二字投在自己腰间；清子的胸前曾被绿色的烛光投映了不二夫的名字，而自己的名字也透过灯笼的红光照在了男孩的腰间。

不二夫少年啊！当你迎来你的青春时代，希望你依然和今天一样，说着“这可是蝗虫。”却递上金琵琶，望着女孩发出惊喜的欢声，露出会心的笑容。或是说着“这可是金琵琶。”却递上蝗虫，望着女孩脸上哀伤的神色，露出会心的笑容。

再有，即使你有远离人群独自在草丛里寻找的智慧，然而金琵琶终是难寻。你也许会遇到一个蝗虫般的女孩，却一心认为她是金琵琶。

最后，如果有一天，你因黯然神伤而把真正的金琵琶也看成蝗虫，认为这世间都只有蝗虫的话，那时，我会真正遗憾：你无从忆起今晚，你那美丽灯笼的绿色烛光，曾映在一位少女的胸前。

温泉旅馆

A 夏逝

一

她们雪白赤裸，如同野兽一般在地上爬来爬去。

在昏暗水蒸气的底层，她们用膝盖顶着地爬行。丰盈的裸体如同滑溜溜、黏糊糊的野兽，动作迟缓，只有肩膀的肌肉活动得健壮有力，就像在田间劳作。一抹黑发仿佛高贵而慈悲的水珠，闪着鲜艳夺目的光芒，是她们人性的证明。

阿泷把刷子一扔，跨木马一般飞身越过高窗，随即蹲跨在水沟上。哗哗声落入水中。

“秋天到了啊。”

“真是秋风。入秋的避暑胜地寂寥得很，就跟渔船全出港了的码头似的。”澡堂里，阿雪模仿着都市女郎恋爱的语调，妖艳地说道。

“小不点儿，少得意忘形。”

阿芳说着把刷子甩到阿雪腰上。

“东京人一到八月初就‘秋天啦，秋天啦！’地唠叨个没完，他们以为山里一年到头都刮秋风呢。”

“阿芳啊，我要是那位小姐，说得肯定更中听，就说像找不到对象的少女一样寂寞。”

“真是对不起，别看我这样，好歹也结了三次婚。像你们这年纪啊，我都有丈夫了！”

“这样啊，那这么说如何——‘入秋的避暑胜地啊，就像三次离婚改嫁的女人一样，寂寞得很！’”

说着，阿雪向河滩跑去。

阿泷伸了伸腰，继续蹲跨在水沟上，望着城里人眼中的“秋天”。然而，月亮中浮现出的，是她故乡的连山。即使是进城的时候，她也从来不曾想起温泉村这山谷中的河流。月光透过楢树的枝叶，洒在她因五个月没休息玩耍而紧绷的肚子上，宛如斑马的条纹。

阿芳把头探出窗外道：

“阿泷，你又犯老毛病啦？那条河是用来洗餐具的啊。”

“餐具？那是什么？”

“下游还有香鱼的鱼池，还有人淘米呢！”

“都会冲掉的。”

“你个混账！”

阿泷并没有回头，继续道：

“小雪，你会游泳吗？”

说罢便拽着阿雪的手腕，走过河滩的小桥。阿雪因一丝不挂，害羞得蜷缩起腹部。见状，阿泷猛地敲向她的脖子。

“喂！”

“我光着脚，走路很痛啊！”

自不必说，澡堂里已有人说起她们的坏话了。她们二人的头发根根分明，发量丰盈，头发浸湿后乌黑油亮的质感让她们散发出与生俱来的性感。更何况，两人整个夏天睡在一起，今晚还能拿到八月份返还的月钱。

“她俩上缴账房的钱数一定不实，现在一定去偷偷笑话我们活该了。”

“还说什么来着，不服平均分配……”

然而实际上，她们七个人都对这种“平均分配”的所谓正义心怀怒气。就连自认工钱最少的农村小姑娘阿时也这么想。阿时因自己有这短处，便故意从浴池底抬起头说：

“谁叫她们的出身跟我们不同呢？一个以前是肉铺的女佣，另一个是艺伎屋的保姆，当然会耍滑头。”

阿泷像抱白菜一样抱着阿雪趟过桥对侧的踏脚石。山谷溪流上架着桥，通向水中的小岛。岛上建有凉亭，相当于旅馆的庭院。月光散落在四周，宛如成群的渡鸟溺于水中。岩石泛出的银白的与对岸杉树林秋虫的鸣声浑然一体，直逼赤裸的二人。

浴池似乎已经打扫完了，木桶落到水泥地上的声音传了过来。阿泷在凉亭柱子旁找到了烟花。阿雪从紫薇的枝条上，取下客人的泳衣，伸脚穿上。

“你看，这么长，都到膝盖啦。”

“毕竟是男的穿的嘛。”

其他人穿着睡衣走过桥来——放在平时，她们一定倒头就睡。今晚，七人却全部到齐了，就连每晚两人一组轮流当班的澡堂扫除今天也全员上阵。她们手里有了钱，仿佛明天就要去参加欲望的节庆。她们一边笑话阿雪穿着肥大宽松的泳衣，梳着桃割发髻，一边回忆着夏天与男客们的种种约定，感到强烈的饥渴不满，又毒舌地数落起客人们的不是。这时阿泷说道：

“阿时还有阿谷啊，你们的工作明天就是最后一天了吧。放个烟花当作离别的纪念吧。”

烟花受潮了。

“小雪，秋天就像这受潮的烟花一样。”阿泷说着，粗暴地一下子划了十五六根火柴。在一阵爆响中，烟花窜过缀满嫩叶的樱花树梢，飞向天空。

她们一同欢呼着抬头望去，却看见一个穿着浴衣的男子悬挂在晒台上。旅馆建在山谷河岸的斜坡上，背面的晒台虽与正门口水平，但纵身一跃便能爬上。悬挂在那的男子，好不容易把晃荡的双脚缠到圆木柱上，笨拙地用力向上爬。

“啊，是鹤屋！”

“那家伙已经病成这样了啊，也是不容易。”

她们全都放声笑了起来，阿芳却“嘘”地伸手示意安静。

“我早把走廊的门锁上了，所以他才溜到背面的。”

男人发疯似的拉拽挡雨窗，却两手一抬把它一下子拆了下来，连人带窗狼狈地摔进女佣房里。窗中一片昏暗。阿芳拔腿就往桥的方向赶去，其他人也都匆忙起身。阿雪也忙着换下泳装，阿泷一把抱住她的肩膀，按住说：

“她们都担心自己的钱包呢，让她们去吧。”

又说道：

“烟花剩着呢。”

上游来了两个娼家女子，她们摇摇晃晃地趟过踏脚石，想偷偷潜进旅馆洗澡，身后还跟着男人们。阿泷把膝上的阿雪搁在一边道：

“畜生，我去收拾下那女的！”

二

阿泷家的院子是一片波斯菊的花田。花田还围上了竹篱，养着鸡。长长的花茎杂乱地倒伏，沾满了泥土。她家的房子，就在从村里的墓山下到溪谷的梯田里，阳光和风都十分充足。屋后的竹林盖住了屋顶，总像游动的鳁鱼群一样徐徐摇曳。但阿泷和她母亲却从未听到过风吹竹叶的沙沙声。

从十三四岁起，阿泷就能骑着无鞍的马出去闯荡了。背着满满一筐叶子油亮艳丽的山葵从山上拍马而下的她，仿佛一道碧绿的晨风。

从十五六岁开始，正月和夏天的两个月，旅馆的女佣人手不足时，阿泷就会去打下手。每当她赤身出现在澡堂，泡澡的男客人们都会瞬间噤声。她四肢健美修长，正值青春妙龄，如同一块上好的白铁。

阿泷的肚子和她母亲的肚子，展现着两个女人的各个方面——母亲睡相邋遢，肚子溢满脂肪、松松垮垮，女儿坐着看了一阵，突然“呸”地吐出一口痰，也倒头睡下。在父亲抛弃她们母女离开后，母亲的肚子突然闯入了阿泷的视野。

她的父亲跟小妾一起住在同村的街道上。在路上撞见，父亲就会问：

“你妈过得咋样？”

“睡得非常好。”她说完便匆匆擦肩离去。

到了十六岁，阿泷就驱使着马和母亲一起干农活。先引水入田，终于到了要插秧的时刻，母亲给马套上横木带有稀疏钉齿的耕锄，开始犁地。在田埂上看着的阿泷，突然哗啦一下跳到水田里，冷不防抽了母亲一巴掌。

“笨蛋，锄头啊，锄头都浮起来了啊！”

母亲握着锄头，蹒跚踉跄地走开。阿泷用手肘顶开母亲，一把夺过锄头。

“瞅着点儿！”

母亲单膝杵在田里，仰望着女儿，像个姑娘一样涨红了脸，对旁边田里的人笑道：

“现在这个当家的可真吓人啊。前一个反倒和气些呢。”

晚上睡觉时，阿泷背对母亲。母亲则面向阿泷的背。

女儿骑着无鞍的马，母亲扛着锄头，摇摇晃晃地跟在身后回家。

洗衣煮饭都是母亲的活儿，越是被女儿驱使，她便越是忘记了丈夫，心跳也随之变得凌乱。她一想起前夫愣神，就会被女儿教训；一哭鼻子，女儿便飞身离家。

“阿泷，等等。你那草鞋破破烂烂的，太不像样了。”

母亲说着匆忙追出去。

母亲开始铆足劲干活了。她的眼睛变得像猫一样柔和。女儿的眼睛则越发漆黑透亮，灵动起来。

阿泷穿上和服来到旅馆时，已经高大得能压到客人的胸膛了。那双水灵灵亮堂堂的大眼睛却让客人为之惊叹。

十六岁的那年年底，阿泷一个人在旅馆清理浴池。娼馆的女人们从后门进来，带着三个烂醉的客人。

“阿泷？——让我们泡个澡吧。哎呀，怎么没水啊。”

“热水那边还有。”

阿泷握着刷子，拘束地缩到澡堂的角落。

澡堂是地板下的石洞。宽敞的浴池被板子一分为三。第一个浴池里溢出的热水会流到第二个浴池里，水温也因此逐渐由热变凉。

娼馆的女人们一边用温泉水卸掉刺鼻的脂粉，一边大声谈论起阿泷的胴体。而男客人们，早已被阿泷那青春曼妙的美丽躯体迷得神魂颠倒，久久说不出话了。女人们言辞露骨，争论阿泷还是不是处女。赤裸的阿泷，也感觉到男客人们玩味的目光。女人们跪到男客身后，开始给他们搓背。其中一人说：

“阿泷啊，还有一个客人没人给他搓背呢，你去吧？”

阿泷硬着头皮，起身走到男客人身后跪了下来。这人似乎是山对面银矿的工头，结实的肩膀散发着矿石的气味。阿泷的手哆嗦着，她猛地并紧膝盖，感到一阵恶寒从后颈流遍全身，随后慌慌张张地泡到温泉里。

见状，那两个女人便摆出娼妇看不起良家女时特有的骄傲嘴脸，不断地将毒辣之词泼到阿泷身上。阿泷盯着上方，眼珠闪闪发光。

其中一个男人一边穿棉袍，一边轻轻拍了拍阿泷的肩膀：

“小姑娘，来玩吗？”

“嗯。”

阿泷话音未落，男人已经一把搂过了她的肩膀。

雪云布满夜空，河滩上寒风作响。阿泷只穿着一件毛织睡衣，光着刚出浴的双脚踩在寒冷的岩地上。阵阵刺骨的寒冷从脚底袭来，脚都要被冻僵了。

“畜生，畜生！”

她宣泄似的喊道。对岸杉山上的雪像薄雾一样落了下来。

刚开始——阿泷用双手掌心掩住脸，不知什么时候就把右手大拇指塞进了嘴里，嘎吱嘎吱地啃了起来。

起来时一看，牙印里渗出了血。

她急忙把右手掖进怀里，踉踉跄跄地站起来，刚想一把拉开旁边隔间的门——她知道，三个女人和客人正屏息藏在门的另一边——手一搭到门上，她便又在心里反复骂了起来：

“畜生，畜生！”

她看也不看刚才的男人，从娼馆的后门出去，顺着河谷边的小路走了。

走了还不到百来米，她就听到身后传来一阵脚步声，那两个男人径直追了上来，身后的女人则尖声骂着他们——阿泷赢了。

她扑倒在河岸边，咕咚咕咚地喝起冰冷的河水。

男人赤足追上来了。她瞟了一眼男人们呼出的白气，继续喝着。

晚上回家睡觉时她以一种非常粗野的方式抱住了母亲，就像当时男人对待她的那样。

那之后又过了三四个月，已是春天了。某天夜里，阿泷从比她高一倍的断崖上往街道跳去，扭伤了脚踝，被送到城里医院的第二天就流产了。但只过了十天，她就回到了村里，谁知父亲竟在家中。阿泷把母亲踹倒，跟父亲扭打作一团，大吵了一架。

“太肮脏了！趁我不在都干了些什么肮脏勾当！谁要待在这肮脏的家里！”

说罢，当天便拼车进城，去肉铺当起了女佣。

这个夏天，阿泷在肉铺清闲的七月末回到村里，在旅馆帮忙。正因两年前发生过的事情，阿泷现在才气不打一处来，想嘲笑娼馆的女人。

三

为了不让水汽闷起来，澡堂的后门和窗户无论冬夏都随时敞开。

娼馆的女人们便经常带着客人，沿着山谷中的河流从后门偷偷溜进旅馆泡温泉。无论是两年前的冬天还是现在，这种事情司空见惯，对阿泷来说却有着巨大的区别。就像她的裸体，今夏与那个冬天已完全不同。

“咋了，烟花都受潮了，怎么还捏着不放呀？”

阿泷走在板桥上，继续说道：

“我们俩进温泉去挫挫她们的锐气。小雪你跟那些女人相比，简直一个天上一个地下。小雪，我是说真的。只消把你那漂亮脸蛋给男人们瞅瞅，那些女人准哭鼻子。”

“不好吧，那会妨碍生意的。”

“哎呀，不愧是艺伎屋的女佣，你刚才穿男人泳衣和这事不一个样吗？不过我一个人足矣，你先回去睡？”

“但鹤屋在房间里啊。”

鹤屋是这一带批发杂货的商贩。每月中旬和月末会来收两次账。他顶着个毛栗子般的寸头，下巴到脸颊生着一丛毛栗子般的络腮胡，毛栗子的颜色让他看起来胖得溜圆。他一喝醉便会癫狂地抄起筷子敲击碗碟，闹够后大睡两三个小时。醒了之后，定会不辞辛苦地闯入女佣的房间——从晒台爬进来就是一例——否则无法入睡。就如“闯入”一词所说，他的举止公然大胆，十年如一日，每月惯例来两次，就跟献殷勤一样。

但是阿雪毕竟初来，还存着戒备。

“那种醉鬼，立马就呼呼大睡的。”

就算阿泷这么说，她也不回去，只道：

“好了，我在河边温泉等你。”

山谷的河边还有一座白木造的澡堂，跟望火哨一样简单朴素，被她们称作“河边温泉”。

阿泷从澡堂后门噔噔噔地蹿下石阶，突然纵身一跃跳到了温泉里。

“河里待久了，冷得不得了呀。”

娼馆的女人们躲着飞溅的水花，说道：

“晚上好。”

“晚上好。”

阿泷一把身子泡进水中，温热的泉水就哗啦啦地溢了出去。

“我们来借温泉用用。”

“这样啊，我还以为你们是客人呢。”

两位男客看起来像是学生。阿泷在两人面前大胆地站起来时，他们就像感到了一阵热风扑面袭来，出了温泉在浴池边缘坐下，垂下了头去。

“本来泡前想打个招呼的，但我以为你们已经打烊了。”

“没事，刚好我想找阿咲借点儿东西。”

说原打算向阿泷事先打招呼的是阿清，外号“黄瓜”。她像黄瓜一样瘦骨嶙峋、勾腰驼背、面色发青、多病嗜睡。她喜欢孩子，常给附近的婴儿当保姆，还会带着三四个小孩去公共澡堂洗澡。陪孩子玩是她唯一的乐趣。阿清还严格地遵守着村里的规矩——娼馆的女人不得招待本地的男客人。她自己是个外乡人，但她在村里弄垮了身子，已经打算在这里入土了。每次卧病在床，她都会梦见自己照顾过的孩子们，在棺材后面排成长长的队伍为她送葬。

阿清就如冬日里微弱的阳光，阿泷一见到她，就会为她所感染，免不了拉拉家常。

但另一个女人，却看也不看阿泷一眼，只说了句“晚上好”，便像睡死了一样，不再出声。她睫毛厚重的阴影盖住了眼睛，桃割发髻像抹了油一样湿润，无力地垂在一边。雪白平坦的面庞昏昏欲睡。在这睡颜上，小巧的嘴唇和细长的睫毛鲜明夺目，仿佛具有独立的生命。眉毛未加修饰，随意且杂乱。无论是耳朵、脖子还是手指，任何一个部位看一眼便觉得柔嫩娇艳，恨不得用牙咬一口。这种柔媚的感觉让阿泷立刻反应过来——这就是阿咲。

阿咲是村里十名女招待中公认最风骚的一位。由于村议会议员的儿子等人与其交往频繁，当地派出所的警察经常下令逐她出村。她在娼妇这条路上走太远了，简直是天生的媚骨。

即便被阿泷锐利的目光上下打量，阿咲还是一脸悠然自得，走出温泉坐到浴池边上。她吹弹可破的肌肤，就像纯白的蛞蝓——完美无瑕、柔顺圆润的身材曲线完全感觉不到骨骼。她就像蜗牛那种依靠脂肪伸缩蠕动、匍匐前进的动物。那纯白娇嫩的肚子，让人恨不得上去踩两脚——男人般的情欲袭遍阿泷的全身，她把手伸向阿咲的膝盖。

“毛巾借我用用吧。”

阿咲的身子像蛞蝓似的猛地一缩，乳房挡住了下腹部。没了毛巾遮挡的地方露出一片小小的伤痕。这雪白的肌肤上，竟有一块疤。

阿咲的耳根变得透红，这一抹红从乳房一直蔓延到腹部，若隐若现。阿泷怀着一股油然而生的嫉妒和无以言表的快感，盯着这美丽的血色。

“看来这毛巾也不好借啊，怕是有毒吧。”

此后不久，阿泷来到河边温泉，探头进去说：

“小雪，那两人是学生，帅气又老实。要不我们去瀑布那边玩吧？”

阿雪趴在浴池边缘的水泥台上，双臂抱起，脸颊从温泉中探出来，枕在手臂上。

“哎呀，看来睡着了。那你就好好留着贞操吧。”

阿泷回到旅馆时，已是日出时分。泛白的树干、河滩与黎明的白相得益彰。阿雪还睡在河边温泉里。她抱起的双臂，仿佛在保护她的贞操。

四

阿雪身上总披着一张《修身教科书》的外皮，像雏鸡屁股上的蛋壳一样讨人喜爱，又像蛇褪下的旧皮一样让人厌恶。

她在临近大城市的海边温泉镇上当过艺伎屋的女佣，因此，同样是梳桃割发髻，她后颈的发际线总显得格外妖娆。年轻艺伎的早熟和沿海出身的健康集中在她一个小姑娘身上。她的脸颊像苹果般赤红，分明的双眼皮下是一双圆圆的眼睛，仿佛总在暗送着秋波。她遣词颇有古风，山里人都觉得稀罕新鲜。

正因如此，温泉旅馆里才有不少男人半开玩笑半认真地向她求爱，她也半开玩笑半认真地巧妙敷衍过去。对于这些风流韵事，她也从未像其他女佣那样吹嘘显摆。某个学生心血来潮对她这样说：

“小雪你看起来年轻，想不到还挺成熟的嘛？”她的脸色顿时一变，把托盘一甩，驳道："区区一介书生，少得意忘形瞧不起人！不要因为别人在艺伎屋呆过，就说这种话！"说完，她悻悻地走了。此后那个书生住在旅馆的一个月里，阿雪没再理睬过他。

然而，当诸如跟阿芳二人负责打扫澡堂时，阿雪会故意打盹，被阿芳用刷子敲醒后便回道：

"你看起来有三张脸！我就不能先睡会儿吗，会帮你们暖好床的。"

像这样，其他女佣视她为娼妇，怜爱她，她也常挂着若无其事的开朗笑容。

曾有一名女客人看到阿雪后十分震惊地说："天啊，这围裙好漂亮！"

不知阿雪什么时候、从什么地方搜集来了不少五彩缤纷的小碎布，裁成三角形后缝起来，就成了一条好看的围裙。

她是夏末来到温泉旅馆的，正值旅馆要缝制新棉袍。在制作二十件棉袍的同时，阿雪缝了一件同样花纹的男童夹袄。是她用剩下的小碎布做的，说要送给弟弟。

旅馆老板娘惊愕之余，把阿雪夸了一顿。老板听见却说：

"这家伙不是省油的灯。别大意，盯着点儿。"

阿雪还会搜集客人吸剩的烟头，把烟嘴掐掉。攒起来后，把烟草拆出来倒在报纸上包起来，送给住在港口镇上的爷爷。

以往很长一段时间，烟头都是旅馆的老婆婆亲手从烟灰缸和炭火铲里搜集来的。老婆婆细心地逐个掐掉烟嘴，把烟草攒到大纸箱里，每当村里的老年人来了，便赠给他们。老年人把它们塞到烟袋里，一边抽烟一边闲话起来。甚至有人就是奔着这口烟过来的。

旅馆老婆婆的这项有年头的雅兴，却因为阿雪骤然而止。

阿雪的母亲是继母，原是港口镇上的女招待。每隔五六天，她就化着浓妆，牵着阿雪的弟弟来一次旅馆。她拼命向旅馆里的人献殷勤，又偷偷向阿雪讨零花钱。

阿雪的父亲到这儿打工，就在邻村农家的仓库里铺张破旧的榻榻米将就住着，做些临时的力气活儿。一条机动车道将海边的温泉小镇一个个串起来，中途便是阿雪的故乡渔港，爷爷就在那儿盼着她送去的烟叶和腌山葵。

汽车转过稍高的海角，眼前的景色豁然开朗——盛开的山茶花林沿着海岸延伸，种满蜜柑的山染上了黄色，二者之间，一条小路径直延伸到海湾。码头停着三四十艘渔船，整齐地随波摆动。透过树木，只能看到许多瓦制屋顶和仓库的白墙。这座小镇的景色美得让人难以相信贫穷的阿雪一家就住在这里，更何况这里还是模范村落，不用交税。

就在这个小镇，阿雪的母亲生她弟弟时高烧不退，命是保住了，人却疯了。白天，父亲和爷爷都要外出劳作，阿雪看家。她瞅准母亲疯病发作的间隔，把弟弟抱到母亲乳房边喝奶。早上出门时，父亲会先把母亲的手脚捆住，但阿雪会偷偷解开绳子。母亲在四十天后去世了。

阿雪那年十岁，上小学三年级，她自此每天背着婴儿去上学。无论是给父亲他们准备食物还是衣服，都由她全包。饲养捡回来的野狗是她唯一的奢侈。半夜出门讨奶时，狗总是忠实地跟在她身后。

教室里，坐在阿雪邻桌的孩子哭了起来：

“我不想跟保姆坐一起！”

每次阿雪背上的弟弟一哭，她就不得不离开教室。仅有十分钟的课间休息也不得不花在换尿布、讨奶上面。

即便如此，她还是以第一名的成绩升到了四年级，全校为之哗然。在升级仪式上接受校长颁奖时，阿雪仍背着弟弟。看到这一幕，台下的家长都潸然落泪。阿雪也听说，校长拜托县知事给她进行表彰。然而，其他孩子们抓住了阿雪的弱点，使劲刁难她。最终，阿雪在四年级暑假时辍学了。

无论如何，阿雪一手把弟弟拉扯到三岁。随后继母来了，但是洗衣煮饭仍然是阿雪的工作。给田地除草时，继母总是揪着阿雪的头发，把身背孩子的阿雪拖得在泥地里团团转——这样的事情，邻近的人每天都看得到。

“这里，这里，这里，还有这里，全都是那时的伤疤。”

阿雪在温泉旅馆的浴池中，戳着自己手臂和胸口上的伤痕说道。她脸上带着一抹轻浮的笑容，仿佛是在给男人炫耀自己的肉体、勾引他们一般。

然而，当时的阿雪实在太可怜了，旅馆的伯母便收留了她。在小学校长的再三催促下，县厅要给阿雪表彰的通知终于来了，此时的她却已进了城里的艺伎屋，她父亲也去山里干活了。

伯母家一楼是卖假花的，二楼是艺伎屋。

“虽说我进了艺伎屋，但也只是做做假花，带带孩子而已。”

她在温泉旅馆的这番说辞是谎言，颇有《修身教科书》的味道。她实际上是在见习，专门给其他艺伎拿三味线和要换的衣服。

由于她进了艺伎屋，县厅也取消了表彰。她的脸颊渐渐红润起来，圆圆的大眼睛愈发有神，时而小跑如飞，时而健谈不休。她的脖子雪白，充满了诱惑，身体中仿佛点燃了一团火。

但是，当她感到有可能被强迫接客时，毫不犹豫地离开了伯母家——兴许是还惦记着表彰一事吧。

阿雪来到父亲干活的地方，继母竟一反常态，对阿雪阿谀奉承起来。阿雪却回道：

“我不管在哪儿都能自食其力了，才不会委屈自己待在这令人作呕的家里！”

这份自信，在阿雪待在艺伎屋时便深深植入了她心里。阿雪自己也没注意到，在她向继母扬眉吐气一雪前耻时，她的眼神里亦透出这股自信。继母怯生生地退了一步。此时的阿雪以手握新武器的胆识，开始傲视人生。在她的故事中，这是迈向娼妇的第一步。

但是，这个小姑娘的“傲视人生”，到头来也不过是梦想嫁个金龟婿。力争上游地往上爬，这种自认为是天选之人的骄傲，让她更加卖弄起小聪明，变得肤浅轻佻。

就像阿泷在对河边温泉睡着的阿雪说的：

“那，你就好好留着贞操吧。”阿雪是给自己定了身价，小心呵护并期待着的。这个定价和《修身教科书》——两个相反的取向融为一体，这样的不稳定性，正是阿雪令人又恨又爱的魅力所在。

面对继母来到旅馆后的客套话，阿雪也机灵地用客套话如数奉还。继母泡进温泉后，她蹑手蹑脚地去偷窥，然后对老板娘说：

“老板娘，那种女人说的话可万万信不得。她到现在还在抽我弟弟，身上发紫的肿块都有五六块了！”

十六岁的阿雪，也已经完全看透男客人的甜言蜜语，看到了那背后隐藏的青一块紫一块的伤疤。

五

第二百一十天是个大晴天，烧炭的烟都看得一清二楚，山谷里到处是红蜻蜓。

第二百一十三天的暴风雨却让电灯忽明忽暗。女佣们趁天还亮着关好了挡雨板，随意地躺在房间里。这时，掌柜披着雨衣，托着蜡烛过来了。阿泷接过蜡烛，对透过挡雨板缝隙窥视户外的阿时说：

“小时啊，别老盯着外面看了。你也知道这雨一时半会儿停不了。快拿着蜡烛去二十六号房吧。”

于是她们一同拍起手来。阿时“呼”地吹灭接过来的蜡烛，坐在一边一动也不动。

她们原本有七人，但九月二日之后就只剩下四人。仅在夏季过来帮忙的人已经回去了。旅馆主人的侄女高子刚从女校毕业，准备进入助产学校。她是个近视眼。可靠能干的阿谷，从十四岁到十七岁都在这个旅馆当女佣，靠旅馆的工资集齐了一整套嫁妆。她家离旅馆很近，忙不过来时常被叫来打下手，对旅馆的事无所不知，老婆婆也很喜欢她。还有农家姑娘阿时——暴风雨就是在今早阿时来玩的时候降临的。

女佣们的枕边，回响着大石头流淌而下的咚咚声。半夜，阿时嘎吱嘎吱地推开女佣房的门板出去了，随即走廊传来划火柴的声音。突然，阿雪像爆炸了似的喊道：

“好耶，万岁！”

然后咕隆隆滚过阿芳的肚子，抱住墙边的阿绢。

“小不点儿，痒死我了。你们是貉子吗？坏得很。”

“早看出来了。我是故意让阿时睡到门旁边的。”阿芳说。

阿雪支起一条腿，摇晃着膝盖，边笑边说：

“可她那么单纯，怪可怜的。”

“人家是本地人，小雪别说啦！不然都嫁不出去了。”阿绢一本正经地说。阿泷却顶撞道：

“这有啥，又不是做不了农民了。至少比你强，人家不是为了钱。”

“你说什么？我什么时候收钱了？”

说着，阿绢摸黑爬过来，一把抓住阿泷。阿泷使劲拧住阿绢的双手反扭上去。

“嚯，莫非你喜欢上那个人了？”

“算了吧，刚热乎一会儿就凉了。”

阿绢曾在东京的艺伎町给梳头匠做工。来旅馆打工攒够钱便要重新回到艺伎町让梳头匠收她为徒——阿绢总是把这件事挂在嘴边。她把头发梳得像艺伎一样。客人赞许她，她便得意地四处显摆。她皮肤黝黑，个子矮小，宴席上只要有城里来的年轻男客，她必定会去抢别人的工作。

这个夏天，有一个神经衰弱的学生在这里住了半个月。阿绢不管账房是责备还是嘲笑，硬是进了他房间久久逗留。

在客人蜂拥而至的夏天里，只有阿绢和阿时两人有了风流韵事。她们并不算女佣当中漂亮的，但这种事就是落在了她们头上。

阿时的对象是个江湖画师，辗转于旅馆和旅馆之间，专门绘制隔扇。虽然阿时只是个深眼窝的粗笨农家姑娘，但一进了澡堂，她那雪白的肌肤美得就像换了个人。

暴风雨后的第二天早上，晒台堆满了青色的落叶，河滩的浴池也为泥沙掩埋。河岸上，夹杂着红土的水在岩石上蜿蜒流淌，孩子们成群结队，手持套网，去捕捉被激流冲昏的小鱼。一对江湖艺人母子在旁边欣赏着这一切。

架设在岩石和岩石之间的板桥全部倒塌，无一幸存。但因为板桥一端打孔串了铁丝，绑在岸边，所以木板都被冲到了河滩上。

河的水位虽然退下去了，但不再有人来诱钓香鱼。女佣们聚在测绘师的房间里玩耍，江湖画师则在没有客人的房间绘制屏风。

这是一个寂寥的季节，村里却热闹非凡、人声鼎沸，人们的高声谈笑都传了过来。

在村里排名第一的温泉旅馆做工的女孩们，商量好了全部告假。于是，村民们全都聚集到了阿泷等人所在的、在村里排第二的温泉旅馆，将村里第一旅馆主人的旧闻逸事，当新闻似的悉数起来。

“那家伙以前被告过官嘞，因为把矿山师傅采来的矿石掉包成了混有好多金子的！”

“没错没错，那场官司后来怎样了？听说那个师傅被炒了，那家伙却赚了几万块保证金，发了笔横财来着。”

“不知道那种把戏他玩了多少回呢。还记得吧，之前不是有什么大臣和厉害的军官来猎鹿嘛，在他家旅馆住了好一阵子。那老头书法不错，请那些大人物们提笔挥毫，然后自己临了十几二十张赝品拿去卖。来我们这儿的时候谎称是大人物写的，无人不信，所以才赚得盆满钵满。这种荒山野岭的旅馆，真要是脚踏实地经营，哪能赚那么多？看看这一家不就知道了？”

然后大家又借着酒劲道：

“把他家旅馆弄倒闭得了！”

“我们大部队冲进去，把那老头在河滩上活埋了！”

事情是这样的。沿着河谷的小径即将扩建成机动车道。温泉旅馆本应是最大的受益者，村里第一的旅馆却断然拒绝了分配到头上的捐款。

十几名警官住进那家旅馆，每天拉大弓。在他们腻烦之前，村里已经平静下去。

阿泷关上昏暗走廊里的挡雨板，“呀！”地蹦了起来。她踩到了一大片青桐树叶。

不知为何，她没有回到城里的肉铺。

老板娘怀胎七月，正挺着大肚子吃力地打扫厕所，只有这件事她绝不交由女佣来做。那副身影带着不可名状的寂寞。

一个赌棍似的男人住在旅馆里，每天监督河流上游一幢空房子的修缮工作。

一队建筑工人住了进来，是朝鲜人。

阿绢跑进女佣房间，说道：“他们扛着锅碗瓢盆，走路嘿咻嘿咻的。”

朝鲜的女人们，穿着满是皱纹的白裙裤和布鞋，背着塞满生活用品的大包袱，弯腰驼背地向前走。

河流下游传来炸药爆炸的声响。

河流上游破旧的空房，竟成了一间整洁精致的娼馆。最让女佣们惊讶的是，阿绢竟跑到那儿去了。那个像赌棍一样的男人曾纠缠不休地劝她们入伙——想起那份诱人的报酬，她们又狠狠地骂起阿绢来。

B 秋深

一

夏季客人落下的扇子约莫有十四五把，都被女佣们收进了自己房里。

阿雪手持两把男用的扇子，两手轻轻打开，像艺伎表演时那样，一本正经、一言不发地翩翩起舞。

“我说嘛，小雪你若没来这儿，应该当上艺伎了吧。”

仓吉靠坐在古香古色的漆木衣橱边，抱着膝盖说道。

“不过要是那样，我就没法见着你跳舞了。”

“我才不当什么艺伎，我只是个照看孩子的罢了。”

阿雪用唱歌的调子答道。同时，仓吉一边注视着阿雪的手部动作，一边轻拍着自己裸露的大腿，打起了节拍。于是阿雪便和着仓吉那蹩脚的节拍跳舞。阿雪感到小腿肚开始发烫，衣服下摆也凌乱了，便跌跌撞撞地想回原位，却一屁股坐在摞起来的坐垫上，顺势倚在了衣橱边。

“仓先生，我们干脆就这样，去唱法界调吧？”

“冷不丁地说什么法界调……”

“别的也成啊……”阿雪把右手的扇子抛到仓吉肩上，“我是压根不想当艺伎才跑这儿来的。”

言下之意，就是根本不把他这种居无定所的人放在眼里。但是，她那双水灵灵圆溜溜的大眼睛即使在侮辱人的时候，也显出一丝媚态。阿雪又举起扇子，跳了起来。仓吉浅笑一声，拿起她掷过来的扇子在大腿上敲起节拍。他的腿堆满了发白的赘肉，如同四十来岁的臃肿妇女。嘴唇厚重，双颊赤红，结实的身板虽然和身上印着商号的褂子有些不搭，却孔武有力，仿佛镇定沉着的野兽。

从三四年前开始，每当冬夏两季旅馆忙得不可开交的时候，仓吉便会不知从哪里突然回到旅馆。之所以说“回到旅馆”，是因为他总是刚好在旅馆繁忙、人手不足时现身，便被雇来在厨房打下手，或是接送来客，顺势借住在旅馆里。所以，一到旺季，旅馆里的人们就会说：

“仓吉今年不会不来了吧？”

到了忙碌的夏季，旅馆老板的亲戚也会来帮忙。那是一个叫加代的姑娘。从入秋第一天开始，旅店里的空房就多起来了。仓吉每天晚上都会跟加代一起去关挡雨板，然后去散步，两人甚至在深夜里一起去河岸的温泉。

他被赶出了旅馆，但当他在新年若无其事地回来时，又有粗心眼的人叫他去帮忙。

然而，到春天后，时隔三个月，他从城里的寿司店给十六岁的姑娘阿雪寄来了一封信。信里如同天气预报一般详细描述了他从城里的女人那儿染上的病情如何。

接着，他又在夏天回到了她们的旅馆。这个秋天就和阿雪的跟屁虫一样紧随其后，跟她一起去关挡雨板、打扫澡堂、整理客人的床铺、欣赏她从艺伎屋学来的舞蹈。

但是，阿泷竟闯进了阿雪的舞台：

“喂，阿雪，下脚轻点儿，别把铺席弄破了，这玩意儿有些年头了。”

“谁叫仓吉想尝尝灰尘嘛。是他自己说想品一品城里的味道的。”

“是，是，有个假惺惺的书生，叫人家去打扫卫生，然后就用下流的眼光盯着我不放，我叫他让开，他还说什么尝尝灰尘也不错，说山里的空气太清新了，这才有城里的味道。刚好小雪擦地板跑过来，说：‘那这桶脏水是什么味道？’还是我们的坏姑娘说得妙。我说仓吉，你看着挺舒坦的嘛，盯着我们可爱的小雪，现在品出什么味道了？”

“这个人蠢得很，这副德行还以为自己在献殷勤呢。”说罢，阿雪把手上扇子也轻轻掷到了仓吉膝上。

“之前这个人还说啊，‘小雪应该会跳舞吧’，说了有十五遍吧。”

“小雪你听我说啊，女人要是第一个迷上的就是这种货色，可是会成为一生的耻辱的。这种人让他排到第十五个还差不多。”

仓吉无力地笑了笑，站起身。

“喂，老板娘吩咐让你们去打扫晒台呢。”

“晒台？”

阿雪拉开隔扇。

“哎哟，哎哟，满地落叶。”

昨夜秋风大作，晒台上一地的落叶，黄中带青。

晒台就在她们房间的窗户那里。

她们房里有一个大大的衣橱，表面一层黑漆，雕有白铜家徽，但那铁壶把手似的手环却已生了层红锈。这些老旧的农村家具，现在都用来装换洗衣物了，里面塞满了客用的浴衣和床单。十叠大小的房间，也四处堆放着客用的床被和坐垫。她们的行囊都跟破布和空箱子一起杂乱地塞在壁橱里。破烂的镜台、空肥皂盒做的化妆箱、老旧的三味线、残破的洋布伞，都在衣橱和墙壁上的架子里塞着。满满当当的各种杂物，乱得分不清哪个是谁的。开始缝制冬季棉袍了，散落着残线和奶糖糖纸的地板上，剪刀闪着刺眼的光。

打扫完落叶，她们从晒台跳进房间。负责做饭的吾八正盘着腿坐在那儿，左手拿牌右手翻，一张接着一张。

阿泷坐下，收拾起针线。

“你还顾得上那玩意儿？都忙死了。”

“不是的，我不干了。”

“你的生意终于要开张了？”

“不是，我是真的搞砸了，被解雇了。”

“解雇？被扫地出门了对吧？”

“倒也不是。只是我也腻了。本来不想谈的，你瞅瞅吧。”

说罢，吾八从围裙里掏出个东西丢了出来。阿泷捡起。

“什么呀，不就是鲣鱼干的尾巴嘛。”

“今早我打开行李，结果发现我的新鲣鱼干被换成这东西了。”

“啊，怪不得说你偷了鲣鱼干啊——我懂了，阿芳那个畜生，偷偷打开别人行李是她的老毛病了。”

“阿芳发现后，就拿着去找老板娘了。按阿芳说，老板娘那时正在削鲣鱼干，就跟她说给她换一个，然后老板娘就把旧的给她了。她都这么说了，我也不能装啥事没有啊。”

“话说回来，只一条？”

阿雪从背后把两手搭到吾八身上说道。

“就一条，账房和阿芳才没告诉我。”

“真没劲儿，既然她们不提，你也装不知道不就成了呗。”

阿雪边说晃着吾八的肩膀，又继续道：

“这样懦弱可闯不了江湖嘞。”

“她一个小崽子还敢来这手，吾八你可别就这么算了噢。”

说罢，阿泷离开房间走到厨房，揪着阿芳的衣襟连扯带拽地从走廊拖过来，甩向吾八。

“接着。”

见吾八傻愣愣地没回过神，阿泷又把阿芳拽到门外，两手掐住她的脖子摁到墙上。

“你个畜生，畜生，给我滚！”

说着，用穿着布袜子的脚狠狠踩向阿芳的肚子。阿芳痛得打了个滚，却什么也没说。

“喂！”

仓吉把阿泷撞到一边。阿泷一个踉跄，靠在大鞋柜旁。

“瞧瞧你们干的好事！狼狈为奸想抢吾八饭碗是吧？”

阿泷怒视着仓吉，突然骂道：

“畜生！”

随后她猛地埋头冲到仓吉怀里撕咬起来。

二

朝鲜工人来了约一周后，日本的土木工人也入住了。监工住在旅馆的厢房里。

两个曾经给城里的军人卖身的女人来到旁边的娼馆。阿咲却被挖到上游的娼馆去了，身价瞬间翻了三倍。阿清则不到五天就病得起不来床了。

很快，村民们也察觉到了阿清的病情。阿清从这个夏天开始，就背着娼馆里还在吃奶的孩子，牵着四岁小女孩的手，从河谷沿着街道带到村里。日复一日，雷打不动。还没走到街道，就有三四个幼童跑来，围在她的裙边。她带着孩子，苍白细长的脸庞和整洁利索的银杏发髻透出一股孤寂的温暖，以至于见到她的村民都会主动开口寒暄几句。她常卧病在床，兴许正是因为睡得多，她才能把头发梳得服服帖帖，两鬓没有一丝碎发。她沉默寡言，孩子们却总黏着她，村民都觉得难以置信，好奇她在跟孩子们聊什么。

娼馆的孩子们总是呆在她枕边。多亏了这些孩子，她即使卧病也不会被赶出去。但是，由于她长年的生活习惯，当男人成群结队地来到娼馆时，她便感到喧嚣吵闹，难以平静。

她总觉得，自己在路修完前就会死去，但仍像等待马戏开演的姑娘一样生气勃勃。但同时，她也不自觉地在想象中描摹自己的葬礼——曾经疼爱过的孩子们在她的棺材后面排成长队，送她最后一程去山里的坟地。

阿清已经完全被山里的温泉乡“同化”了。她和上游新娼馆的主人形成了奇妙的鲜明对比。那人在有土木工程的地方辗转，四处劝人为娼。温泉旅馆的客人们还穿着浴衣时，他已经穿起了棉衣。

村里的姑娘们见了他，都像见了从前的人贩子一样纷纷让路。

工人们只能隔着庭院里的树木窥视旅馆的二楼，那里对他们而言太过高雅、太过昂贵了。

江湖画师画完了隔扇，要搭马车翻山离开，似乎想就这样和阿时不辞而别。面对送自己到马厩的阿泷，他笑道：

“告诉阿时，如果想见我了，就把隔扇弄烂。”

回到旅馆后，阿泷仿佛完全忘记了画师和阿时的事，跟其他的女佣一起在房间里静静地缝起了棉衣。在这个没有客人的季节，即使客房里遗弃的旧杂志已被收集起来，也无人翻阅。她们遐想着故乡和结婚，直到周末来赏红叶的旅行团到来，她们才注意到山里的秋色。

吾八才走了四天，她们就不再谈及他了。

村里水产店的老板曾来替他赔过一次不是。

“我可没说过让他走人……”老板娘吞吞吐吐。

“但他也太游手好闲了，我们忙得不可开交的时候，他在客房里偷闲，一天到晚不着家，有急事也找不着。虽然说他待得时间长了，大家熟了可以随意一些……”

吾八在旅馆干了八年，年近五十。前半生凭着一把菜刀，辗转于沿海各城镇。在那期间，他左手中指的指甲以上被切掉了，好像还结过两三次婚。之所以说“好像”，是因为这家温泉旅馆让他忘记了过去。也就是说，待在旅馆时，他不再提及自己的过去。倒也不是隐瞒，只是无心想起罢了。

他曾是在港口流浪谋生的人，身上自然有股江湖气息。但是，来到这片山里之后，他娶了一个带孩子的女人，并疼爱着那个孩子。于是，在不知不觉间，他在这里安家落户，想在这片土地度过余生。

阿清幻想着自己的葬礼，吾八则希望能开一家小餐馆。他的愿望虚无缥缈，不过是平生夙愿罢了。这家旅馆就是这样令他心安。因此，他会突然转悠出去挖挖山药、钓钓鱼，回趟邻村的家，这种工作的态度颇有年老退休的雅兴。他身上的昔年锐气，只在他是全旅馆最早起床的人这点上还能体现出来了。

他一年到头都穿着白色的棉衬衫、印着商号的褂子和短短的细筒裤，他的生活不需要更整齐的衣服。他仍保持着年轻时当兵的威风仪态，皮肤如包着柿漆纸的稻草人一样黝黑。晚上一合酒下肚后，就去熟客的房间闲聊，不到十分钟就会打起呼噜。

这就是他，如今却因为一条鲣鱼干待不下去了。

宽敞的厨房里，仓吉正忙得不亦乐乎——他跟吾八一样，有着农家子弟的粗壮双手。女佣们一开始全部瞧不起仓吉，不靠近他，但很快就不是这样了。因为只要跟着他，就能尝到刺身边角料，大饱口福。

旅行团离开的早上，她们会把餐盘里剩下的生鸡蛋藏在客房的橱柜里，并在打扫走廊时用铁壶煮了吃。

另外，她们如果对长期居住的客人有好感，就会把客人的剩菜挪到自己的饭里吃。但前提得是男人的剩菜，对于女客人的剩菜，她们则不理不睬。

“人家又没生病，菜也不脏啊。”

她们中的一人这样说着，动起了筷子。

而且，大概是为了把这女性特有的、家庭式的行为贯彻到底，一个男人的剩菜只由她们中的某一个人来享用。这是她们之间不成文的规矩，不知是从什么时候开始的。这秘密，绝不可泄露给客人。而在吃剩菜这事上也不专一的人当然还是阿绢。阿绢去了上游的娼馆后，就是阿雪。

但是，对工头的剩菜先下手的，却是不怎么干这种事的阿泷。这是女佣们独有的宣告，即愿意成为他们的人。

三

早晨打扫庭院时，她们都感到秋天已深。身材娇小的阿雪手持高大的扫帚，竟显得天真纯洁，像位大家闺秀。

阿雪向着朝鲜女人声音的方向走去，拖着的扫帚就像她的配饰一样。工人们在温泉旅馆的门前租了一栋空房，一起住着。那是一户农家，隔扇、拉窗已一道不剩。在女佣们打扫旅馆庭院的同时，穿着白色裙裤的朝鲜女人们在井边清洗着早餐的餐具。阿雪看了一会儿朝鲜人洗碗，偶一回头，透过古松瞥见旅馆厢房的门口——她突然啪嗒一下把扫帚撂向松树，一溜烟跑了。

原来阿泷正蹲在厢房门口，给工头缠黄色的绑腿。男人坐着，她白皙的脖颈和桃割发髻与男人的膝盖齐平，如一件伤感的失落之物。

“阿泷居然……”

阿雪一时语塞，不知阿泷究竟怎么了。

“那个阿泷居然……”

总之，阿雪的脸颊打了个寒战，茫然地向后院走去。

阿雪两肘撑在小桥的栏杆上，晃起一条腿。朝阳的光辉清澈透亮，一直射到浅浅的水流底部。眼泪渗出眼眶，她的心头突然涌起一股对阿泷无以名状的依恋。

阿泷从壁橱里拖出脏兮兮的被子，也许是床垫。她们并不区分二者，因为被子硬得跟床垫有一拼。她忽然开口说道：

“今天我也去看爆破了，岩石‘梆’的一声粉碎的时候，那火药味真是神清气爽。”

阿雪“噗”地没忍住笑，扯着硬邦邦的被子躺下。

“你不闻那火药味就睡不着啊？”

她用双手捂住脸趴下，一反常态地笑了起来。

“喂。”

阿泷翻身起来，用脚使劲揉阿雪的背。

“没错啊，那又怎样？”

阿雪仿佛没有察觉那脚的存在，笑得肩膀都晃起来。

“好啦。别忘了还要打扫澡堂。阿泷你还有活儿呢，快点儿做完，否则眼睛又要熬红了。”

阿芳说着，利索地铺好被子。

到时间了，她们用细长的腰带系住睡衣，准备下澡堂去打扫。

“好啦好啦，我一个人就行，快点儿休息吧。”

说罢，阿泷粗鲁地关上房门，独自出去了。

阿芳和阿吉很快进入了梦乡。从澡堂传来水声。大概是太冷了，阿雪把手缩到袖子里，下到澡堂去。她最近总孩子似的，跟在阿泷身后到处跑。

“阿泷，阿泷！”

拉开门一看，竟是阿绢，正无精打采地站在那里。阿泷走到晒台上。

“怎么啦？”

“晚上好。”

“快进来吧。”

“好的，但是啊……”

说着，阿绢走近晒台，抬起头。

“各位都好吗？”

“说什么‘各位’啊，这儿又没什么达官权贵。”

“我啊，有一事相求。”

“进来说呗。”

“我啊……”

阿绢一边说着，一边歪着头摆弄披肩。

“我借过些钱给工人们。”

“然后？”

“但他们迟迟没还啊。”

“这有什么，穷人嘛，就当白给了呗。”

“话可不能这么说。”

“传言不都说你那家利息最高嘛。”

“此话差矣。那是因为我们东家小心谨慎，没先付款的都不让进门。”

“瞎说。回去给我打打广告，就说没钱的都来我这儿。”

“我借出去的，是真的钱啊。”

“真的钱？”

“是啊。要是一直在这儿待着，根本攒不下钱，所以我才跳槽过去的。我也不打算一直做，明年无论如何都要去东京学梳头，我念叨着钱多一点儿是一点儿，才把钱借给他们的。”

“这样啊，不得了。用跟你借的钱去你那儿买春，而且那钱还带着利息。”

“但很多人都不还呐。所以我才想拜托阿泷你啊，跟工头说一说，叫他们把钱还了，比如从工资里抽点儿什么的……”

“嗯？你在胡说什么？真有你的啊。”

阿泷从晒台蹦回房间里，啪地关上拉门，高声大笑了一阵。

那笑确实只持续了一阵，毕竟此时的阿泷已经困顿疲乏，没力气了。她每天晚上都光着脚，从厢房沿着长长的走廊回来，弄得双脚冰凉。白天她的眼睛布满血丝，工作得反而更加起劲，活像一头凶猛的野兽。

阿泷即便从走廊蹑手蹑脚地回来，也没法悄无声息地打开房门。

“阿泷。”

听到阿雪妖媚的呼声，阿泷心里咯噔一下，僵住了。

“阿泷。”

阿泷沉默着，脱下穿在浴衣外的羽织。

“阿泷，大家都睡得正香呢。我给你把床暖好了，留给你的鱼汤都冻住了呀。”

“这样啊，多谢了。”

阿泷冷不丁地把冻得冰凉的手伸到阿雪的胸部。

“你也挺寂寞的吧。”

这样的夜晚持续了一阵。后来，却是阿雪在仓吉的房间里被旅馆老板娘摇醒。

她一跃而起，端正坐好后，双臂支在地上行礼，一本正经地说：

“真的十分抱歉。”

随后，她一边揉着眼睛，一边跑回了她们的房间。

“过来。”

阿泷从床上起来，把阿雪抱倒在自己膝上。

“小雪啊，你原本脑袋不挺灵光的吗？你那么地那么地重视贞洁，本想用它换来荣华富贵吧？结果却给了仓吉那畜生。小雪啊，千万别在仓吉这种男人身上一棵树吊死，快快找到另一个人吧。谁都没关系，真的。一棵树上吊死是女人的耻辱啊，败给那种男的就真的完了……真是的，哭什么呀，有什么好哭的……你没事吧？哎，你没事吧？没事就好，快点儿找到另一个人，否则你要吃大亏的啊。”

然而，第二天仓吉就被炒了，阿雪也紧随其后离开了旅馆。

半个月后，阿泷收到了阿雪的信，不知来自何处。

“啊，山中温泉忆往昔，旅途苍穹下，徒余独断肠，不问昨今东西辗转……”

这一定是阿雪还待在温泉旅馆那会儿，读讲谈杂志时记下的好句。

随后山里有传闻，说男人拖着阿雪四处漂泊，最后竟把她给卖了。不过这充其量只是传闻。

C 冬来

一

水车垂下的冰柱在月光下熠熠生辉。马蹄敲击着结冰的桥板，传来金属般的声音。这个寒冬，群山的轮廓一片漆黑，好似锋利的刀刃。

阿咲只身乘着公共马车，双手在和服下揣着，白色的围脖缠得很高，又用空出来的袖兜掩住脸，朝着车厢角落深深地低着头。

从车站到温泉村有四里路。阿咲的火车七点到达，公共汽车和马车都没有其他乘客了。末班马车抵达时，只有在温泉里泡过头的村民，浑身赤红，提着灯笼从河谷爬上来。夜晚月光明亮，但树荫仍然阴暗，街道上的人家都已关门闭户。

阿咲利索地跳下马车，缩着脖子头也不回地冲向山茶子，穿过茂密的树荫一直跑到竹林里，随后从怀里掏出一瓶酒，对着瓶口豪饮起来。

“啊！”

她快活地喘了口粗气，把脚缩进衣摆深处，围好围脖，用两块袖兜蒙着脸，趴下打起了滚。

阿咲知道，即使在冬天，林子里堆着枯竹叶的地方还是暖和的。她穿了两件人造丝制的长衬衣，但没披外套。

不消二十分钟，传来了男人的脚步声。

"啊，吓死我了，你睡着了？"

男人边说边弯下腰，阿咲一把抓住他的手，把它从自己的肩膀拽到胸下，男人躺倒了。她就这样紧紧抓住男人的手，在地上滚来滚去。

"啊，真开心！你知道我有多想见你吗？在雪地里滚一滚身子就暖和了。"

"没人发现你吗？"

"你想想嘛，我提前五站下车，又搭了两小时马车，这么大费周章的……"

她一边说着，一边脱掉袜子。月光倾泻而下，洒在她的双脚上。

"脚都冻红了。"

说罢，她把双脚沉甸甸地搭到男人膝上，揉起赤红的脚趾来。

"看起来像不像泡在冰里的红辣椒？"

男人捏住她的脚趾。阿咲的肌肤白得像蜗牛，那脚趾仿若冷冰冰的鼻涕虫一样黏在他的手掌上。阿咲把脚趾交予男人后，便像一块厚重的脂肪一样倾倒在他身上。

"去村里的温泉暖暖身子吧。"

"才不要，我大老远风急火燎地赶过来，你也要为我燃成一团火才行。”

男人转过身，她却两手往男人胸口一推，摆起了架子：

“不带这样的啊，我又不是白来的。再说了，我还花钱买了火车票和马车票。”

“会给你的。那东西，随时能给你。”

“不行，你得先给，否则我才不真给你当女人。”

男人耳中突然响起谷中河流凄冷的流水声。

阿咲不是从城里跑来和恋人幽会的，她是来做生意的。

阿咲是村里所有女招待中最伤风化的一位——这是村里乡绅们的共识。派出所的警察也在他们的授意下三番五次下令将阿咲驱逐出村。就在一个月前，乡绅们在宴会上为儿子们的不检点而叹息，阿咲就这样被赶到了城里。阿咲天生是做女招待的料。

然而，只需一张明信片，她随时都能回到恋人们身边。不惜火车转马车，避人耳目，隐于竹林，只为得到“外出”的酬金。或者说，比起金钱，她对卖身这件事本身怀有不可思议的热情，所以才夜奔十里赴约。就跟传说中的女人会游泳渡海，与男人相会一样。

当然，阿咲到了城里，也待在服务军人的店里。她面庞白皙而扁平，一副温馨又懵懂的样子，仿佛从来没有意识到自己有何特别。好像只要有男人在，她就能待得自在——她就是这么泰然自若，不会在乎认真往头发上抹油、梳个发型。

此时竹叶已沾满她的脖颈，她却无意拂去。

男人将阿咲和服上的竹叶一片片剥去，走下山谷，沿着河岸的踏石，想去温泉旅馆偷偷泡个澡。

阿泷正独自一人坐在浴池边缘，瞧见阿咲后，用湿毛巾擦了擦脸，对男人说道：

“你啊，知道邻村的阿清昨晚死了吗？”

“有所耳闻，我以为你们都睡了，不会来这儿，才没打招呼就过来了。”

男人不好意思地解开衣带。

“今晚要为阿清守夜。男人真不是东西，一个都没来，岂有此理。”

“阿清在世时一个个地欠了她那么多人情，这会儿连影子都没见着。我背地里都替她感到可怜。”

“真可悲啊，你不也是折了阿清寿命的罪魁祸首吗？”

“要是铺路的工人没来就好了。阿清经常帮忙照顾村里的孩子，大家都很怜悯她啊。”

“你瞧瞧这次守夜，多冷清啊——还有你们，也亏得阿清居然没去竹林显灵吓死你们。你们别想来我们家温泉。我们这儿可不是用来洗脏身子的。”

阿咲从脸到乳房都变得通红，却什么也没说，拖着面筋一样柔软的双脚走下澡堂的石阶。

二

阿清是女招待，而阿咲则是女招待中的女招待，从某种意义上可以说，阿清是被阿咲杀死的。

阿清十六七岁时漂泊到这深山老林，很快弄垮了身体，打算就在此度过余生。对这个心念死亡的小姑娘，男人们抱她时，只当抱着一个苍白的幻影。即便如此，她还是多次病倒。一有时间，她就去村里陪孩子们玩。

当工人成群入住，岩石的爆破声开始响起时，阿清就切实地意识到了。

“在路修完前，我就会被杀死吧。”

果然，不到五天，阿清就卧床不起了。娼馆的四个女孩子和还在喝奶的婴儿总是黏在她枕边，所以她才没被轰出去。然而，这个村里的所有女招待都从雇主那里听到过这一句话：

“瞧瞧人家阿咲。”

这句话，也常常萦绕在阿清的床边。而且她的那张床就在腌菜小屋隔壁，面积只有两叠大，有时却也会被用来接客。

阿清勉强爬起来，有了自杀的决心。不，倒也没有那么强烈，不至于被称为“自杀的决心”，而是她已经放弃了活下去。从结果上来看，给土木工人服务，本来就是自杀。

孩子陪伴着她，但他们弄不明白，阿清的死和土木工人有何干系。

阿咲走出温泉。对于阿清的死和阿泷的辱骂，她都佯装不知，还若无其事地对男人说：

“再见了。喂，下次什么时候叫我？”

“开什么玩笑，这大半夜的你要去哪儿？”

“当然是回去啊，走回去。天亮前就能到车站。”

“四里路啊，还是在山里。”

“没关系，夜晚和男人都是好东西，没什么可怕的。你不必送我，再见了。”

阿咲懒散地揣起手走了。

“喂，留下不好吗？别这么冷漠啊，天亮后再走呗。”

“被人瞧见可就糟了。”

阿咲头也不回，走上凝结着月光的街道。

男人茫然地站在原地。

但是，在男人离去后，阿咲又一路小跑回去，躲在河边温泉的阴影里。她觉得大概还会有自己认识的男人过来，便蜷缩起身子等着。

麦芽开始结霜，山顶上的天亮了起来。候鸟不知为何没有飞进竹林，而是掠过边缘飞走了。第二个来的男人踩灭竹林中的篝火，突然蹲下说：

“喂，有人来了。”

阿咲正用手枕着脑袋，边坐起来边说：

“啊，我知道了，是给阿清送葬的。”

“小声点儿。”

送葬的队伍爬上层层梯田，朝竹林过来了。阿咲平趴在地上，双手托着扁平的脸颊，笑眯眯地望着。

说是送葬，其实也就是两个男人抬着盖着白布的棺材而已，八成是娼馆的老板和账房吧。棺材上搭着两柄铁锹，大概是装饰吧。这个村子习惯土葬。

可是，孩子们究竟哪儿去了？曾经疼爱过的孩子们都来了，排成长长的队跟在棺材后头，前往山里的坟场——这是阿清生前的幻想，是她对生的期待，也是对死的期待。

然而此时，孩子们还在梦乡。

阿清被抬过竹林边，直向山上的坟场而去。

“这也太惨了。”

“是啊。”

“他们是想在天亮之前偷偷把她扔了吧。”

“我也要趁天还没亮先回去。现在走的话，途中还能碰到首班的马车。”

“喂，把竹叶拍干净再走。”

“说得是。对了，你下次叫我用明信片吧。”

阿咲捡起酒瓶，全力一掷，酒瓶撞到了眼前的竹竿上，玻璃碎了一地。

花之圆舞曲

《花之圆舞曲》，终。

就在这一瞬间，下落的幕布还未遮到前胸，友田星枝忽然收起了谢幕的姿势。

早川铃子单腿足尖点地，另一条腿高高地向上扬，身体重心完全放在和星枝交握的手上，两人的身体交织成一个舞蹈造型。星枝这么一来，铃子便失去了支撑，她仿佛突然被砍去半身，踉跄着倒了下去，正搂到星枝的腹部。

星枝被撞得趔趄了一步，而铃子的脸则挤压在星枝的腹部牵拉着，姿势非常怪异。铃子想挣扎着站起来，却一只手抓住星枝的肩头。

“混蛋！”她说着，一个巴掌打在星枝脸上，又似乎被自己的行为惊住了，直直地看着星枝的脸。

“这辈子再不和你一起跳舞了！”

铃子说着，软下身子，靠向星枝的肩。

星枝突然转开肩膀，她倒不是要甩开铃子，也不是气愤于自己挨打。铃子的身体失去支撑，向前扑倒，双手撑在了地上。

星枝像是没有意识到这一切都是自己造成的，头也不回，只是呆呆地站在那里，语气坚决地说：

“我这辈子也不跳舞了。”

幕布在这时完全落下。

随着幕布落在舞台上发出的一声轻响，观众雷鸣般的掌声如风飘远，顷刻间寂静下来。

舞台上的灯光也微微变暗。

当然，这只是为了稍后演员返场时，舞台可以被衬托得更加绚丽明亮。演员们也知道这一点，继续在台上跑动，仿佛舞蹈尚未结束。舞台侧面，已经有少女们抱着花束在等待。

掌声再次热烈起来。

“你太任性了。”

铃子粗暴地揽过星枝的肩，跟在大家后面。

星枝似乎忘了怎么动，像人偶一样任凭铃子推着。

“对不起！是打到这儿了吗？”

铃子一边笑着，一边伸手去摸星枝的脸。星枝躲开，自言自语道：

“这辈子再也不跳舞了。”

“要是被观众看见了可怎么办。会被笑话，还会上报纸。今晚的一切都打水漂了。真没被看见？有幕布挡着，不过脚还是能看见的吧，肯定看出我差点跌倒了。不对，观众应该没看出来。掌声那么热烈，我们得返场吧。肯定要返场的。”铃子摇了摇星枝的肩膀，继续说，“咱们一起去跟老师道歉吧。幸亏老师没看见。”

两人走到侧台，原本推搡笑闹着的舞者和少女们都安静了下来。铃子有些不好意思地微笑着向众人示意，星枝则紧闭着嘴不吭声。这让其他人也都缄默了。

这时，大幕再次拉起。

舞者们用眼神互相示意，手牵着手，跟在铃子和星枝身后一起返回台上。

两人居中，大家在台上排成一排，向观众致谢。

拿着花束的少女们走上来向铃子和星枝献花。

孩子们都不过十一二岁，还有几个六七岁的小女孩，全都穿着漂亮的振袖和服。她们的姐姐和母亲，还有那些没有参演《花之圆舞曲》、穿着其他舞衣的舞者，一直在侧台照料这些孩子，帮她们梳拢头发、整理腰带，并告诉每个孩子该把花送给谁，免得上台后手忙脚乱。

花束都集中到了星枝和铃子手中。

这支《花之圆舞曲》就是专门给她们两人打造的。编舞也全部以两人为中心，其他舞者只是烘托她俩的陪衬。两人的服装也与众不同，设计得十分显眼。

小花童们的出现，让观众的掌声越发热烈起来。

铃子和星枝怀抱着满满的花，几乎被花淹没了。

最年幼的一个孩子步子还走不稳，摇摇晃晃地落在后头。她拿着一束淡蓝色小花，整个花束大小还不及一枝大朵的向日葵。女孩站在星枝跟前，星枝却没有看见她，也许花和人都太小了。

“星枝，给你的花，多可爱啊！”

铃子好意从旁提醒。小女孩本来怯生生地看着星枝的脸，听见铃子说话，就把花束举向铃子。

“不是的。是给星枝姐姐的。”

铃子低声说。可是，小女孩看不懂她的表情，要是星枝现在伸手来接，倒像是抢花了。铃子只好微笑着接过花束，抚摸着女孩的头轻声说：“谢谢。你可以回去了，妈妈叫你呢。”

穿振袖和服的少女们献花后，全体舞者再次向观众鞠躬致谢，大幕落了下来。

“这束花是给你的，”铃子把花束塞到星枝胸前，“你为什么不接？连那么小的孩子，你都让她在台上难堪，你太过分了。她眼看都要哭出来了。”

“是吗？”

“不是只有你才是人。你记好了！”

铃子话虽说得狠，却面带着微笑。

淡蓝色的小小花束，夹在玫瑰和康乃馨中间，反倒艳丽显眼了起来，仿佛在说这才是真正的花儿。

舞者们围过来看星枝胸前的这束小花，有的说可爱，有的说洋气，有的说漂亮，有的说像童话世界的花冠，像仙境里的糖果……七嘴八舌，喜欢得不得了。

还有一个干脆拿到手上：“有香味吗？”

“好想拿着它跳舞啊。这是什么花？星枝姐，这花叫什么名字啊？”

“不知道。”

“从来没见过呢。是什么人想到送这么别致的花束呢？”

星枝却完全不理会，随手接过花来。

“这花蔫了。”

对方惊讶地看着星枝，星枝又说了一遍：

“蔫了。”

“没有蔫呀。别这么说，回去插到花瓶里花就精神了。让送花的人听见了多不好。”

“不过，确实蔫了啊。”

这时，隔着一段距离看着她们的铃子开口道：“你嫌它蔫了就给我吧。是因为刚才我误接了，惹你不高兴了？”

星枝不作声，把花束甩给铃子。铃子接住花束，却有什么东西掉在了舞台上。是一条宝石项链，看样子是原本藏在花束中的。项链系着的一两枝花也随之飘落在舞台上。

不过，星枝几乎在甩出花的同时，迅速从舞者中间穿过，来到小女孩身边，蹲下道歉：“对不起，是我不好，对不起。”然后把小女孩连同胸前的大把花束一同抱起，跑上了后台的台阶。她的动作快得无暇注意掉落的项链。

“星枝！”

铃子剜了星枝的背影一眼，转而拾起项链，才注意到淡蓝色的花束上系着一张小小的名片。舞者中也有一两人看到了。

“胜见。铃子，你认识这个叫胜见的人吗？”

“认识。”

“男人吗？”

铃子没有回答。

星枝一路往上跑，全然不顾胸前的花束掉落在楼梯上。一只舞鞋的鞋带开了，她干脆一脚甩出去。鞋掉在下面的楼道里，她连头也没回一下。

观众的掌声依然热烈，催促着演员们返场。

乐手们回到乐队席里，掌声越发热烈起来。

“该返场了。星枝，返场了！”

铃子风风火火地拉开门，走进演员化妆间，将项链轻轻放在星枝的梳妆台边上，抬眼看着星枝，故作开朗地说：“你在难过什么呀，返场了！乐手们都回去了，你想一个人躲起来难过是行不通的。”

星枝抱过来的小女孩已经走了。她独自站在窗前，眺望街上的夜色。

“别惹大家生气。”

铃子拉着她往外走，星枝没有反抗，走了五六步，却在穿衣镜前停住了。

“哎呀，你瘸啦！那只鞋呢？”

铃子在镜中注意到星枝赤着一只脚。然而星枝看看自己的脸：

“这张脸，跳不了舞。”

“没人看你的脸。”

“你不是也说了，一辈子都不跳舞了。”

“我要跳一辈子，和你一起跳一辈子。鞋呢？”

“我不想跳了，没心情。”

“你想过别人的心情吗？绝对不可以！你想想，今晚是老师特意为我们两个创造的机会，这么多人都在为我们忙活，难道你不知道吗？有泪也要咽下去，拿出笑容来。再说，观众们都很开心。”

“他们喜欢吗？我跳得那么差劲。”

“你没听见掌声？”

“听见了。”

“行了，快点儿穿鞋！鞋在哪里？”

化妆间是一间小小的西式房间，却沿着墙垫高铺了一圈榻榻米，上面放着梳妆台，还有一面全身镜。墙上挂满了舞蹈服，房子中间的矮桌上也横七竖八扔着演出服，还有观众们送的花篮、点心盒、花束，全都杂乱地放在一起。

榻榻米下摆着演员们换下的各种舞蹈鞋。铃子蹲下身，急切地寻找星枝不见的那只芭蕾舞鞋。

这时，门开了。进来的是两人的舞蹈老师——竹内，手上正拿着星枝的那只鞋子。他走过来，轻轻把鞋放到星枝脚边，淡淡地说：“鞋掉了。”

“哎呀，老师来了！”

铃子说着，红着脸跑过来，蹲在星枝膝前，为她穿好鞋子。

星枝把脚伸给她，眼睛却一直看着竹内。

“老师，我不想跳了。”说罢，别过脸去。

“想跳也好，不想跳也罢，跳起来就是舞蹈。人生也是这样。”竹内笑着，坐在自己的梳妆镜前开始化妆。

他的舞衣穿了一半，上了妆的脸在近处看，显得比五十岁的实际年龄还要苍老，有种掩饰不住的寂寥。

铃子和星枝走出化妆间，刚踏上舞台的台阶，序曲的木管乐就响了起来。

观众的掌声霎时静了下来。

这是柴可夫斯基《胡桃夹子》中的《花之圆舞曲》。

组曲中还包括《糖果仙子舞》《特列帕克》《阿拉伯》等，竹内舞蹈研究所在三四年前的展示会上曾演出过全剧。

当时，星枝跳的是《中国舞曲》，铃子跳的是《芦笛舞曲》。

原来，《胡桃夹子》是根据少女的圣诞夜之梦改编而成的一组童话舞曲。

当年，铃子和星枝正值剧中做梦少女的年龄。

结尾的《花之圆舞曲》，跳的正是少女如花般竞相盛放的青春。

这支舞也给她们留下了快乐的记忆。

竹内为了让两位女弟子在业界崭露头角，举办了今夜的《早川铃子 / 友田星枝首场舞蹈发布会》，并特地加入这支《花之圆舞曲》，以她们两个为主角重新编排。

星枝和铃子走出化妆间后，竹内轻轻站起身，拿起星枝妆台上的项链看了看，又悄悄放回原处。随后，他不经意似的抬手去触摸墙上挂着的舞衣。

舞衣、花束、化妆品散落在各处，这种零乱彰显着鲜活的生机。

两人走下台阶来到侧台，乐队已经奏响了华尔兹主题曲，舞者们翩翩起舞，迎接主角出场。

“友田小姐，友田小姐！”有人在后面叫，星枝却没有听见。她摆好姿势，向着舞台飘然而去。

铃子同时从舞台的另一侧出场，两人在台中央相遇。

“没事了吧？”铃子轻声鼓励着星枝。

星枝以眼神给出肯定的回答。

铃子边跳边不时向星枝投去关切的目光。两人第二次靠近时，她说：“缓过来啦？太好了。”

第三次碰头，她又说：“星枝，你真棒！”

然而星枝仿佛什么都没有听到，忘我地沉浸在舞蹈世界中，快乐而富有激情。

铃子见状，舞步开始凌乱。她并没有全神投入在舞蹈里，身体也感受到了僵硬。

她们再次舞到一处，挽起了手。“骗人！可恨！”铃子心中涌出的情绪说不清是嫉妒、愤怒还是悲伤，灼烧着她的心，“太过分了！可怕的人！”

然而星枝仍陶醉在舞蹈之中。

铃子也不甘落后，舞步中，青春的激情如波浪般汹涌而至。

可是，想与星枝争艳的铃子，和对此一无所知的星枝，两人的舞蹈呈现出不协调的美，绝非蝴蝶飞舞的双翅。

当然，这一点观众看不出来。她们在掌声中再次回到舞台谢幕。

星枝像换了个人，旁若无人地挥洒着快乐，声音也变得高昂起来：“太好了！从来没这么痛快地跳过！音乐和舞步简直配合得恰到好处。”

铃子也大方地回应着观众的喝彩。舞台边上，竹内身着日式演出服在侧台看她们表演，见她们过来便抓住铃子的肩头慰劳道：“太棒啦！”话还没说完，铃子的眼眶中涌起失望的泪水，几乎要扑进竹内怀中，却还是转过身，超过正在上楼的舞者，一溜烟跑进了化妆室。

星枝用口哨吹着今晚圆舞曲里的一节，像跳舞一样走进房来。

“你这个撒谎作弊的自私鬼！连我都被你骗了啊。这样耍阴招可真卑鄙！”

“怎么啦？怎么生气了？”

“你堂堂正正放马过来不好吗？”

“我讨厌竞争。”星枝好像安静不下来似的，撕着花束的花瓣，扔了一地。

“请别碰我的花。”

“这是你的花？我最讨厌什么竞争。”

“是啊，这更说明你是彻头彻尾的自私鬼。就没人像你这样，任性得吓人。”

“你生我气了？”

“不是这样吗？你不是刚才还难过啦，生气啦，消沉到不想跳了吗？人家就真担心你，到台上也分心，都不知道是怎么跳下来的。我能不难受吗？你呢，一上台什么都忘了，跳得那么欢！让我白白为你操心一场。骗子！”

“哪有这种事！”

“卑鄙无耻！你就是耍阴的！让人家心烦意乱，自己好跳得起劲。”

“才不是！谁让你心烦意乱了？”

“你说是谁？”

“是芭蕾舞。我跳起来就什么都忘了。要是拼命想着要好好跳，反而完全跳不好。”

“哼，你是天才嘛！”

铃子讥讽地说，然而这句话似乎带着哀伤，在她心中回响。

“不，我绝不认输。才不服呢。”她感到有些焦躁，一边收拾手边的舞衣，一边说，“你这样下去，会出大事的。什么时候，就一下完了。我看你的性格，简直就是在悲剧的深渊上面走钢丝。你自己还意识不到呢。又危险，又可怜，不知道下一步会怎么样，旁人看着吓死了，所以才输给你。你不知道，还在那儿逞强呢。”

“我在舞台上跳得畅快，有什么不对吗？”

“你倒是畅快了，那你想过别人的感受吗？”

“上了台还顾及别人的感受，我可不是那么世故的大人。那种人，想想都觉得可悲呢。还有什么乐趣可言。”

“你要是能就这么坚持到底，才是真的了不起。”

接着，铃子压低声音又说：“在舞台上成功，成为舞界明星，最重要的不是努力和才华，而是你这种强悍。好吧，碾压我，去做大舞蹈家吧。”

“我才不要。”

“可是星枝，别人对你好、爱你，你觉得高兴吗？”

星枝不作答，凝望着镜中的自己。

铃子来到她身后，和她肩并肩一起看向镜中。

“即使是你，这样能去爱别人吗？我倒要看看，到时候你的表情会变成什么样子。”

“现在一脸落寞的是我。”

“胡说。”

“脸上有舞台妆，你看不出来。”

“赶紧收拾衣服吧。”

“不用，女佣会收拾的。”

这时，竹内从舞台回到化妆间。

《花之圆舞曲》之后是竹内的压轴表演。这台晚会就此结束。

铃子脚步轻快地迎上来说：“老师，今天非常感谢您。”随即帮他擦拭头上和肩头的汗水。星枝仍坐在镜前：“谢谢老师。”

“祝贺你们，今晚大获成功啊。”竹内任铃子给他擦汗，自己开始卸妆。

“没有老师，就没有今晚。”铃子帮竹内脱下舞衣，擦拭他赤裸的脊背。

“铃子，铃子！”星枝用粉刷敲着妆台，语气中带着责备。

然而铃子就像没有听到，去卫生间绞干毛巾，仔细擦拭竹内的前胸后背，开心地谈论着今夜的舞蹈。最后，她竟一只手捧着竹内的脚，从脚心到每个脚趾缝都仔细擦了一通，又给他揉搓小腿肚。

铃子里里外外地忙着，每个动作都洋溢着真情，编织成一幅师徒之间的美好图景。看起来，这些都是她真诚的奉献，毫无做作之感。

然而，铃子的动作太熟练了。而且，她身着舞服，肌肤裸露。这情景让人觉得仿佛在窥视私密房间里的男女。

“铃子！”星枝又叫起来，尖锐的声音里含着厌恶。随后，她猛地站起身出去了。

竹内默不作声地目送着她。

“好了，铃子，谢谢你。”说着，他起身走到房间角落的洗手池边，边洗脸边说：

“听说南条下周坐轮船回来。”

“老师，这是真的吗？太好了，这次是真的回来了？”

“嗯。”

“不知道他还记不记得我。”

“那时你几岁啊？”

“十六岁。您还记得吗？南条嫌弃我是没谈过恋爱的小女孩，没意思，不跟我跳舞。”

“我记得。现在肯定是他主动邀请你跳，说不定会说，还是没谈过恋爱的更好。看到当年那个被他看作小孩的姑娘长成了漂亮的舞蹈公主，他会吓一跳的。”

“您说什么呀，老师。我一直等着他回来好好带带我，真要回来了，我反倒怕了，担心他看不上我。他在英国进修，又去法国看过一流的表演，肯定看不上我了。”

“男的也不能总跳独舞，会需要舞伴的。”

“还有星枝呢。”

“多努力，别输呀。”

“在南条先生的注视下跳舞，我肯定会紧张得浑身颤抖。星枝一定不怕，搭档跳得好的话，她就会中了魔法一样超常发挥。太可怕了。”

“你也太爱操心了。”

竹内仿佛有些不太开心，接着说：

“南条回来，肯定要立刻举办回国庆祝演出，到时你们一起跳。配合南条，三个人一起把咱们舞蹈中心发展起来。我也就可以放心退居幕后了。一直以来辛苦你了，现在南条回来，咱们把地板换新，墙也重刷一下，漂漂亮亮的，来个新的开始。”

铃子想起，南条回国的时间一推再推，比计划迟了两三年，这让竹内一直非常担心，现在他回来，要到横滨去迎接的老师该有多高兴啊。铃子一边这样想着，一边问道：

“他是绕道美国回来吗？”

“好像是。”

“好像是？难道他没在信里或者电报里告诉您吗？”

铃子惊讶地问。

“其实，我也是刚才在这儿听记者问南条就要回来了吧，才知道的。”

“哎呀。他什么也没跟您说吗？怎么这样，太过分了。”

铃子吃了一惊，再看看老师阴沉的脸色，感到很是同情。同时又想到自己也被南条冷落，一时间，失望得快要哭了出来。

“真不敢相信。他能留洋，全是托了老师的福，真是个忘恩负义的疯子。那您还要去横滨接他吗？我讨厌他。您再怎么说，我也不跟他这样的人搭档跳舞。”

星枝来到走廊时，管理道具和灯光的人员正在清理舞台，忙得不可开交，乐师们已经提着乐器回去了。

昏暗的观众席上空空如也。

剩下的人，要么是演出的负责人，要么是舞者们的亲朋好友，还有学生或富家小姐模样的粉丝。他们都满脸兴奋，或是谈论着今晚的舞蹈，或是坐在长椅上等候，还有的在后台进进出出。

这些舞者中的大多数只是业余的研修生，并不靠舞蹈谋生，也没有几个人立志将来成为职业舞蹈演员。一半是女学生和小学生，多是富家小姐。

她们的化妆间比铃子她们的要大，大家都在各自收拾准备回家。脱舞蹈服的，去浴室的，化妆的，找自己收到的花束的，热闹而欢快，年轻的声音里还残留着演出成功后的兴奋。

星枝在走廊里遇到了很多人，都向她说着老套的祝贺话语，请她签名，对她赞不绝口。

对这些，星枝只是淡淡地回应。在舞者们的化妆间玩了一会儿，听见自家女佣在走廊里喊她，就跟着一起回到自己的化妆间。

一打开门，铃子正好站在竹内身后帮他穿西装。

和刚才不同，星枝对他们视而不见，直接走过去，把自己的服装指给女佣："这件，这件，还有这件……"

见铃子用眼光向她示意，星枝大方地点头，披上春装外套，一起送竹内到门口。

铃子没等竹内的汽车启动，铃子就激动地告诉星枝，南条下周回国。星枝平淡地应了句：

"是吗？"

"可是，他居然没有通知老师。忘恩负义的家伙。怎么可以这样。太过分了！我太心疼老师了。"

"是啊。"

"咱们联合舞蹈家同行，一起抵制他吧。在报纸上一块儿写他的坏话。不许去接他，也绝不跟他跳舞。你答应我。"

"好。"

“不行，你这态度让人不放心。你应该更认真地生气呀。你跟他一样，也是个薄情的家伙。”

“我根本不认识这个叫南条的人啊。”

“老师不是总跟我们提起他吗，好像说自己孩子似的。你没看过他跳舞？”

“跳舞倒是看过。”

“跳得特别棒吧？被誉为日本头号芭蕾舞天才，日本的尼金斯基，日本的谢尔盖·利法尔。所以，老师不惜背上巨额债务，也要送他去欧洲学习。竹内舞蹈中心变穷就是从那之后。”

“这样啊？”

走廊里迎面走来星枝家的司机和保姆，他们正在搬星枝的服装箱和观众送的庆贺彩球。

一个候在走廊长椅上的青年站起身，跟在星枝身后叫道：“友田小姐！”

“哎呀！您在干什么呢。还没回去吗？”

说罢，星枝若无其事地走了过去。

回到后台休息室，铃子先洗过脸，然后走到墙角的屏风后面，边脱舞蹈服边说：“为了今晚咱俩的这场汇报演出，老师又不得已借了债呢。”

“是吗？”

星枝因为胸口和手臂都扑了粉，提议说：“冲个澡再回去吧。”

“星枝，你也该想一想。舞蹈中心的房子啊、乐器啊，这些值钱的东西都做了抵押，为了筹集今晚的场地费，老师东奔西走了三四天。”

“戏服钱也欠了不少。服装店老板一直唠叨来着。我听着心里都难受。”

“星枝！”

铃子似乎忍无可忍了。

“都说富人和乞丐只隔层纸。你也知道吧。”

“当然知道。是说没钱的话连缎子腰带都要变卖。”

“你也说不定哪一天就得变卖缎子腰带呢。乞丐也是人，吃的一样是米饭。你太不体谅人了。刚才也是，太过分了。你摆什么脸色？作为弟子，我照顾老师，哪里不对了？”

“脏。”

“脏？哪里脏？”

“老师的裸体，太脏了。你居然用手去碰。”

“什么？”

铃子完全没有料到星枝会这么说，胸口像是被打了一拳，说不出话了。

“去洗澡吧。”

“你是让我去洗手吗？”

铃子满脸涨红，像是受到了极大的侮辱。

“我讨厌看你做那些事。”

“可是……”

“惨兮兮的。”

星枝语气强烈。

铃子像是受了重击，沉默了。

“你看上去好可怜，我看不下去，气得不行。”

“为了我？”

“是。”

“你这么说，我好开心。”

铃子自言自语般说道：

“富家小姐和穷人家的女儿就是不一样。也许我天生就是这个性格。没办法。我是觉得老师可怜，真心实意想照顾他。不是因为我是住在老师家里的徒弟，也不是为了讨好他。我就是喜欢照顾人。不过，做女人，结婚了也都是这样吧。”

“别人我不管。我喜欢你，所以不愿意看你这样。心里难过。”

“嗯。”

铃子抓住星枝的肩头，让她坐到梳妆台前，说：“我帮你化妆。”

星枝顺从地点了点头。

两个人这时已换回自己的衣服。

铃子边替星枝梳头，边说：

“我十四岁开始就住到老师家做徒弟。老师供我上学，像亲生女儿一样待我。不过，毕竟住在别人家的屋檐下，我还是活得小心翼翼，厨房的活计，也和女佣一起做。什么事总是先考虑别人的心情，再考虑自己。为了跳舞，什么都能忍。”

“人的心情，旁人真的能知道吗？我很怀疑。”

“不要说这些大道理。师母去世后，我越发能明白老师的心情。我曾想过，要是我不在他身边，他可怎么办。肯定每天穿着皱巴巴的衬衫，指甲都不剪。”

“能看懂别人的内心，你自己不觉得难过吗？”

“是啊。所以我越发觉得艺术是个好东西。如果我没有献身给艺术，肯定会长成一个早熟、拧巴的坏小孩，一点儿姑娘家的气质都没有。是艺术拯救了我。”

“艺术让我害怕。”

“舞蹈也是艺术啊。你跳舞有天赋，正因为如此，大家不是才容忍你的骄纵、任性吗？你要是没了舞蹈，完全就是个不可救药的小疯子。”

“艺术什么的我总觉得恐惧。我一跳舞就着迷，什么都忘了，跳的时候好开心，就像在天上飞翔，可是又十分不安，不知道自己会飞到哪里去，会变成什么样子。那是在梦里飞的感觉，什么也抓不住，一直向前飞，想停都停不下来，身体也好像不是自己的。我不想失去自己，不想对任何事着迷。”

“我的大小姐呀，你的要求也太高了。你是恃才傲物，才说得出这种话，真让人羡慕。”

“有吗？铃子，你真想做职业舞蹈家？”

“讨厌，你这是明知故问。”

铃子一边笑着，一边用大号粉刷敲星枝的脸。星枝紧闭双眼，微微抬起下颌，说道：“你看看，我这张才是落寞的脸吧？”

铃子替星枝扑上腮红，边画眉毛边问：“刚才你为什么那么难过？太乱来了。居然突然收了动作。”

星枝就像戴着张美丽的面具，毫无反应。

“真把我摔在舞台上，演出就全完了。”

“我就是不想跳了。刚一上台，就在观众席上看到我妈妈的脸，我心里烦，舞步一下子就乱了，怎么也再合不上音乐的节拍。

伴奏太差了。”

“你妈妈来了？”

“偷偷带着她的候选女婿什么的来的，你说用得着带人家来看我裸着身体跳舞的样子吗？”

铃子一脸惊讶地看着星枝。

“好了。”铃子把眉笔放进梳妆台旁边的化妆包，“咦？项链呢？你收起来了？”

“我没看到。”

“就放这里了。你真没看到？丢了可就糟了。你挪开一下。”

铃子焦急地到处找，甚至把梳妆台的抽屉拉了下来，看是否掉在了后面。星枝丝毫不帮忙。

“别找了，可能是女佣拿走了。”

“那就好。可是梳妆台不像被女佣收拾过的样子。丢了就糟了。我不该把它放在这儿，这可不是演出用的玻璃假货呀。我去问问。”

铃子说罢，匆匆忙忙出了化妆间。

星枝看着镜中自己的脸。

外面已经吹起初夏的夜风，化妆间里面，舞衣、花束和脂粉却散发着晚春的味道，温润着年轻的肌肤。

上午八点，来自美国的筑波号轮船驶入横滨港。

由于工作关系，竹内他们常常迎送国外的音乐家和舞蹈家，知道轮船靠岸需要时间，所以晚一些才来到港口。

即使如此，他们到的时候，海关大楼屋顶的尖塔在初夏的朝阳下闪闪发光，路旁的树影也还是早晨的模样。

汽车停在海关大楼门口，铃子下车去陆务部买了票。大家走过新港桥，右侧排列着码头常见的低矮细长的仓库，左侧的大海像壕沟一样肮脏。三菱仓库前面泊着很多日本船，船上晾着肚兜、布袜、内裤、贴身衬衣、尿布，还有小孩的红色和服，都很破旧，与周围现代化的海港风景格格不入，倒添了几分异域风情。船上还有人在洗早饭用过的餐具。

除了竹内和铃子，随行的还有两名女学员。其中一人在海关警戒亭下车，把照相机拿去接受检查。

大家来到四号码头，星枝正等在这里。她家在横滨，所以先到了。

“你能来太好了。”竹内一下车，就把自己的花束递给星枝。星枝接过花束，嘴上却说：“老师，我不认识那位南条先生，不想给他送这样的东西。”

“别这样，以后你们要做舞伴一起上台演出的，他是我的得意门生，跟你是师兄妹。”

“我和铃子约好了，都不跟南条跳舞。不来接他也行吧。”

竹内只是笑笑，去找轮船公司的值班员查询乘客名单。铃子也跟在他身后看着：“这里，这里，老师，是一百五十八号舱。到底回来了，真的回来了。”她满脸放光，兴奋地把手搭在竹内的肩上，竹内也高兴地说：“是啊，他还是回来了。”

“简直像在做梦。老师，我高兴得心都怦怦直跳。”两人满面生辉，四处张望着。

以南条的为人，只要神志清楚，绝不可能不通知老师就回国。

这究竟是怎么回事呢？然而此刻，轮船入港的兴奋气氛，使大家沉浸在即将重逢的喜悦中，没有人生他的气或怀疑他。竹内满脑子都是得意门生南条意气风发的少年模样。

他们登上码头二层，到港口餐厅等轮船靠岸。这里挤满了接船的人，都从敞开的窗户眺望着码头。女学员们等不及似的，只啜了一口红茶，就把花束留在桌上跑到栈桥上去了。

初夏上午的阳光金灿灿地泼洒在港口的每一个角落。

摩托艇穿行在停泊的各国客船和货船之间。

铃子虽然兴奋，却分辨不出哪艘船是筑波号，而横滨长大的星枝指着海面对她说："就是那个，正朝这边驶过来的那艘漂亮的大船，红色横线的船身，白色的烟囱，烟囱又短又粗那个。据说，如果轮船没有烟囱，乘客就会觉得害怕。所以把烟囱装饰得漂亮宏伟，是轮船公司的揽客招数，叫化妆烟囱。看到大烟囱，人就会觉得船又稳又快。"

看到筑波号后，铃子想象着南条看到故土的喜悦之情，自己也情不自禁地兴奋起来。

"南条先生也在看着我们吧，肯定是的，一定在甲板上拿着望远镜舍不得放下呢。"她说着，似乎就要向身边的女子借望远镜。那个女子脚蹬厚底草屐，满头卷发，穿着振袖和服。

"开过来还需要一段时间，咱们去散散步吧。"

星枝拉起铃子的手。

两人逆着涌向码头的车流和人群，沿来时的路往回走，铃子不住地望向筑波号的方向，神色惶惶不安。

星枝是个横滨姑娘。她翻开报纸上的神奈川版面，找到进出港的船舶名册，一边大声念着今明两天出发和到港的船名，一边指着停泊的船只，告诉铃子这是邮政厅资助制造的优质货船，那艘是达里尔公司的船，说个不停。铃子却听得心不在焉。

两人来到栈桥。一艘欧洲航线的英国船停靠在这里，但只有一个水手站在高高的甲板上俯视着这边。越接近船体，越是静谧得骇人。

栈桥餐厅已经关门了。

行李马车缓缓走来。那是一匹多么枯瘦的老马啊。赶车人也同马一样骨瘦如柴，迷迷糊糊的，仿佛会一跟头栽下车，就这样倒在路边。虽叫马车，车厢也只是在平板上竖起几根棍子，已经很老旧了。

远处，一对英国老夫妇，牵着一个十二三岁的小女孩，默默地走回船去，少女正在用甜甜的嗓音唱歌。

星枝和铃子站在栈桥屋顶，或者也可以说是二层的一端，远远眺望着港口，好一阵没有说话。星枝突然问道：

“铃子，你会和南条结婚吗？”

“啊？没有的事。你怎么问起这个？讨厌！不过是谣言。”

“你不是一直等着南条回来跟他结婚吗？”

“胡说。别人瞎传的。”铃子说得很快，随即又自言自语，“那时我还是个孩子，他当我是个孩子，才出国去了。”

“初恋？”

“五年前的事了。”

“铃子要是结婚了，老师会很寂寞的。”

“哎呀，你也会体谅人了？真是难得。老师知道，肯定很高兴。”

“不过，你不要在乎这些。大家都会一个个结婚的。”

“其实，南条真要是想着我，就不会回来都不告诉我一声，既没写信也没拍个电报。”

“那你还来接他，太傻了。”

“南条肯定会更喜欢你的。”

“你是个胆小鬼，不管你了。撒谎的家伙。”

两人回到四号码头，筑波号巨大的身躯已经迫近，仿佛就要压到接船人的胸口。

船上传来奏乐的声音。

成群的海鸟聚集过来，在船体和码头间乱飞。摩托艇从船的首尾两侧拉着纤绳。岸上的人群推挤着，纷纷把身体探出栏杆。已经能看清船客了。他们有的在甲板上伸直身子挥舞国旗，有的举着望远镜。船体悬挂的救生艇下面是船舱的圆形窗户，里面露出一张张人脸。

有人高举着迎接退役军人用的国旗。一家西洋人相拥着朝船上挥舞帽子。也有对骚动的人群置之不理、独自靠在餐厅墙边悠然读着洋书的日本姑娘。码头突出去的栈桥上，有一群招徕酒店生意的人。来迎接风光的留洋人士的，不仅有打扮花哨的人，也有像是移民者亲人的乡下人，有船员的家属，也有睡眠不足的港口妓女。

能看清船上人的脸了。船上和岸边的情感融在一起，交汇出喜悦的巨大浪潮。这是单纯而激动的时刻。“啊，太好了，太好了。”大概是看到了自己等待的人，旁边一位美丽的小姐手舞足蹈。铃子也被她感染了，高举花束挥舞起来。竹内也兴奋地问：

“在哪儿呢？哪儿呀？看到南条了吗？”

“没看到，但我总觉得很高兴。”

“你好好看看。看不到吗？”

“他肯定都看到我们了。”

“奇怪呀，看不到一个像他的。不对劲。”

人群急匆匆地向下拥，竹内他们也跟着来到船前。人们已经排起长队等待上船。铃子和星枝怕花束被人挤坏，高高举在头顶。

终于可以上船了，他们也从甲板B走了上去。本以为南条会在入口大厅等他们，此时却不见他的踪影。

“他肯定还在船舱里。”

他们急忙跑过去一看，一百八十五号船舱贴着的船客姓名，是罗马字写的“南条”，然而门却紧闭着。敲门也无人应答。

从这里到甲板A的散步广场、吸烟室、娱乐室和餐厅，他们都匆匆找了一遍，仍不见南条的影子。周围都是沉浸在重逢喜悦中的亲人、恋人、朋友，竹内被这些人冲撞着，在他们中间来回穿梭，脸色越来越扭曲难看。

铃子和星枝爬上狭窄的楼梯，来到儿童娱乐室。

“啊，这里还能玩沙子呢。”

星枝抓起沙子好奇地看着，铃子却跪在小小的沙堆上哭了起来。

“过分，他太过分了！”

“有什么可哭的。”星枝抿住嘴唇，握起拳头说，“真痛快。这下有戏看了。”

竹内急红了眼睛，冲向办公室。

“请问一百八十五号房间的南条已经上岸了吗？”

“对不起，客人太多，我也不清楚。服务生应该还在房间附近，您可以问问他们。”

听了办事员的回答，大家又返回船舱，向正在打扫的服务生打听。

“客人们都上岸了。”

一百八十五号房间已经上了锁。

船舱间细长的走廊上空无一人，只有油漆白惨惨的亮光。

大厅寂静下来，两个女学员一脸惶惑地等在那里。竹内抑制住怒火，苦笑道：

“他好像已经上岸了。咱们去岸上等吧。”

这话倒也有些道理。船的码头分为上下两层，接船的人从下层进入船舱，船客则从上层上岸。为了避免拥挤，架于船岸之间的桥板也分两层。也有可能南条行动迅速，在竹内他们进船舱前，就已经先行上岸了。

船客的行李被陆续搬出。

星枝下船时把花束扔进了海里。铃子看了看漂在浪中的花，又转回头呆呆地望着自己手里的花束。

港口餐厅依旧热闹，已经有归国者在演讲了。

出了港口后门，他们逐一查看等在那里的汽车，仍不见南条的身影。问新闻记者，他们说也在找他，想采访他。

竹内想必承受着巨大的屈辱与愤慨，同时又无比伤心，大概想一个人静一静。

他留下一句“抱歉，先走一步”，就头也不回地走了。

女学员们面面相觑。星枝家的司机把车开了过来。

“回去吗？”铃子落寞地问。

星枝用力地摇了摇头：“不回去。”

“可是……”

铃子盯着竹内的背影，眼泪涌了上来。她突然跑了出去，边追边喊着：

“老师，老师！”

另外两名女学员面露困惑，问星枝：“不回去吗？”

“不回。”

“那，再见。”

“再见。”

剩下独自一人，星枝又回到船上。她来到南条的房间前，轻轻靠在门上，闭上眼睛一动不动，仿佛戴了一副冰冷的面具。

仓库铁红色的屋顶，行道树的新绿，多是白色建筑的西式街道，徐徐的海风，都给人一种爽朗鲜明的印象。铃子的脚步声显得高亢，这使她迫不及待追上竹内的心情更加悲壮。她目不斜视，一路跑到竹内身后，险些撞上：“老师！”

竹内面露惊讶，随即变成喜色。

“你一个人吗？”

“是。”

铃子摘下帽子，一边甩着头发一边擦汗。

“夏天了。”

“是呀。天气真好。”

铃子开心地笑了。

“不知星枝她们怎么样了。我突然跑过来追您。”

竹内没作声。铃子暗暗观察着老师的脸色，边走边说：“也许南条在酒店休息呢。”

竹内走进新格兰特大酒店，很快又出来了，看来南条没在这里。

“去吃午饭吧。”

铃子等在门口，脸色暗了下来，摇头不语。

“那走一段吧。”这回铃子点头同意。两个人经过郁郁苍苍的山下公园，穿过垂柳飘拂的谷户桥，沿着两侧有西洋花店的坡道，走向坡顶观测台彩旗的方向。少女们合唱赞美诗的声音传了过来，两人不禁被歌声吸引，走进洋人的墓地。

虽然是墓地，却一派明媚。丰茂的绿色草坪上，洁白的大理石墓碑十分醒目，加上花草的点缀，在初夏正午的阳光下熠熠生辉。这里更像一座园林，洁净有序，静谧中透着明快。墓地位于陡峭的斜坡上，右手边港口停靠的船只，岸边的街道，伊势佐木町的百货大楼，还有远处的山脉，都一览无余。

赞美诗的歌声来自远处山脚下的一处墓地，唱歌的是教会学校的女学生们。

入口处道路一侧的堤岸上，杜鹃花开得有如燃烧的火焰，大理石十字架似乎都被染红了。

在草坪和空气的烘托下，女人们的服装看上去就像一幅幅美丽的画卷。尤其是少女的和服，美得无以言表。

山坡前一片开阔，没有遮挡之物，令人觉得仿佛置身于城市上空。这里是横滨的名胜，不仅有来祭奠的洋人，也有不少装扮俏丽的日本女孩徜徉其中。

铃子感到十分新奇，不时驻足去读碑上的圣经金句和碑文，例如“吾妻挚爱，圣洁的思念永存”。不知不觉中，她的内心被这里萦绕的爱与悲伤所触动，情感仿佛自然而然地流淌了出来。

“老师，南条真的回来了吗？”

“回来了。船舱里都写着他的名字。”

“他不会中途跳海里了吧。”

“这种蠢事，怎么可能。”

“我还是不敢相信。总觉得坐船回来的只是他的遗骸或魂灵。”

铃子刚说完，就发现脚下有一座崭新的大理石墓碑，正面刻着百合花。

“哎呀。这么小的墓碑，肯定是婴儿的吧。”

她这才记起自己手里还攥着花束，便随手放到墓前。

小小的墓碑前有一块大理石围起来的花圃，里面除了种植的花草，还有盆栽，大约是来扫墓的人留下的。

“星枝当时就把花束扔到海里了，不会像我这样一直拿到这里。这样也好，就当是把对南条的感情一起扔到这外国人的墓地里了。”

“嗯。”

竹内无精打采地应了一声，走到像岬角般向海边突出的草坪上，随意地坐了下来。唱完赞美诗的少女们正走过下方的道路。

铃子也坐到竹内身边。

“上次演出后，我就和星枝说好了，南条这种忘恩负义的家伙，我们绝对不和他搭档跳舞，也不去接他。可您非要去。”

“算了。”

“我总觉得他不是这种人，不会回来了却招呼都不跟老师打一声。”

“他也许有他的想法吧。也可能迫不得已。总之，他坐筑波号回来了，这是不争的事实。日本就这么大，想找也不是找不到。跳舞是要上台的，不可能老藏着。你一定要抓住他。”

“我不愿意。”

“你不是和他有约定吗？”

“约定？”

“在他出国前。”

“没有。我们什么也没有约定。”铃子认真地不停摇着头，“就是送他到码头时，他说‘你一定要坚持跳舞，不可以放弃，等我回来’。”

“你应该遵守这个约定。哪怕把我这样的老东西扔在这里不管，你也要和他一起跳舞。”

“您别说这种话。我怎么能离开您呢。”

“没什么大不了。艺术这条路还会更残酷。人伦亲情都要斩断，道德仁义都要抛于脑后，要把全身心奉献给舞蹈。”

铃子盯着竹内的脸，端详了许久。

“老师，您在说谎。”

“说谎的是你哦。”

“老师，您对我一直都很好。”

“那倒是。但这五年里，你一心盼着南条回来。如今事到眼前，你一会儿怕他看不上你，一会儿又担心因为生疏紧张，没法一起跳，现在又因为他回国不通知这么点儿小事就指责他忘恩负义。所有这些都不是你的真心话。”

“是真心的。难道您不觉得他太过分了吗？”

“当然，我也很生气。”

“即使如此，您还是来接他了。”

“是啊。为了让南条提携你们，我不得不忍辱负重。”

竹内嘴上说得豪气，内心却愧疚与落寞参半。他其实也有一些私心，想让刚回国的南条回来做副手，挽回舞蹈中心的人气，改善陷入困境的经营状况。不过，此情此景下，铃子哪里想得到这一层，她完全被感动了，点头说：“我明白您的心思，所以更为您难过。”

“为这点事儿败下阵来可就太死心眼了。”

“那我该怎么做？”

“你知道的。要抓住南条，无论如何都要把他从欧洲学来的本事变成你自己的。要拿出把他的生命吸尽的劲头，咬住他不放。这就是复仇的方法，如果他真的背叛了我们。如果他是一个恶人，那就为这了个恶跟他一起毁灭吧。如果你还爱着他。这样你才不留遗憾。我去为你收尸。不留遗憾、恣意人生，这就是艺术的真谛。你等了他五年，现在如果为一点儿小事就让你的纯情蒙上阴影，就太可惜了。”

铃子听着哭了起来。

竹内一把年纪，说出这样的话来，既有对年轻人的嫉妒，对逝去青春的悔恨，也有对铃子的疼爱。看到自己的话在铃子身上奏效了，竹内猛地站起身。

“就算南条忘恩负义，世人还是会为他的舞蹈喝彩。”

铃子依恋地仰望着竹内。

“老师，您很孤单吧？”

“你这样流泪，也是为南条吧。”

“不是的。我听您这样说，不知怎的就很难过。”

“不用在意我。”

“我从未有过现在这样被您离弃的感觉。”

竹内惊讶地看了看铃子，却淡淡地说：

“友田的家就在这附近吧？”

“嗯，星枝不知回家了没有。”

“咱们去看看吧。”

铃子默默摇了摇头，站起身向前走。

竹内和铃子走入外国人墓地时，星枝仍倚在南条房间外的门上，久久站着，脸上是面具般的冷漠。

终于，传来钥匙插进锁孔的声音。星枝悄悄闪开身。门悄无声息地开了，星枝的身体被掩在门后。门里伸出女人的头，朝走廊四下望了望，之后南条才从女人身后出来。

南条手里拄着拐杖。

女人的手轻轻一碰，门自动关上了。

看到星枝，南条和女人都吃惊地停下了脚步。然而，星枝和南条并不认识。

星枝靠在那里，垂着眼帘一动不动。

两人只得从她眼前走过。星枝与他们隔了一段距离，走在后面。

女人不安地回头，责备似的问道：

“那是什么人？”

“不认识。”

“不可能。”

“认识的话，我能不打招呼？”

“还不是因为我在嘛。装不认识。”

“别瞎说。”

“她明明是在等你出来嘛。”

“我没见过。”

“你可真厚脸皮！她跟过来了，真讨厌！”

星枝并没有听到两人的对话。她发泄似的用拳头捶了两三下腰，抿着嘴走掉了，就好像完全没把他们当回事。

船上的乘客已经走光了。

岸边也一片寂静，只有码头工人在把货物卸下船，搬上岸。

南条和女人从后门溜出码头，上了出租车。

南条的右腿好像有些问题。

女人看上去比南条年纪大，约莫三十出头，是个西洋风的美女。

“小姐，发生什么了？”星枝家的司机惊讶地打开车门。

“跟上前面那个瘸子坐的车。混账东西！”

“刚才那两个人？”

“对！不管去哪儿都跟住他们，别让他们跑了。”

司机顺从地答应着，立刻发动了汽车。

“您怎么了？那是什么人啊？”

“舞蹈艺术家。拄着拐杖的舞蹈家，珍稀物种呢，跟哑巴歌手一样。可真有意思。”

“您追他们做什么？”

“我也不知道。”

“您就是来接他的？”

“是呢。”

“那位太太，是和他一起的吗？”

“不知道。”

“是您的故交？”

“我不认识他。”

“记住他们的车号，之后马上能查出他们去哪里了。”

“不用啰唆，跟着就行。气死我了。”星枝厉声说道。

汽车径直驶出横滨市区，从藤泽穿过松林，一下子来到明媚的海边。江之岛浮现在眼前。

走了这么久，前面的车早已注意到有人跟踪。也许是为甩掉星枝的车，才故意跑这么远。

南条完全不明白星枝的用意。从星枝的年龄看，他离开日本时，她也就十五六岁。记忆中找不到这样的少女。刚才她那近乎毫无表情的脸、冷淡的行动，又是为什么呢？傲慢又倔强，不，简直是一种接近虚无的美，让他有些恐惧，不敢停下车问问她为什么要跟踪自己。

女人认定南条和星枝之间有些密事，却也解释不通，那位年纪轻轻的小姐，也不像是不良少女，怎么会这么大胆地穷追不舍呢？

星枝也觉得自己的行动匪夷所思。

车从江之岛驶向鹄沼，这是一条沿海的观光车道。左边是沙滩，右边是松林，一马平川，眼前明朗开阔，柏油公路仿佛一条白线，晴天一直延伸到伊豆半岛，富士山浮在远处的空中。海浪声很大，沙滩一望无际。松树整齐矮小，视野很好。有的沙地上密密种植着松树苗。植物哪里都只有松树。

两辆车飞驰而过。看起来完全就是在兜风。

终于，前面的车在辻堂松林拐了个弯，消失在某幢别墅的院子里。

后车也放慢速度，尾随着拐进了小路。星枝靠近车窗，想看清门牌上的姓名，南条突然从门后闪了出来。路很窄，车身几乎蹭到两旁的松枝，南条和星枝的脸几乎撞了个正着，距离近得能感受到彼此的气息和皮肤的温热。

星枝瞬间红了脸，咬住嘴唇。

“请问是哪位？有何贵干？”南条尽力平静地问道。

星枝没有作声。

“您一直在跟踪我？”

“是。”

“您想干什么？”

“我疯了。”

“疯了？你？”

“是。”

南条一脸狐疑地盯住星枝。

“噢，疯了，这倒有趣了。我最喜欢疯子。既然来了，就进来聊聊吧。”

“没什么可聊的。”

“岂有此理。那你为什么跟踪我？不说清楚别想走。”

“我就是疯了。”

“别开玩笑了。你在耍我吗？”

“耍人的是你。我只是要让你尝尝羞辱的滋味。”

“什么？”

星枝示意司机开车，突然感伤地闭起眼睛说道：

“装样子的松木拐杖，休想骗住我。”

南条就像做了噩梦，望着星枝的车子远去。

铃子在带女孩们练习基本功。

就是那些在她跳《花之圆舞曲》时，上台给她献花的青春少女。铃子很善于和孩子们打交道，教得温柔又耐心。她常给竹内代课。

离小女孩稍远的地方，三四个大一些的学员各自练功。有的在单杠上压腿，有的对着镜子练习姿势，有的在边跳边编舞。

竹内在客厅与经纪人交谈。

竹内面露难色，说他刚接到南条的来信。信上说，他的右腿关节受伤，只能拄拐走路，已无法作为舞蹈家立身，成了一具行尸走肉。自己已经认命了，但为避免恩师难过，就不给他看自己的惨相了。

为南条回国制定的一系列策划全部泡汤。虽然南条连船期都没通知自己，竹内还是认定南条会回到舞蹈中心，所以计划在东京、大阪和名古屋举办南条归国纪念演出。他已经与剧场签了合同，让南条带着自己的学生一起登台。

“不能登台跳舞也可以编舞啊。拄着拐杖编舞，很有悲剧色彩，广告效应肯定好。”年轻的经纪人说。可是竹内没有兴趣。

“以悲剧做卖点，南条就太可怜了。”

“您这么想可不对。辛辛苦苦学了五年，正好借机转型做编舞。”

“设身处地为南条想想，他肯定想把舞蹈忘得干干净净吧。总之，这得跟他见面谈了才知道。他说要来道歉。”

“这样温暾的体贴，反而会害了他。你得逼他振作起来。”

“到底谁才温暾，你可不懂。”

经纪人露骨地说，现在根本不该讨论什么南条的心情。必须利用一切有宣传价值的元素，让舞蹈中心度过目前的经济困境。他说得没错。交不上税款，钢琴将被收缴，税务署的拍卖通知是和南条的信一起到的。

一切都要见到南条以后再决定，所以只确定下来要到各地巡演，为夏季和服做广告。组一个广告团队到各大城市巡回演出，购买夏季和服的人就可以免费获赠音乐舞蹈剧门票一张。这将是一场长途旅行。竹内对此虽然不怎么情愿，还是决定派铃子和星枝去参加。

“另外，关于南条受伤的事情，你要保密。他怕人知道，连我都瞒着，是偷偷上岸的。这事，我甚至没告诉铃子。”竹内叮嘱经纪人，两人一起出门去了。

来到练功房，铃子正播着童谣唱片，教小学员跳舞。她自己也像个孩子一样，一边跳一边教。

年龄大些的学员在更衣室脱练功服。

竹内看了一会儿孩子们的舞蹈，来到铃子身边。

“我出去办事，这里你照看一下。”

“好的。”铃子说完，吩咐女孩们练习刚学的舞蹈，自己走进里间，帮竹内换衣服。

竹内边系领带边说：“上次说的夏季和服推销演出，还要请你出马。这种演出是庸俗了些。”

“还是能学到很多的。我们认真跳自己的，好好努力就是。”

“出去时间比较长。”

“曲目定下来了吗？”

“去乡下演出，不能太阳春白雪，热闹花哨的曲目更受欢迎。你做主就好。”

“好的，我考虑一下，再看看有什么演出服。”

铃子送竹内到门外，说：“要下雨了，老师早些回来。”

随后，她回到舞蹈教室，闻了闻手上拿着的竹内换下的练功服，扔到洗衣间，又接着给童谣编舞。

很快，孩子们回家去了。

偌大的练功房里，只剩下铃子一人。

她倚在钢琴边休息，一只手随意按着琴键，不久又找出一张唱片，凝神听到曲子后半段时，她突然跳起舞来，舞步中充满激情。

她打开壁橱，这就像一个镶在墙上的西式衣橱，里面挂满了演出服。铃子触过一件件衣服，仿佛在追索着曾经的记忆，转而迅速从中取下两三件。

大概是在为旅行做准备，她逐件检查抱来的衣服，看是否有损坏。服装里藏着舞台的幻影，让人生出跳舞的欲望。铃子在练功服外直接套上舞衣。

暮色降临。天像是下起了雨。

随着屋内的光线变得幽暗，足有一面墙那样大的镜子越发显眼，铃子的舞姿映在其中，如鱼儿在水中游动。

有人敲门。

正在跳舞的铃子没有听见。留声机在鸣响。

门静静地开了。铃子完全没意识到有人在看自己跳舞。

哒，哒，哒，拐杖捣地的声音由远及近，惊醒了铃子，她猛然停住，保持着单脚点地的舞踏动作。

“啊！南条先生，是你吗？”她磕磕绊绊地跑到来人身旁，“您回来了？您果然回来了。”

“你是铃子吧。”

“我太开心了！”

“都快认不出来了。出落成大人了。”

“您终于回来了。不过，您好过分！”

铃子想去摇晃南条的身体，碰到他的拐杖又缩回了手。

“哎呀。这是怎么了？受伤了吗？”

“老师呢？”

“是受伤了吗？站着行吗？”

“我没事。老师呢？”

“告诉我，您到底怎么了？”

铃子惴惴不安地拉过椅子。

“我们去横滨接您，却怎么也找不到人。我难过极了。”

“我躲在船舱里了。”

“躲起来了？”铃子脸色煞白，盯着南条，“您在房间里面？我们敲门敲了那么久，您就在里面？您真做得出来啊，当时老师也在啊。”

“老师呢？”

“他外出了。您打算怎么跟老师道歉？真是太过分了。”

“所以，我是来道别的。”

“道别？”铃子几乎不敢相信自己的耳朵。

南条轻点了下头，说：“就像再也无法歌唱的金丝雀。如你所见，我再不能跳舞了。”

铃子久久说不出话。

“也好，见不到老师，倒是可以少难过些。请你替我向老师谢罪吧。你跟老师说，南条没有自我了断，能活着回来已经是不幸中的万幸了。”

天色越来越暗。

“对不起，我……”

铃子的声音断断续续，就像水珠啪嗒啪嗒地滴落。泪水涌上她的双眼，她仿佛在对着远方的人喃喃自语：

“跳不了舞也没关系。没关系的。”

这句话似乎打动了南条。他仍沉默着。

“我在等您，一直在等。等着等着，我就长大了。”

“可是，对老师也好，对你也好，我都已经是个没用的人了。”

“不，我需要您。我需要您的！”

“我对你能有什么用呢？又能为你做什么呢？”

“有！即使您什么都做不了，还是有一样……”

“爱情吗？”南条嗫嚅道，“不过啊，我们能做的也就只有殉情这一件事了。”

“死也无所谓。”

铃子哭着说。

“你就别哭了！我岂不是更可怜，哭的资格都没有。”南条站起身来，“我以为你不是这种感情用事的人。”

“您是故意闹别扭。我知道，您渴望被爱。”

“天黑了。看过从前练功的教室，我就走了。”

南条靠着记忆摸到了电灯开关。灯亮的瞬间，他呆住了。

他的脸正对着墙上星枝的照片。是跳舞中的样子，只照到胸部以上，但还是一眼就能认出来。

“那个疯子。”他自言自语道，装作毫不在意地看着照片，“这位姑娘真漂亮，也是学员吗？”

“对，她叫友田星枝，前阵子，老师刚为我们两个举办了汇报演出。她也一起去横滨接您来着。”

铃子擦着泪水说道。

南条看了一圈挂在墙上的照片。

“学员挺多的。舞蹈中心状况如何？”

“很艰难。您还好意思问。为了送您去留学，这栋房子都抵押了。您难道忘了吗？还给您寄了生活费。”

“我记得的。”

“那您知道师母去世了吗？”

“听说了。她待我比我母亲还好。”

“从那以后，老师的精神便大不如前了。”

“是吗？”

“他一心盼着您回来，总是说，您回来了，他就可以放心地退休了。他是想让您继承舞蹈中心的。”

“你替我跟老师说，南条连自杀的勇气都没有，回国来了。”

“到底出了什么事？”

“你说腿吗？关节不行了。”

“不行是什么意思？脱臼了？还是骨折了？肯定很疼吧。治不好了吗？告诉我呀！”

“以后，它就是我的腿了。”

南条用拐杖敲击地板，发出嗒嗒的声音。

“木腿怎么能跳舞。”

“不需要这种东西！”

铃子突然踢开了拐杖。南条冷不防吓了一跳，在他摔倒前，铃子已经迅速地把他的右臂绕到自己肩后，扶住了他。

“把我当成您的脚吧！不用木头的，就用人的脚。这不是能走吗？看啊，能走的！”她温柔地拉着南条说道。

“老师一直把您当成自己的孩子看待。哪有父母因为孩子残疾了，就不接纳的。”

“谢谢。我也想用有温度的人腿走路！”

南条轻轻推开铃子，走过去捡起拐杖。

“代我给老师问好。我不会在他面前出现了。”

“我不让您走！”

铃子揪住他不放。南条靠在钢琴上，用拐杖用力敲了几下后面的西洋大鼓。

铃子被鼓声吓得松了手。

“我这是让你睁开理性的眼睛。”

南条说的“你”，是指他自己还是铃子？还没待铃子反应过来，南条已经走到了门外。

“您要去哪里？下雨了。您这是要去哪儿啊！”

铃子追出来，没想到有汽车在门外等候，已经启动了。

她茫然若失地回到练功房。

不知想到了什么，她大喊着“铃子！”用力敲打太鼓，发出咚的一声。

“铃子！”她再一次击打太鼓。

然后，她扔下鼓槌，迅速脱下演出服，走进浴室，开始洗竹内的练功服。

贴有白瓷砖的浴室干净整洁。

她只洗完一件练功服就伸直了腰，若有所思地站在原地，而后泡进了浴缸。身体被温暖包裹后，她忽然一笑，又急忙用水冲脸。然后，她的视线不自觉地落向自己的胸和手臂。

电话铃声响了起来。

铃子惊得全身一缩，环视着周围。

她就这样湿着身子，披上一件后台穿的衣服去接电话。安静的房间里，电话铃刺耳地响个不停。

铃子不知为何心跳加速，声音也有些哽咽。

“喂，这里是竹内家。”

“啊，铃子吗？你一个人？”

“星枝？是星枝吧？”

铃子放松下来，接着说：“不好意思。我刚才泡澡来着。”

“嗯，下雨了。”

“泡澡呢。我在洗澡呢。喂，喂，你在家吗？你是从家里打来的吧。横滨那次后你一直没过来，真不应该。你在忙什么呢？”

“你说今天？”

“嗯。”

“我用望远镜看港口的风景呢。”

“你瞎说什么呢！这么长时间没来跳舞，人家惦记你呢。”

“筑波号今天出港了。”

“筑波号？哦。”

“那个叫南条的家伙，很奇怪啊。”

“嗯，他刚来过这里。我正想跟你说呢，他很可怜，腿瘸了，瘸了，你懂吗？完了，不能跳舞了。他说一直藏在船舱里没敢出来。”

“是的。”

“怪不得他谁都躲着不见。他说来给老师道歉，让我告诉老师，他南条没自杀活着回来，已经是万幸了。南条是来告别的，他来的时候老师不在家。”

“还是拄着松木拐杖？”

“是啊，吓了我一大跳。傍晚时分，像个幽灵一样出现在昏暗的练舞室里。”

“然后呢？”

“你说南条？腿那样子，肯定不能跳舞了，不知道他以后能怎么办。”

“你又哭了？”

“他根本不好好听我说话，情绪很消沉，都不想活了。”

“骗人的。”

“怎么会骗人？他说是来跟老师告别的。老师也不能看着他不管吧。”

“所以，我说那是装样子的呀，装样子的拐杖。”

“什么？不是那样的。你听不清我说什么吧？你在放唱片？”

“嗯。”

“南条可是拄着拐杖来的呀。”

“我知道，亲眼见了。”

“是，是亲眼见了，他刚走。咦，你说亲眼见了，你亲眼见到他了？”

“是啊，所以才给你打电话。”

“星枝，你，你见到南条了？在哪儿啊？真的吗？快说说。”

“我是想告诉你，你不是说个不停嘛。我一直等着他出船舱来着。”

“哦？那时你一直等着？他没拄拐杖吗？”

“拄了。”

“你说他拄拐棍是装样子吗？为什么要这么做呢？”

“没什么理由。”

“跟我说明白好吗？这样叫我怎么相信啊。你怎么知道他是装的？”

“直觉而已。”

“为什么这么觉得？真奇怪啊，他有什么必要假装拄拐给人看。”

“不知道。也许因为是跟女人一起回来的吧。”

“女人？”

“喂，铃子，你见到南条时，他真瘸着腿？”

“嗯。”

“那也许就是真的了。可能是我搞错了。”

“我现在去你家行吗？时间有些迟，让我住一晚吧。”

“没问题。”

“老师也有事找你。”

“那铃子你现在怎么想？不想嫁给南条了吧？”

“哎呀！没有那样的事。”

“瘸腿舞蹈家，没用了哦。对你来说，跳舞可比结婚重要吧。我就怕你见到南条被他的拐杖骗了，看不能一起跳舞就放弃他，才给你打电话的。”

“星枝，我不明白你在说什么。你说等着，是说你一个人等着南条从船舱里出来吗？”

“对。”

“你怎么想的呀？做出这种怪事。”

“是呀，南条也这样问我，为什么跟踪他，我告诉他我就是疯了。他到辻堂的森田家去了，和一个女人一起。”

“森田？森田家，在辻堂？你跟他们一起去了辻堂？”

“什么一起啊？我就是跟在后面而已。”

“辻堂，他们去了辻堂？”

“喂，喂，怎么了？你现在就来吗？我让人去车站接你。”

“嗯，不，今天晚上不去了。还有一件事，咱们签了一个巡演合同，因为南条，计划都打乱了，老师也挺可怜的。这是给夏季和服做宣传的演出，你帮帮老师吧，咱俩一起去。现在连这个电话都是别人的了。”

“卖夏季和服这种事，我不想去。”

“那老师可就为难了。”

铃子说着，一下挂断了电话。

树林中传来枪响。隔一会儿响一枪，一共四枪。

最后一声枪响过，传来了男人和女人的笑声。

然而，拨开树枝走到庭院来的，只有星枝一人。

树林和庭院连在一起。庭院的四周都是树林，一侧有一条小路。

小路的对面是桑田，透过桑树叶，可以看到下面的山谷。谷底的小溪边有一片水田，在日光下闪着寂静的光。蝉声时隐时现。

这里是温泉浴场，是冬季滑雪、夏季爬山的好去处。这幢别墅也很符合这里的特点，风格简约，坐落在旅馆区深处的高地上，是建在山里的独幢房子。

星枝如同在狩猎的猎人，身上散发出蛮荒之气。她两眼放光，好像正要吞吃野果一般，一派要冲破树林的势头。她身着轻便的散步服，很是合身，但肢体活动过于自由，在她的兴奋大爆发时，反倒不合宜，隐藏着许多危险似的。

她一边跑一边甩掉鞋子，大踏步跳了几次，身体急速旋转，最后扑倒在地。

庭院里仿佛久未打理，长满了荒草。从院子铺到树林的满眼绿色中，星枝的白色身影一动不动。

她用一只胳膊支起脸颊，夕阳迎面照过来。淡淡的云彩迎着日光向远处飘去。星枝眺望着向远山倾斜而下的落日，表情像是渴望什么，眼里也浮出泪来。

不知不觉中，她一跃而起，翩然起舞。

这是无意识的即兴起舞，随意地将一些基本动作连贯起来。

她来到凉鞋被甩掉的地方，正要弯腰拾起，突然发现前面有个人影，正缩身走向林荫小路。

星枝跑到小路上，看到一个一瘸一拐的身影，正拄着拐杖匆忙往下走。星枝没有停下，而是放慢脚步跟着他。今天他用的不是松木拐杖，而是白桦木的。

南条回头微笑道："你又追来了？"

"是。"

星枝随口应着，没有正面打量南条，而是斜眼看着他。眼神里，刚才的蛮荒仍在燃烧。

南条激动地感叹道："跟竹内老师一模一样。"

"真没礼貌。"

"对不起，我表达得不好，我是说这舞姿太熟悉了。竹内老师的舞姿，是我少年时的全部希望和憧憬，你跳得太好了。看得出你很有天赋，连我也得承认，说你像老师都委屈你了。"

"我是说你偷窥没礼貌！"

“对不起。不过，跟踪藏在船上的人，从码头到辻堂，现在又找到这深山里来，到底是谁没礼貌？”

“假装瘸腿的人没礼貌！”

“假装？”南条惊讶地看了眼星枝，笑了一下，在路边坐下。

“你的松木拐杖呢？”星枝的语气里没有嘲弄，而是冷淡。

“我已经放弃跳舞了。也没有兴趣了。星枝小姐你却追着我不放。”

“我可没追着谁。”

“那就是舞蹈在追着我吧。舞蹈不肯丢弃我，对我来说，你就是舞蹈之神派来的使者。”

星枝倚在路旁，把拎在手里的鞋子穿上。

“舞蹈也好，神明也罢，我没兴趣。我知道松木拐杖是装样子的就够了。”

她冷冷地说完，转身就走。

“在辻堂，你说让我尝尝羞辱的滋味，指的是接船的事吧？”南条起身追上来，仍然拖着瘸腿。

“我在舞蹈中心看了照片，认出你就是星枝。你也到横滨来接我了吧。当时我的做法确实卑劣。我为什么躲在船舱里不出来，现在可以告诉你了，就在被你的舞蹈感动的此时此刻。你别急着逃开嘛。”

“一直在逃的是你。”

“是的，我一直想逃避跳舞。”

“跳舞的事情我无所谓。听说铃子那天立刻去辻堂找你，却吃了闭门羹。原来你逃到这深山里来了。”

“你说逃？这里是有名的温泉疗养地，正适合治疗我这种神经痛或者风湿病。正是在这里，我的腿好多了。”

星枝不觉回过头来，用女人温柔的眼神，疑惑地看着南条的腿，随即脸色变得凶险，生气似的加快了脚步。她的嘴唇紧紧抿在一起。

“刚才打枪的是你吗？”

“是家父。”

“这么说，刚才碰到的那位是令尊。我正边走路边胡思乱想，被枪声吓了一跳，然后就看到你跳舞，简直就像大梦初醒，身体里腐烂死去的舞蹈复活了似的。”

星枝唐突地问道：“能治好吗？”

“我的腿吗？当然能治好。但是不知道能不能跳舞。”

“行了行了。快回去吧。”这话星枝仿佛是喊出来的。

南条猛地闭上眼睛，额头上挤出皱纹。

两个人不知不觉又来到了之前的庭院。

“可不可以请你再跳一遍？”

“不要。”

“在大自然中，鸟啭蝶飞一般随心而舞，才是真正的舞蹈啊！舞台上的表演，是舞蹈的堕落！我刚才看着你跳，身体情不自禁地跟着动，就像坟墓中的死人突然醒来，想要起舞似的。”

星枝不自觉地后退了一步。

“不是吗？本来在舞蹈上，我已经是一个废人，现在却这么渴望跳舞，真是做梦都不敢想的。请您再跳一遍给我看吧！”

“我不愿意，你太肉麻了，让人恶心。”

“就给我跳一下吧，一个动作也行。”

“我说了，不愿意。”

“那我来试着跳一下吧。”

“请便。”

星枝随口应道，却半是惊讶半是恐惧地望向南条。

“看看瘸子的舞蹈！”

南条突然笑着说。

随即，他脸色一变。夸张一点儿说，仿佛善与恶，正与邪在这一瞬间融为一体。

他开始有些犹豫该怎么处理右手的拐杖，但很快举起左手，拖着跛脚跳了起来。

舞步中透着怪异，仿佛某种凶兆。一只手臂优美的动作，看上去反叫人毛骨悚然。

然而，跳了不到十五步，南条忽然停了下来，往草地上一坐，说：“很像妖魔乱舞吧。”

星枝冷着脸站在院边白桦树的树荫下，沉默不语。

“如果把我们两个的舞蹈相比较，就像是阳光和阴影。我的心就是如此阴暗。看了我跳舞，我想你现在应该能理解我为什么想再看你跳一次了吧。”

“讨厌。是认真的？”

星枝自言自语一般嘟囔道。

“认真？应该说我此时此刻正在生死之间徘徊，站在人生的紧要关头。我从小就一门心思扑在舞蹈上，也许是这个原因，我只有在观看舞蹈时，才能醍醐灌顶般醒悟到人类的美，人生的可贵。”

“我不喜欢看人认真投入的样子。也不喜欢自己投入。每次在台上跳舞，如果猛然发现有观众看得入迷，我立刻就觉得跳着没劲。如果一定要认真，我只想自己独自待着，不想被人看到。”

“你也是一个可怜的疯子啊。”

“是的。我从一开始就告诉你了。在过堂那次。”

“我最喜欢疯子了。当时我也这样说了，对吧。也许这就是舞蹈。灵魂布满尘埃，却要用自古以来就被认为更加污秽的身体以动作纯洁地表现出来，不疯又怎能做到？”

“我已经不跳舞了。”

“不跳了？为，为什么？”

南条看着星枝，露出无法理解似的表情。

“为什么不跳舞了？至少这一点，请你告诉我真实的原因。”

“因为我害怕，怕我这样跳下去，会真的变成疯子。我一跳起舞来，总是非常投入沉醉，而结束之后，内心就会非常寂寥空虚。”

“这就是天才艺术家的悲哀宿命啊。”

“你胡说！我不想被任何东西束缚，我从不觉得艺术有什么可贵的。我只想做自己。”

“你这样说，正是因为你拥有美，拥有美丽的躯体。”

“我只想平凡，否则就会失去自由。”

“你是要结婚了吗？”

星枝没有回答。

“刚才还看见你那么活力四射地起舞，想不到你的心竟如此疲惫，真是不可思议。”

“你太失礼了。我才没有疲惫呢。”

“你受伤了。你的心里背负着伤痛。”

“我才没有受伤呢。你这么认为，都是你的艺术宿命论在作怪。真讨厌。所以我才不跳舞了。我既不疲惫也没有伤痛，我不再跳舞就是证据。”

“那你刚才在干什么？”

“刚才？那是游戏。小孩子乱蹦乱跳地玩耍。”

“在我看来，那就是舞蹈。我感受到了生命的跃动。”

“那是因为你自己在当瘸子。”

“所以，我才请求你，让我再看一次你的游戏。神佛的美丽身姿，让瘸子重新站立，世上不乏这样的奇迹。”

“我讨厌奇迹！”

“在你蹦跳的时候，可以顺势把我的拐杖踢飞。那力量也许能让我再次站起来。”

“你自己站起来不就行了吗！如果我的游戏拥有让你重新站立的力量，你自己的舞蹈也一定可以轻松治好你的瘸病。”

“这样吗？”

南条眼中闪过一丝敌意，很快，他仿佛下定了决心，说道：

“那就如你所讲，我来跳一段吧。”

“随便你。”

“你这个观众真够残酷的，不过，貌似很适合我。”

南条依然右手拄着拐杖，拉起瘸脚跳了起来。

和刚才不同，因为愤怒，他的身体如口吃般扭动。

“我本来打算这辈子再不跳舞了！”

“为什么？”

“因为我热爱舞蹈。也多少了解了一些舞蹈的真谛。”

他说得断断续续，动作则越来越激昂。

那舞姿就仿佛长期沉淀的污浊之物在翻滚升腾，即将喷发。

星枝的眼中也随之流露出好奇的光芒。

从一开始对丑恶之物的厌恶，逐渐变为对危险之物的恐惧，到最后，她用左手抓住了头顶的白桦树，仿佛因某种不安而感到害怕。

南条仍然拖着一条瘸腿，但他四肢的动作已经变得轻盈、自由而奔放。

随着动作越来越快、越来越有力，他身体画出流光溢彩的曲线。

星枝的拳头握得越发紧了，渐渐向下移到胸前。

白桦树枝也随之被拉成弓形，仿佛随时都有可能折断。

“星枝小姐，这游戏，你教给我的游戏，可真开心！”

“跳得真美！”

南条停下来，看了一眼星枝，然后一边向她舞来一边说：

“游戏可不是用来看的，得一起玩。你也跳吧。”

南条又向远处舞去。

“能跳的！我也能跳！我又可以跳舞了！”

他的舞蹈就像原始人和野蛮人，或者说像蜘蛛和鸟类在求偶。

星枝仿佛听到了伴奏的乐声，由远及近、由低变高。

南条转过头来，说：“老话说，别人跳舞时要一起跳！”

“可你还在伪装跛脚，还不肯丢下谎言的拐杖。”

星枝的声音微微颤抖。

南条快速地跳过来，拉起星枝的右手催促道："如果有一支活拐杖，那就……"

星枝毫无防备，任凭南条强有力地拉住右手，恍惚间忘了松开手中握着的白桦枝。

树枝从树干上断开了。

星枝失去支撑，一下子撞到了南条怀里。

"不要，不要。"

她作势用枝条抽打南条，可枝条太长，没拿起来。

南条被撞得趔趄。

他用力撑住拐杖，站住了。

"我要用有温度的真人拐杖跳舞！这玩意儿没用了！"

说罢，他把拐杖高高地抛起。

然后又去邀请星枝跳舞。

星枝痴痴地看着拐杖飞远，突然露出了意外的娇羞。

她似乎没有注意到自己的妩媚，脸上很快地染上了红晕。

南条手把手带着她，慢慢地跳了起来。

星枝开始还有些抗拒，脚下却渐渐合起拍子，两人的动作越发默契，一起冲上了激情的浪尖。南条加快舞步，高喊着："我站起来了。看啊！我的腿站直了，多么有力！"

他抓紧星枝的手，用热情的火焰包裹起她的身体，围着她不停旋转。突然，他把星枝抱起来，急步向林中跑去。

他没有跛脚，轻盈地抱着星枝，这似乎仍是舞步的延续。

暮色将近，小鸟像被晚风追赶似的成群飞来。

在两人边舞边脱下的鞋子和南条的上衣上，树林长长的影子正随着风儿摇曳。

可能要去马市吧。一匹小马驹从山上走下来。

主人骑在母马上。马驹没有拴缰绳，蹄声轻盈地跟在母马身后，乖巧可爱。

三四个乡下人背着细竹捆经过。

一侧的小山上建有游乐园，在那里玩耍的小学生的合唱声传了过来，男声女声合在一起，听起来大约有一百多人。

山脚下是一条山涧，南条从刚才就坐在岸边，焦急地等待着。一会儿回头望向山路，一会儿又凝视着远方山脉处涌起的夏云。

星枝和父亲并排走了下来。

父亲抬头望向传来歌声的小山，说："那帮孩子又来了。"

看见星枝与父亲同行，南条躲进了树荫。

毒辣的日头似乎让星枝感到不安，她边走边观察四周，一眼望见南条，不禁加快脚步想赶紧走过去。

父亲看着对面的山坡，没有注意到。

"是借住胜见家房子的那帮孩子，东京的病弱儿童们。想不到，胜见的养蚕厂竟然成了孩子们的旅馆，真让人唏嘘啊！"

星枝心不在焉。

"不过，这总比把偌大的仓库变成蜘蛛窝强。这像胜见做事的风格。他说要让人类的后代更结实，而不是给蚕繁殖后代。这就是胜见天天念叨的服务社会、为国尽忠。还免收租金。他的葬礼也是这样，我当时跟你说过吧，他在养蚕界是头号人物，得到过总裁宫授予的两万日元奖金呢。不仅在地方的蚕丝工会，就是在中央蚕丝工会里，他也是举足轻重的人物，葬礼却太简陋了。他本人虽以深居简出的农夫自居，但也不能那样寒酸啊。很多东京蚕丝界的名人去参加葬礼，我作为朋友都觉得抬不起头来，但是没办法，只能照他的遗言办。丧葬费用都捐给村里了。他做什么事都是这个风格。”

“哦。”

“最近，到处都是病弱儿童。”

“哦。”

“以前每年都有学生来看胜见，都是蚕丝专科学校的学生，是来实习的。只有胜见这样的怪人，才会为研究蚕种去漫游世界。他素有人望，大家多次拥戴他进县议会或做议员，他总说忙着养蚕，没有时间，研究养蚕才是为国出力。他一辈子以蚕为伴，令人钦佩。而且，他这样做不是出于利益得失的计算，而是心甘情愿的。”

转过小山，胜见家养蚕厂的白墙首先映入眼帘。

两层的土造防火仓库建在河岸雄伟的石崖上，仿佛一幢城楼。两排窗户敞开着，仿佛把白墙剪开了，依稀能看见里面装有纸拉门。

从仓库的一端到拐角，是古香古色的平房，远不及仓库气派。

“仓库里的标本和专业书，如今都成了闲置的摆设，我打算劝他们捐到专科学校或蚕丝会馆去。”

“他们为什么不做蚕种生意了呢？”

“因为胜见不在了，儿子又那样。要保持胜见家品牌的信用，继续搞蚕种，可不是件容易的事。要不断研究开发，在品种改良上取胜。胜见夫人认为，与其因蚕种不过硬损坏了胜见的名誉，不如干脆退出行业，把机会留给那些小蚕种商。”

“对小蚕种商有好处，也不错。”

“胡说，重要的是培育出优良蚕种，发展蚕丝业。你怎么也有这种没出息的论调，跟现在的病弱儿童似的。你得练练打枪了。”

“打枪？”星枝嘟哝着，声音小得像在回想噩梦。

“打枪。昨天赶得正好，这种天气，山里的空气让声音都听起来不一样。今年冬天我带你去打猎。”父亲猛地抬头，看着晴朗的天空说。

“再说，她一个女人家管理那么多人，操心费力，也是心烦了吧。反正还有家产，现金虽然不多，股票也都是地方发行的吧，但是山林多得不计其数。”

“我们回去打枪吧。”

“这事别告诉你妈，这幢仓库，说不定会起死回生呢。之前在这里工作的工人——说是工人，原来都是胜见的助手，是这行的专家，他们来找我商量振兴胜见产业的事。胜见的徒弟到底不是一般人，对研究开发很热衷，但做生意不太行。”

“所以您要插手这行的生意了吗？”

“这种生意太小，谈不上插手。不过我打算说服夫人，办个小公司，帮他们经营起来。”

“所以才有那件事？”

“哪件事？哦，你是说你的婚事？说什么傻话，这种疑心真是小家子气，简直就是病弱儿童嘛。胜见的儿子是真心喜欢你，也够可怜的。不过，人家可不是傻子哦。”

两人来到胜见家门前。

庭院幽深，古树婆娑，寂静中透出名门世家特有的沧桑和深邃。

这住宅远看并不华美，来到门前，却是古朴大方，微暗中透出优雅。

仓库的白墙上仍挂着原来大大的牌匾：胜见养蚕厂。

父亲停住脚步。

“咱们进去看看老房子怎么样？改乘下一班公车，反正傍晚前到那边就行。”

星枝轻轻摇头，随后看着父亲的脸说：

“那件事您替我回绝了吧。”

“哦。”父亲凝视了星枝片刻，随后郑重地走进了胜见家的大门。

星枝抬头看了眼仓库，快步走开。

下了坡路，就是温泉。

南条一直时隐时现地跟在后面，看到只剩星枝一人，就飞奔过来。他今天虽仍拄着松木拐杖，但着实是在跨步疾走。

“星枝，等一下，星枝！”

这是村里的公共浴场，房子像寺院。屋顶装了格子窗，窗上也有一个小小的屋顶。

村里的孩子们在路旁的树荫下玩耍，听到南条的声音，一齐转过头来。

星枝僵在那里，猛地闭上眼，又很快睁开，眼中一片清冷地说：

“又是松木拐杖？”

“你不知道我跟在后面吗？”南条气喘吁吁，表情却很开心。

“当然知道。”

“我在报上看到竹内老师要来，就知道你肯定也会去镇上，上午就在游乐园下面等着你。本来也想见见令尊，请他同意，但是这样也未免太唐突了，另外也想确认你的想法。”

“请我父亲同意什么？”

“同意什么？不，我必须先请你了解我，还有这根拐杖。你从一开始就说它是装样子的，厌恶它、鄙视它。可是，正是你帮我扔掉拐杖，让我第一次用自己的腿站起来。我要感谢这根含着爱的魔法拐杖。”

“那是魔鬼的拐杖。”

“这是法国货，从法国到美国，一路陪我走过来，都有感情了，如今我有了温暖的真人拐杖，要跟它说再见了。如果昨天没看到你跳舞，它也许就要跟我一辈子了。”

“是神话。”

“神话？”

“嗯，是希腊神话里的舞蹈。”

“对，说得对。昨天称得上是一位希腊姑娘的舞蹈。我在舞蹈方面已经起死回生，就像邓肯找回了希腊舞蹈的精神，让舞蹈焕然一新。”

“我可不是神话里的姑娘。我的意思是昨天那种舞蹈不过是场神话。请把我看作一个可怜的疯子。”

“什么？你说你不过是一时中邪？你说我们地位悬殊，我爱你不过是痴人说梦？”

“那就是舞蹈，我昨天也说了。我已经不再跳舞了。太可怕了，那是舞蹈吗？我现在完全清醒，完全平静了，我还是要做普通人。今生我再也不会跳舞了，请你原谅。”

“你这是怯懦！”

“你还不是一样？今天不是又拄上拐杖了吗？”星枝说着，逃跑似的进了汽车店，她看南条无疑是要跟进来的样子，就出了店门，拐进小路。

南条并不介意星枝的举动，一直跟在后面。

河滩上到处是白色的石头，温泉旅馆的窗户和院子都朝向这边。

星枝望向下游，只见小山重重叠叠，沿着两岸绵延铺开，她察觉背上冒出了冷汗。

“你总说我拄着拐杖，可我想说的正是这一点。你想想，从法国一路拄着的拐杖，突然就能扔掉了，而且那样狂舞，这事你怎么解释？这是奇迹发生的瞬间……”

“我讨厌奇迹。”

“你那是胆小！奇迹并不是什么鬼神的妖术，而是生命之火的燃烧！一跳起来就能点燃生命之火，你有多么惊人的天赋啊！”

“可我并不想要。”

“你还和昨天一样，对自己的天分心存恐惧。”

“是啊。不可能今天就变了。”

南条怀疑地看着星枝说：

“这些不值一提的，只要一跳舞，立刻就会烟消云散。”

“怎么是假象？”

“当然是假象。除了你的舞蹈，其他一切都是假象！你就是这种人！你可没权利嘲笑我的拐杖。你自己还不是让青春拄上拐杖，给心灵卷上绷带，然后故作镇静吗？这才是装样子！我不在这几年，日本的姑娘们都变成这样了？”

“是啊，这话该我来说吧。擅自这样喋喋不休，你在国外待得太久了吧，我听不懂你在说什么。”

“你我想说的话，在昨天的舞蹈中彼此都懂了。舞蹈家只用身体说话，语言是多余的。你我都说不再跳舞了，可都是不跳舞就活不下去的人，昨天就是证据。”

“那是神话，是不负责任的。”

“你的意思是你并不爱我，我理解。可是，星枝，爱上谁，对你来说就那么难受吗？”

“你误会了。”

“我还要说得更直白呢。当然，我先要向你道歉，我太兴奋了，做梦都没有想到还会被推下地底。我无法相信。是你误会了我。首先，这根拐杖的事，你父亲是做生丝生意的，你家又在横滨，如果你懂得外汇牌价，你就会同情我拄拐杖的事了。五年来，我在西方的生活有多惨，你应该能想象得到。如果我以‘学成回国’为招牌高调登上舞台，那些在国外就一直排挤中伤我的同胞们，此时一定会嘲笑我，说我是个乞丐，丢日本人脸。这根拐杖，当时正便于我扮作乞丐。”南条一边说，一边用拐杖敲着脚下的地面。

“但这拐杖不是装样子，我得了严重的风湿病。吃不上像样的食物，身体衰弱，再加上严寒潮湿，我又没条件把房间烧热。说起神经痛、风湿病，严重起来，膝盖咯咯响，一软就倒下，痛得骨头都弯了。后来总算勉强能拄着拐棍走了，但想到不能跳舞，我身心都崩溃了。明知被大使馆遣返非常丢脸，但我除了这一招还能怎么办呢。去看医生，一时也治不好，西方的温泉又太昂贵，只能自己打麻醉药止痛。药物中毒伤了脑子，连灵魂都腐烂了。这就是我的留洋生活。在看到你昨天的舞蹈之前，我就是行尸走肉！”

河边的小路不知何时变成了坡路，上去就到了主街。酷暑中，不知名的花朵散发出某种臭味，白色蝴蝶飞来飞去、让人眼花缭乱。

南条停下脚步擦拭汗水。

“我想你能理解我藏在船舱里的心情。当时，我不是不拄拐杖就不能走路，不过，我坚持拄着拐杖回国，以此宣告自己已是废人。与其说无颜面对竹内老师，不如说是在抗拒回到有人在港口欢迎我的社会，我只想隐姓埋名了此一生。我意气消沉，对日本人跳西洋舞这事情本身，深表怀疑。”

“你要是真的这么困难，怎么还去美国转了一圈才回来，这说不通啊！”

“啊，那是托那位夫人的福。她是我的恩人，是她带我回日本的。”

这时，巴士到了，打断了南条的话。

星枝抬手拦住巴士，冷冷地瞥了一眼南条，神色中带着拒绝，仿佛这是最后的告别，转身上车去了。

当然，南条急忙跟着上了车。

星枝忽然脸红了，不知为什么，一直红到脖子根。她因为羞耻而坐立不安，战战兢兢地低着头，突然大叫“停车！”不顾一切地跳下车去。

这一幕太过突然，南条错过了起身下车的时机。

下车后的星枝愣在原地，浑然不觉满头汗水，只是按捺住心脏的狂跳，目送巴士吐出的白烟。直到巴士消失在山后，她才感到双腿麻木，倒在路边的草丛中。

她旋即号啕大哭起来。

闷热的田野上，没有一个行人。

铃子和往常一样，带着舞台上的余韵，轻盈地回到后台休息室，却没想到看见星枝正坐在梳妆镜前发呆。她高兴极了，怀疑自己是在梦里。

“哎呀，你怎么来了，我好开心啊！”

她从背后抓住星枝的肩，滑到星枝身边半蹲下去。星枝就这样被铃子夹在了两膝之间。

铃子的装扮十分可爱，就像那位在魔法森林中吹笛子的少年。

这位少年双腿岔开，做出一副大姐姐的样子摇晃着星枝，说道：

“你特意大老远来看我的吗？我好想你啊。你想给我一个惊喜吧。讨厌，你自己倒跟没事儿人似的。”

星枝猛地闭上眼睛。

铃子感到一丝不安。

“怎么了？对不起啦。你来是有什么话跟我说吗？”

“没事。一听到你的声音，我心里就舒畅了。”

“哎呀，真讨厌，尽会使坏。不过，我们真的好久没见了。老师肯定也会吃惊的。写信也不回，你是不是又忙着用望远镜眺望港口了？”

“我打过电话，但没接通。”

“电话吗？电话没了。”

“电话怎么没了？”

“这事一会儿再说吧。”

星枝睁开眼睛，环视房间，说：

“休息室太脏了。”

“别瞎说，会叫人听去的。在乡下这已经算不错的了。休息室我倒不在乎，舞台不好的地方才让人难过呢。有些礼堂啊，学校什么的，完全没法跳舞，照明也不行，那时我心里就会觉得难过。不过，有老师在一起，我绝不会自甘堕落，一次都没有因为条件不好就敷衍了事。我衣服是不是有汗臭味？已经出来二十天了。真是难为老师了。因为你不肯参加夏季和服的宣传巡演，只好老师来了。”

“是吗？”

“正赶上梅雨季节，一天比一天热。”

“那可真够郁闷的。”

“只要跳起来就不郁闷了。”

铃子放开星枝，一边起身一边说：“老师那边，你就说是你家里不同意。老师也以为你家是大户人家，不舍得让女儿到乡下来吃苦。”

从舞台方向传来了琴声。

铃子看了看星枝，用眼神示意这是竹内老师的舞蹈，然后手脚麻利地把下一曲的服装摆放好。看来下一曲是竹内老师和铃子的双人舞。

“这些服装很熟悉吧？”

“嗯。”

“星枝，你脸色不太好啊。坐车累到了？你是想见我们，就来这里玩的对吗？我不用担心别的、只高兴就行了吗？”

“我和我爸爸一起，来了一阵子了。”

“哦，这么早就来避暑了？”

“算是商务吧。”

“也对，这里是蚕茧之邦嘛。那我就放心了。否则我还有点儿讶异呢。凭你的一贯作风，怎么会跑到这么偏僻的乡下来看我们。”

铃子笑着，说完又回到梳妆镜前。

“你稍微让一下，我要化妆了。”

“好。”

星枝点了点头，她看见铃子的脸颊映入镜中，即将和自己的脸重叠，不禁一抖，像是被什么吓到了。

铃子疑惑地问道：

“怎么了？你突然不跳舞，是不是身体出什么问题了？看起来怪怪的。”

“没什么。是因为镜子里化了舞台妆的脸，让我感觉见到的不是你，心里一惊。”

“是吗？”

“你也帮我化个妆吧。”

“真拿你没办法啊，我很忙的。”

铃子边说，边胡乱帮星枝扑了白粉，打了腮红。

星枝就像是个玩偶，一直紧闭着双眼。

“天太热了，就这样简单地化一下吧。”

铃子扭过头，从侧面端详星枝，说：

“你的脸真是奇妙，一会儿感觉适合淡妆，一会儿又感觉适合稍微浓一些的妆。对了，上次跳《花之圆舞曲》的时候，你坚持说自己长了一张忧伤的脸，你还记得吗？”

“忘了。”

“你忘性可真大。”

铃子给星枝描眉毛时，一滴热泪划过星枝的脸颊。

“哎呀，”铃子不觉停下手，随即藏起惊讶，故作淡定地微笑了一下，为她擦去眼泪。

“这是什么呀？我拿走了哦。”

星枝仍紧闭双眼，像一张美丽的面具。

“铃子，你爱南条吗？”

“嗯，当然。”铃子爽朗地答道，“怎么了？”

“你这么确定？”

“很确定。”

“真心的？”

“从很小的时候起，我心里就只有他一个人，但我也不确定自己是不是真的这么纯情。我现在认为，爱是一种意志。南条是个坏人也好，有残缺的人也罢，我都无所谓。我就是要把他从西方学的东西都学到手，把他的本领都拿到手。虽然这听起来像是被他抛弃后的复仇，但是对他这样的人，就得有这种爱的意志。无论如何，我也要和南条一起跳舞。能尽情与所爱的人一起跳舞，让我死都行。”

铃子说得很坚决。不知何时，她已经把星枝从化妆镜前推开，利落地化妆准备下一支舞了。

“我想了很多。我的爱听上去很功利，但并不是的。这是爱的意志，我已经不相信什么感情了。如今世道都是这样，越有才华的人，越没感情。恋爱也是，只要意志坚决明确，就算失败也不至于酿成悲剧，总能挺过失意，活得精彩。我不要后悔，我要活得没有遗憾。”

星枝听得一头雾水。

“为了学跳舞，把自己卖了我也愿意。我再也不想可怜巴巴、穷酸卑微地生活了。以前的我真是太傻了。”

“跳舞有什么好，值得你这样？”星枝问得像个孩子。

“有什么好？那是我这个人活着的全部目的啊。”

“这是假象。”

“那什么是真的？对你星枝来说，什么是真实的？”

星枝满不在乎地说：“你别说了，太烦了。”

听了这话，铃子到底有些生气地瞥了瞥星枝，如梦初醒似的说：

“不是你挑起的吗？问我是不是爱南条。”她笑了笑，突然笑意僵在了脸上。

“奇怪啊，你怎么突然问起这个？到底怎么回事？”她向星枝投去探寻的目光。

星枝感受到她视线的力量，突然反击似的说：

“南条根本没瘸。”

“什么？”

“他能跳舞。”

“你见到他了吧。星枝，你们之间发生了什么，对吧？这我就明白了。”

“什么也没发生。”

“你不用瞒着我。说起来，其实我很早就预感到了。”铃子的语气很平静。

竹内走了进来。

“咦，你怎么在这里？好久不见。”说着，他在旁边的梳妆镜前坐下，皱起眉头边脱衣服边说：

“太热了！”

铃子拿来绞好的毛巾，擦拭竹内的身体。她的手有些颤抖。

“老师。”

“什么事？”

“南条没有瘸，他还能跳舞。”铃子紧紧抓住竹内背上的肌肉，伏在他的肩头抽噎起来。

“别哭。等一下。”

竹内拂开铃子，猛地站了起来。

因为他看到南条正愣愣地站在门口。

南条倚着松木拐杖，低垂着头，仿佛没有拐杖的支撑，他就会无力地摔倒在地。

“老师，我来道歉。”

“什么？”愤怒的竹内一跃而起，不料，星枝挡在他面前。

“老师，您不要这样。”

“你躲开。这个混蛋！”话音刚落，竹内便冲上前去打南条。

“混账！看你这副德行！”

南条本能地举起拐杖护身。

“你想干什么？你举起这东西是想干什么？”

铃子仍单手撑在地上，默默看着这一切。

星枝再次冲到两人之间。

“老师，您别打了。那根拐杖是他撑面子用的。”她用嘲讽的口吻说，试图劝住竹内。

南条却倏地变了脸色。

“混账！”

他说着抡起了拐杖。拐杖打在星枝肩上，她一下倒在竹内的怀里。

竹内被这力道撞得向后踉跄几步，失脚踩空了楼梯，仰面滚落下去。

舞台那边，同行的女歌手正唱着欢快的流行歌曲。

竹内被抬进医院。脑后撞伤严重，右肘痛得无法动弹。

南条替代竹内，加入了巡演队伍。

当日深夜，他们离开小镇。

汽车从医院向车站飞驰，车内的三人一路沉默。即将进入检票口时，铃子一把夺过南条的拐杖。

“你扶着我好了。”她说着把肩膀送了过去。

然后，她把拐杖递给星枝。

“把它扔了吧，免得再有危险。”

“好的。”星枝点头。

那之后，星枝立刻返回医院去看护竹内了。

春景

一

天气晴朗，风却吹动竹林，搅乱了他要画的风景。

写生是进行不下去了，他关上了颜料箱，却并没打算收起三脚画架。桥建在溪涧之上，红色油漆已经斑驳。这里是去山谷的必经之地，在这里等人再好不过。

竹林在动，杉树林却静悄悄的。清晨总是先造访竹林，傍晚则首先降临在杉树林。时值正午，中午是属于竹林的。竹叶仿佛一群振翅的蜻蜓，正在和日光嬉戏玩耍。

这一刻，有风也有阳光。

看着竹叶与冬日的阳光共同跳着古典的小步舞蹈，他忘了方才作画被打断的不愉快，只觉得洒落在竹叶上的细碎流光，如同透明的鱼儿在自己的体内沙沙游动。

一到山涧，他立刻意识到这里的美就在于竹林的稀落。

枯竹瘦林就像是山涧感伤而独特的妆容。

他见惯了京都郊外的“千里竹林”，竹景本身并不稀奇。可这里山上的竹子枯瘦而稀疏，而且大多长在山的突出之处。如果把这片山谷比作海湾，竹林就是突出的海岬。这么一想，摇曳的竹叶似乎微微散发出潮水的味道。

竹林就是这座山温柔的触角。恰似染坊，怀着爱意为这座山染上了颜色。

“姐姐！是姐姐吗？”

一位都市打扮的女子沿着溪边的石子路走来，他朝着这位女子快活地喊道：“您是千代子的姐姐吗？”

女子愣了一下，微微耸起肩头，旋即礼貌地弯腰行礼，正要正式地打招呼。他笑起来，径直走上前，摆出一副要按西式礼节握手的姿势。

“我猜您肯定从这儿经过。去温泉旅馆，这里是必经之路。”

“姐姐”是脱口而出的，他并没有见过她，结婚的事情，也尚未取得千代子父母和姐姐的认可，甚至还没有正式通知他们。此刻，他却毫无顾忌地径直走了过去。

“请稍等一下。”

他又返回桥上，折起留在那里的白色三脚架夹在腋下，拎着画布走了回来。颜料箱则一直挂在肩上。

“这里真是风景如画啊。在风景如画的地方画画，你这工作太幸福了！”

姐夫眼力平凡，视线在山色、他和他的画布间游走。

“我喜欢这里的色彩。不少地方冬天的景象偏于柔美而索然无味，这里的色彩却足够酷够冷，我很喜欢。在全国都少见。”

他边走边折下一根梅树的小枝。

枝条上开着六朵梅花。

他用指尖转动枝条，停下后，不由得一惊，他有生以来第一次看见了雄蕊。

那一根一根的雄蕊，如白金的弓一般翘起身子，将小小的花药转向雌蕊扬起。

他把花举向蔚蓝的天空，只见雄蕊的弓如新月一般将花粉嗖地射向天空。

他意外地想起位于浅草的团十郎铜像。两相对照，虽然都呈现出一种绷紧的姿态，但一个美丽一个丑陋。

他感觉自己看梅花图的眼睛，从此豁然开朗。

一位盲人按摩师和他们擦身而过，三个人都回头去看。

盲人从对面来时，用拐杖咚咚点地，走得歪歪斜斜，可一上了桥，立刻将拐杖扛上左肩，右手抓住栏杆，像缆车一样蹭地滑走了。

三人先是一惊，随即高声大笑起来。

二

他们决定住一晚。

时值周六，旅馆客人很多，姐姐两口子没订到房。四叠半的房间，就算把桌子和火盆都搬到走廊去，也只够铺下两张床。

是男女分睡，还是夫妇共睡？

他心中思索着这个问题，暗自觉得好笑。两姐妹会如何选择呢？

他和千代子的姐姐和姐夫都是初次见面。二人还不知道妹妹已经结婚，自然谈不上认可。

“我先睡了。”

他率先跳进右侧的被窝。

姐姐正在解腰带，完全不回避他。腰带解开后，衣摆松散开来，她又靠着窗台脱袜子，随后钻进了左侧的被窝。她当然不可能到他这里来。

她的脖子比千代子更白皙，躺在那里时，发簪上的珊瑚珠美如水滴。

千代子没有作声，笨拙地钻进姐姐的被窝。问题解决了。

“那我就睡这边了。”姐夫挤到他身旁。

他缩紧肩膀避免男人间的肌肤相触，四人都尴尬地沉默着。

稍许，姐姐开始不停地拉被子。

“千代，你再往这边靠点啊。真是个怪人，你不知道两个人睡一个被窝是怎么回事吗？”

姐夫大笑起来，问：“冷吗？”

“冷死了。”

“那我给你焐热乎吧。千代妹妹，你来跟我换一下。”

姐夫说着，若无其事地钻进了自己妻子的被窝。

看千代子躺好，姐夫又来了句：“一块儿焐焐吧。谁让咱们娶了身子寒的老婆呢，真是失策。”

四人都笑了起来。

千代子喉咙响了一下，把鼻子压在枕头上。她的头发甩到他的下颌，消散了他的睡意。

“姐夫，我真服了你了。”

“话说回来，她们俩的母亲要是看到现在这个景象，肯定会很开心吧。”

“你这个大坏蛋。”姐姐嗔道。

千代子紧紧地握着他的指尖。

他关了灯，千代子把他的手臂拉到自己的脖子下面。

他在脑中遐想着并排躺在两张床铺中被抱着的姐妹俩，那胴体一定非常地美丽。

昏暗狭小的房间内，充满了花一般的香气，湿润旖旎。他像植物一样呼吸着，内心涌起对女性们柔软身体的艳羡。多想变成她们姐妹中的一个啊，那样便会因新鲜的体验而喜悦得战栗。

他想起了梅花的雄蕊，于是和大家聊起团十郎的铜像。

“浅草的观音堂后面不是有座团十郎的铜像吗？是《且慢》那出戏里的扮相，雕刻出他怒目圆睁、高声断喝的一瞬间。我每次看到都觉得他好辛苦，日复一日，年复一年，永远那样使尽全力，哪里撑得住，不免对团十郎生出些同情来。”

众人满意地笑了。关于他和千代子的婚事，谁也没有提起。

三

旅馆家四岁的小男孩看见了汽车上红色的图案，向千代子问道：“大姐姐，这是班车吧？”

来的是辆车身刷成红色的中型巴士。姐姐把竹篮抱在膝上，低头去闻篮子里新鲜香菇的香味，她的侧颜看上去安静而柔和。

他从后面敲了敲塑料车窗。

姐姐点头回应，这时车开动了。

车尾上挂着一个新轮胎，姐姐透过轮胎上方的塑料窗户向他挥手。

她摇摆的手臂像是在说：“是我忘了东西吗？哦，你是说千代子？”

山葵店的女孩背着一个大大的背篓从山葵田回来了。

她“嘿”的一声把山葵倒在店里的地板上。已经切去根叶的山葵秆散了开去，就像牛棚里的稻草。

河流下游的白桥远看就像一个模型，汽车从上面开过。流动的红色仿佛要把沿着街道向远方拓展的山峡吸走。

“我不喜欢红色。不过从远处看，红色也不错啊。”

“姐姐穿了好几件红色衣服来呢。”

“不过，她能来又平安回去太好了。咱们去坐马车吧。”

“坐马车去什么地方呢？”

“随便哪里。”

马车驿站位于村头。

屋檐下的鸟笼里，两只绣眼鸟扑扇着翅膀，大概是昨天刚抓来的吧。

“我说，咱们买只绣眼鸟吧。”

“先看马吧……”千代子改口模仿他的语气说，“我说，咱们买马吧。”

捕猎时用来做诱饵的绣眼鸟在红梅枝的笼子里鸣叫。

“是雌鸟。”

“你认得出来？”

“当然喽。小时候在乡下，山里各种小鸟，雌鸟和雄鸟叫声不一样，听多了就记住了。”

不过故乡的山已成为幻影，与他现在的绘画毫无关系。与其去画故乡山川的幻影，他宁愿画眼前的马粪。

院子里，没套马的马车耷拉着车辕，一派颓然。

今天也有风，红梅的花瓣一片片落进马厩。他看了眼饲料桶，上面果然飘着花瓣。

越过马厩，后面是一片凋零的荒原。他跳下去，点着了火。

这是春天烧荒。火焰雾蒙蒙地烧成烟霭，掉在地上，留下黑色的痕迹四散开去。

“柳绿花红，柳绿花红。”

他最近常念叨这句话，千代子紧紧跟在身后。

“柳不绿花不红。小心小心！”

不知何时扔掉的火柴盒在脚下喷出了火来。

四

突然，大象和骆驼沿着乡间道路走来。

千代子在山茶林中折了一枝山茶花，刚回到路边，一只庞然大物蓦地出现在眼前，近得可触到她的鼻尖。

“哎呀！”她拽着他的衣袖，一下子转到他的身后，差点把他压进山茶林中。

大象啪啪地甩动尾巴，就像驯马师在挥舞马鞭。

骆驼则走上两三步就像古代的将军一样昂一下头颅。

大象撒起尿来。它把前腿向内并拢，就像羞怯的农家少女，后腿则像鸟居一样向外撇开。

“啊。”

千代子躲到他的肩膀后面回避。这是一头母象，小象们哞哞叫着退到路边。

“哎呀，你看！”

尿上浮着一朵红花，就是刚刚千代子因受惊而丢掉的那朵山茶花。她紧闭嘴唇，微微挑起眼角，盯着像小船一般漂浮着的花。

好想跨坐到骆驼的驼峰之间啊，那里莫名地引诱着他。

“它们就像远古的旅人。”

“看那步伐，不管大象还是骆驼，都像穿了不合脚的草鞋。”

“真不敢相信它们能比马跑得快。”

“嗯。不过，你要是在它们飞奔的时候看见它们，又会觉得它们的腿就是适合快跑的。这些动物也算是上个世纪的遗存了，也许当时的人觉得它们跑得快吧。而现在的人，倒仿佛自己跑得比骆驼还快。”

“就跟那只猴子一样。”

一只小猴子得意地盘腿坐在大象背上，好似一个满脸皱纹的讨嫌的老太婆，煞有介事地坐在那里。

“这样一来，释迦牟尼也可以放心地往生极乐了。”

“为什么这么说？释迦牟尼不就是极乐世界的主人吗？”

“因为佛说过：鸟枭栖于一树，相亲如血族之时，予始入涅槃。蛇鼠狼同住一穴，友爱如兄弟之时，予始入灭。而现在大象和猴子都谐和共处了。”

“象和猴本来关系不好吗？”

“我也不知道。”

不过，象背那像小丘一样隆起的曲线带着稚气，既丰盈又大方。

“嘿！”千代子从身后拉住他的外套。

“真长啊！”

骆驼正伸长脖子，把嘴巴凑向荞麦田边的瑞香。

“难道它能闻到瑞香的香气吗？”

瑞香还只是花蕾。

总之，骆驼U型的脖子突然伸长，画出一道长长的美丽曲线。

“你看那骆驼一副了悟的面孔，装得像个圣人似的……”

“你能不能把它看得可爱一点儿。”

“山羊爷爷。”

“就胡子像。”

那骆驼还有和鹦鹉一样的平刘海。

大象的鼻子像尺蠖一样伸缩，继而又像绦虫一样卷曲松开。象鼻也像生物教科书上的绦虫头。鼻子卷起来后，露出了赤贝一样的嘴巴。嘴唇不停地翕动，就像海浪温柔地舔舐着光滑的岩石，仿佛蜗牛一样吸附过来。

骆驼的嘴唇才是用来吃草的。

“我不喜欢大象的眼睛。骆驼的眼神要温和得多，看上去更像个好脾气的人。象眼太阴险了。”

大象的耳朵像蒲扇一样慢慢地扇着脸颊，表情却看不出丝毫凉爽。它的腿好像没有骨头一样，上面套着肥大的旧裤子。

“这是流动动物园吗？”

“也许吧。”

“肯定是马戏团。”

他和千代子不知何时也加入了儿童和村民们的队伍，和大象一起走在路上。

一只小狗仰着稚嫩的脸，一边看着大象，一边蹦蹦跳跳地跟在它的身后。

“估计是要去港口吧。货车装不下，只能走着去。”

大象伸出长鼻子，把卖炭铺子房顶上装炭的稻草包滚到了地上，一会儿又把路边的合欢树轻而易举地连根拔起。

“哎呀，它不是要吃，而是要烧合欢树呢。”

南面群山环抱，这里离山顶三里半，到港口有十一里地。山谷间的雪已经开始融化，想必鹿群正躲在树后，注视着这群庞然大物翻山越岭。

大象的屁股软耷耷地垂着，就像睡神背上鼓鼓囊囊的包袱，在竹林的阳光中一摇一摆地晃动。

“不知他们什么时候回来，回来也还会走这条路吧。”

千代子的语调就像在讲自己的某个老朋友。

五

千代子拎着颜料箱和瓶子，跟他一起来到红漆桥上。

瓶子原来是装汽水的，他们从旅馆借来装水涮画笔，瓶口系着千代子扎头发用的黑色绢绳。

水脏了，千代子就拎着瓶子去山涧里换水。她向对岸的山茶花扔了一颗小石子，花朵没有被打下来。

焦茶色的幽暗杉树林已透出些许亮色。

“在杉树的花粉像沙尘暴般扬起之前，我想把这幅画画完。“

“那也太慢了吧。颜色会变的，你不介意？”

“反正颜料有的是。”

他就这样看着风景。

杉树高高地耸立在那里，但他不喜欢这份高度。高冷的忧郁不合他如今的心意。所以，他笔下的风景画，眼看就要被这杉树的一角破坏得不再写实了。

他感到一种冲动，想把杉树林画得像问荆草那样低，并且画成明亮的感觉。这可不行，他想。

他发现竹林从阴面看更美，从日光直射的正面看去，反倒没有那么美。

只有背光，才能看见竹叶与日光跳出的小步古典舞。

看来，要想体现竹之美，还是得把每一片竹叶的形状都画出来才行。

然而，这美丽的日光泛起的涟漪，让他联想到的不是日本传统的竹林画，而是印象派油画展现出的嫩绿树林和安静大海，以及落在上面的日光。

不，不是油画，是音乐。是日本的乐器——琴，尺八。

“没意思，尺八不就是竹子嘛。”

他笑了许久。

即使竹叶间没有光斑跃动，还是从阴面看更美。微光穿透竹叶，酝酿出一派温馨。

然而，他的风景画必须与这怀着爱意给山谷添色的“染坊”进行较量。他的画笔并没有幼稚到只能绘出竹林单一的明亮，但这的确比画杉树林更难。

梅树就在他的眼前，从桥头长出，向溪涧倾去。

它就像支配了风景的窗框一样，起到一种风景测量器般的作用，将他的绘画捆绑于写实的范畴。

梅花已经盛开了。

他却在素描画中抹杀了这棵梅树。树太大了，如果把它画成前景，就成了怪物。

作为一位风景画家，他倒也经常遇到类似的情况。距离过近的物体都是怪物。

他不看近旁的梅树，把目光投向远处的竹林与杉树林。梅花在他的眼中变得缥缈如烟，渐渐消失不见。

不过，不知是不是被梅花的雄蕊惊到的缘故，他忽然心有所思。

“这梅树到底消失到哪里去了？”

难道不是已如云烟一般沁入自己的心里了吗？

那现在正在画竹林和画杉树林的，也许不是他自己而是梅树？所以，与其给这幅画命名为《竹林与杉树林之景》，叫它《梅树》才更恰当。

“嘿！我说，谁看了我这幅画都不会想到，大象和骆驼曾经在这风景中走过。”

“那你贴个说明得了。”

“起个名字叫《大象和骆驼经过的风景——梅花图》，这样就清楚了。”

他一骨碌躺倒在草地上。

“逗你玩的！这可是一幅正儿八经的写实作品——喂！回东京就办婚礼吧。”

“听着就像为了排遣无聊才办婚礼似的。”

“我想画一幅人体画。”

千代子不是模特。不过有一次，在他的画室，她找不到腰带了，就把他的男士腰带在衣服上缠了几圈，然后去街上的菜店买萝卜。他想画一幅那样的千代子。

六

千代子哗啦啦地用力拉开山谷温泉浴室的大玻璃门，光着脚跨过了门槛。

“怎么看着跟擦过玻璃似的，脸都白了。”

“才没擦过。”她从袖兜里取出新牙刷。

“旧的就扔了吧。”

浴池边传来他高声说话的声音：“哎呀，这怎么有女人的味道。”

这时，一股木香飘来，是上游木材厂的木屑顺着水流漂下来了。

“讨厌，你拿成我的毛巾了。”

更衣室里，千代子同样高声回答道。

也许是不想围他的毛巾，她把毛巾像旗帜一样在胸前展开，咚咚地快步走下台阶。她白皙的乳房，今晨怎么染上了其他颜色？

他微感疑惑，望向河滩。

“怪不得呢，是春天来了。”

“是啊。”她也望向窗外。

“我去买了新牙刷回来，人家也是个好媳妇呢。”

他合拢双手，掬满水向她洒去。

温泉特有的味道扑鼻而来，混杂着岩石的味道。

来山涧钓山女鳟的人越来越多。

千代子学到了一个新词“三月鱼咬襟”，是说春天的鱼儿多，如果穿着破旧的衣服站在河中间，山女鳟就会自己游过来咬住碎布条。

千代子也和旅馆的掌柜一起去钓过鱼。她还把战利品摆成一排，鱼儿们有着红紫黄等各种颜色的美丽斑点。

“比你的调色板还漂亮。”

村庄的空地上搭起临时戏棚，上演女歌舞伎。

“我约了京都来的人，你陪我们一起去吧。”

“京都来的人，是谁？”

“今天刚到的。”

来的是一对年轻夫妇。

妻子的皮肤温润细腻，仿佛马上就能流出雾一般的香汗。

舞台上，穿着红色和服的女子小便失禁，染红了舞台。

在这样的夜晚，那摊红色中似有热气升起。

从剧院出来，千代子一把握住他的手，低声说道：

“看，我的手都湿成这样了。那位太太用她先生的外衣袖子盖住火盆，一直握着我的手不放，从进门一直握到走。太奇怪了，我们也才刚认识。”

“也不奇怪吧，你不也是做出一副开心的样子吗？”

杂技团来时，她又拉着他去看。

杂技团有猴子和狗。

一位十八九岁的姑娘，长着玩偶般的脸蛋，声音也和玩偶一样，带着一只狗让它倒立走钢丝。观众中，一位老奶奶忽然大声喊道：“够了，看到了。快停下来吧。太可怜了。别再让狗做这么危险的动作了。”

姑娘差点哭出来，看上去依然像个玩偶。

二人乘着月色返程，周围响起溪树蛙的叫声。

千代子已经会用口哨学蛙叫了。

他一路观赏着春天的植物。

他捡起一颗桃叶珊瑚的果实，递给千代子说：“你把它和珊瑚珠并排插在头发上试试。”

冬天里，他曾多次将这鲜红色的果实放在手上把玩。

当梦冬花开出筒状的黄色花朵时，他会特意拉她到山路边去看那无叶的灌木丛。

“这花从长出花苞到开花，花了一个月时间呢。这么冷的时候在秃枝上开花，真有韧劲儿。”

马醉木的花房看上去就像细小的白色贝壳。

“你握一下看看，像棉花一样软，太让人惊奇了。”

他最喜欢这段时期，花不多不艳。等到木莲、绯樱、紫云英等各种繁茂的花儿开得像大都会一样鲜妍迷醉时，反倒教人双眼疲惫，只想逃往深山石谷中寻蜂斗菜去。

树木的芽也一样。枫树和扇骨木的红色嫩芽，还有柿子树的绿色嫩芽，它们的颜色就像刚刚沐浴过的新生儿一般稚嫩，让他感受到奇迹。但当万树迎春，各种颜色如喷泉和阳伞一般在山间涌现时，五天中总有一天，他想要从这风景中逃离。

每当这时，他就望着窗外发呆。黑松的芽像铅笔，罗汉松的芽则像蜻蜓翅膀一样扇动。

忽然漫天飞起白色羽虫，原来是春雨。他回来取伞，不，是来叫千代子。

“嘿，去看竹林吧。”

烟雨中，濡湿的竹林静谧安详，仿佛一群长着绿色绒毛的羊群，正垂着头安睡。

“多么温柔的静谧啊。”

他把手轻轻放在千代子的肩上。

旁边刚刚翻过土的田地里，三四十只泥蛙满身是泥，呱呱叫个不停。它们弄错了季节。

图书在版编目（CIP）数据

古都 /（日）川端康成著；孙容成，戴焕译．-- 海口：南海出版公司，2022.12（2025.10 重印）

ISBN 978-7-5735-0235-3

Ⅰ．①古… Ⅱ．①川… ②孙… ③戴… Ⅲ．①中篇小说－小说集－日本－现代②短篇小说－小说集－日本－现代 Ⅳ．① I313.45

中国版本图书馆 CIP 数据核字（2022）第 105133 号

著作权合同登记号 图字：30—2022—086

古都

〔日〕川端康成 著
孙容成　戴焕 译

出　　版　南海出版公司　（0898）66568511
　　　　　海口市海秀中路51号星华大厦五楼　　邮编 570206
发　　行　新经典发行有限公司
　　　　　电话（010）68423599　　邮箱 editor@readinglife.com
经　　销　新华书店

责任编辑　黄宁群
特邀编辑　李嘉钰　朱文曦
营销编辑　张丁文　张媛媛
装帧设计　韩　笑
内文制作　王春雪

印　　刷　山东京沪印刷科技有限公司
开　　本　850毫米×1168毫米　1/32
印　　张　10.5
字　　数　226千
版　　次　2022年12月第1版
印　　次　2025年10月第2次印刷
书　　号　ISBN 978-7-5735-0235-3
定　　价　49.00元